MERCEDES RON

30 SUNSETS PARA enamorarte

Montena

30 sunsets para enamorarte

Primera edición en España: mayo de 2023
Primera edición en México: mayo de 2023

D. R. © 2023, Mercedes Ron

D. R. © 2023, Penguin Random House Grupo Editorial, S. A. U.
Travessera de Gràcia, 47-49, 08021, Barcelona

D. R. © 2023, derechos de edición mundiales en lengua castellana:
Penguin Random House Grupo Editorial, S. A. de C. V.
Blvd. Miguel de Cervantes Saavedra núm. 301, 1er piso,
colonia Granada, alcaldía Miguel Hidalgo, C. P. 11520,
Ciudad de México

penguinlibros.com

ISBN: 978-607-383-172-7

Impreso en Colombia – *Printed in Colombia*

*A mi hermana Belén, a Neri, a Germán,
a Romy y Batú. Por estar cuando el mundo
decidió ponerse patas arriba.*

PRÓLOGO

Vestía traje de Armani y zapatos Bemer. En la solapa de la chaqueta reposaba un pañuelo de seda de más de doscientos dólares.

Cualquiera que no lo conociera lo habría admirado. Cualquiera que sí lo conociera habría recelado de él. No era conocido por su simpatía ni su paciencia, sino por todo lo contrario. La gente le temía. ¿Cómo no iban a hacerlo? Poseía tierras, empresas, aviones y edificios enteros. En los veinte años que llevaba siendo el dueño de la empresa, todo había ido sobre ruedas… Al menos para él.

Se sentó en su flamante sillón frente a un escritorio en el que podrían almorzar doce personas sin problema. Miró hacia la ventana. Para ser Londres, aquel día hacía mucho más calor del habitual. Lo más seguro es que lo llamaran para ir al hipódromo. Aunque se había acostumbrado ya a su posición, una parte de él siempre sentía que alguien terminaría arrebatándole lo que era suyo. Por esa razón lo tenía todo tan bien atado. Contaba con los mejores detectives privados y con las mejores agencias de inteligencia. Actuaban a su favor gracias a los astronómicos sobornos que con tanta naturalidad había aprendido a gestionar. Pero aquella mañana se había levantado sintiendo algo distinto, un miedo diferente... Una sensación que no se asemejaba a la habitual.

Sonó el teléfono y pensó si contestar. Podía pasar e irse al hipódromo. Quedaría con una chica guapa, presumiría de ella ante sus amigos, bebería y comería. Luego se la llevaría a la cama y pasaría el tiempo haciendo lo que más le gustaba...

Pero no pudo ignorar la llamada. Era de Jeffrey.

Cuando descolgó algo le hizo sospechar que no serían buenas noticias.

—¿Qué ocurre? —preguntó.

—Hay alguien haciéndose preguntas —dijo simplemente.

Respiró hondo.

—Siempre hay alguien haciéndose preguntas, Jeffrey. ¿Algo más? —preguntó con voz cansina.

—Esta vez es distinto —dijo y su pausa le puso de los nervios—. Las búsquedas vienen de Indonesia... Concretamente de una isla a 26 millas de Bali.

Apretó el teléfono con fuerza.

—Entonces ha llegado el momento de recordarle a cierta persona el acuerdo al que llegó conmigo hace veinte años, ¿no te parece?

Jeffrey asintió.

—Avísame de cualquier novedad, y… quiero nombre y apellido de quien esté haciéndose las preguntas que no le corresponden.

Colgó el teléfono y se quedó mirando la ventana. Si alguien removía aquel asunto… Dio un puñetazo en el escritorio y maldijo entre dientes. Acabaría con cualquiera que pusiera en peligro la vida que tanto le había costado conseguir. Acabaría con todos.

1

ALEX

Una carta, una llamada y un abogado. Toda mi vida acababa
de dar un vuelco de ciento ochenta grados. Un día tienes la
vida controlada, o crees tenerla. Eliges un camino, lo sigues,
luchas por que nadie te convenza de que estás equivocado ni
de que has elegido mal. Joder, te enfrentas al mundo entero,
incluso a las personas que más quieres, para estudiar y prepararte. También te equivocas, por supuesto que te equivocas.
Es la única manera de poder aprender, siempre y cuando lo
hagas en un entorno controlado.

Soy piloto, comandante para ser más preciso. De ahí que
lo de equivocarse fuese mejor hacerlo en entornos contro-
lados… En mi caso en los simuladores que han formado parte de mi vida desde que cumplí los dieciocho. No queremos
matar a nadie, sobre todo porque, si lo hacemos, seguramente también será lo último que hagamos.

Desde que tengo uso razón, he crecido amando el cielo.
Deseaba estar ahí arriba, en las estrellas. Quería que las nu-

bes fueran mis amigas y ser el primero que ve el sol cuando se asoma por el horizonte. Mi película preferida de niño era *Peter Pan*; no por eso de no querer crecer nunca, sino por los polvos mágicos de Campanilla. Soñaba con poder volar sin alas e ir a donde el viento corriese más fuerte.

Obviamente, esa fase duró poco. Perdí la inocencia bastante deprisa, demasiado pronto para lo que creo que es normal en cualquier niño… Empecé a plantearme otra manera más realista de surcar los cielos y volar cuando comencé a sentirme más atraído por el físico de Campanilla que por su magia.

No tardé en descubrir lo que se siente en un avión. Con diez años, viajé de copiloto en la avioneta de mi padre y a los doce ya sabía prácticamente pilotarla yo solo. ¡Qué sensación! Ojalá pudiera haceros sentir exactamente lo que yo experimenté aquella primera vez. No se me olvida el motor vibrando debajo de mí, la adrenalina que me recorría entero, el viento que me golpeaba la cara, el ruido de las hélices antes de despegar.

Creo que ahí fue cuando me enamoré por primera vez de algo. Me enamoré de todas esas sensaciones, me volví adicto a sentirme cada vez más lejos de la tierra y más cerca de las estrellas. Tuve suerte. No es tan sencillo encontrar una pasión, tener tan claro lo que deseas hacer con tu vida. Tampoco es fácil estudiar y colocarte en el punto de partida, equipado hasta los topes de ilusión y de energía. A los catorce años me armé de valor. Delante de mis padres, dije alto y claro:

—Papá, mamá… Quiero ser piloto.

Era algo que a algunos podría haberles llevado años o incluso una vida entera descubrir, pero yo ya lo tenía claro. Y lo demás… Bueno, lo demás es historia.

Mi cerebro sabía que estaban llamando a la puerta, pero… ¿no podían dejarme en paz un solo día? Cogí la almohada y me la coloqué encima de la cabeza. Intentaba atenuar los ruidos de fuera y maldecía por dentro en todos los idiomas que conocía y no eran pocos. Le deseaba el mal a quien fuese que no me estuviera dejando dormir la mona tranquilo.

—¡Abre la puerta, Alex!

Mierda. Era Nate.

Podría haberle gritado que la puerta la iba a abrir su puñetera madre, pero no podía hacerle eso. No a él, que me había aguantado desde que me enteré de… Joder, desde que me enteré de «eso».

Una voz interior me regañaba porque no era capaz aún de ponerle nombre y apellido a mi problema. Hacía dos años que mi vida había cambiado de forma drástica. Bueno, mi vida y mi futuro. Pero me costaba asimilar que el destino seguía siendo tan hijo de puta. ¿No había tenido suficiente ya?

La ansiedad de los últimos siete días volvió a apoderarse de mí. Tuve una sensación horrible, como si quisiera dejar mi cuerpo y salir corriendo a buscar uno nuevo. Adoraba esa vida que tanto me había costado tener, pero deseaba poder cambiarla por cualquier otra, porque ¡ya nunca más sería mi vida! Esa noticia la había cambiado para siempre… y no estaba preparado para eso.

—¡Abre o echo la puerta abajo! —insistió Nate.

Me levanté como pude y caminé hasta la puerta de la habitación de hotel. Delante de mí estaba el mayor cabronazo del mundo. Ah, también era mi mejor amigo: Nate Olivieri. Nos conocemos desde que cumplí los diecisiete y pude empezar a hacer mis primeras horas oficiales de vuelo. Nate y yo nos sacamos el título de piloto privado a la vez y desde entonces hemos sido uña y carne. Es curioso, a pesar de los años y de lo bien que nos conocemos, parece incapaz de comprender algunas cosas. Como que cuando digo claramente: «No me jodas durante los próximos días», quiero decir justo eso. Que no me joda durante los próximos días.

—Chaval…, das pena.

—Largo —contesté.

Casi le cerré la puerta en las narices, pero metió el pie y lo impidió.

—De eso nada —dijo. Empujó con fuerza y entró en la habitación—. Joder, ¡¿qué animal se ha muerto aquí?!

Lo ignoré olímpicamente y volví al colchón. Si había suerte, podría disfrutar de algunas horas de sueño decente.

—Cierra la puerta cuando te canses de decir gilipolleces.

No me dejó llegar a la cama. Se colocó delante y me bloqueó el paso. Me apreté con los dedos el puente de la nariz. Procuré respirar hondo. «No puedo perder los papeles… —me decía a mí mismo—, no otra vez, no de esa manera».

—Tengo buenas noticias para ti —anunció mi amigo.

—¿Vas a hacer que retroceda en el tiempo doce años?

—Casi… —respondió con una sonrisa radiante—. Voy a meter tu culo en un avión y te voy a mandar tan lejos que, cuando vuelvas a Londres, serás un hombre nuevo.

—¿De qué cojones hablas?

Nate sonrió enseñándome todos los dientes. Supe que nada bueno podría salir de un entusiasmo tan obvio.

—¡Nos vamos a Bali! —gritó abriendo los brazos.

—¿Qué? —pregunté.

Era como si lo hubiese dicho en chino mandarín. Es un idioma que conozco pero que no controlo en absoluto, de ahí mi cara de estupefacción.

—¡Nos vamos! ¡Los dos! He intentado contactar con Malcolm para ir los tres, como en los viejos tiempos, pero ese cabrón sigue dando vueltas por el mundo.

—Estás loco —contesté. No me quedaba paciencia.

—¡Será genial! Disfrutaremos del sol, del mar, de unas buenas olas, de un rico *nasi goreng*… Haremos esnórquel y esquí acuático —enumeraba emocionado, caminando de un lado a otro—. Nos vamos a tirar en la playa como si fuésemos marmotas y vamos a desconectar de todo. Nos emborracharemos hasta las cejas y follaremos con alguna tía guapa que quiera divertirse, como nosotros. Y después… después de todo eso… volveremos aquí y te enfrentarás a…

—Cierra el pico, Nate —lo corté de cuajo—. Cállate o te juro por Dios que la próxima vez que me toques de copiloto, abriré la cabina, descenderé a dos mil metros y te tiraré del avión sin paracaídas. ¿Me has entendido?

Lo cogí de un brazo, tiré de él hasta el pasillo y cerré de un portazo.

—Menudo despertar de mierda, tío… —escuché que decía tras la puerta.

Me tiré en la cama y cerré los ojos. Deseaba que todo volviese a ser como antes. Sin embargo, una parte muy pequeñita de mí sabía que en realidad no quería eso. Lo que necesitaba era que esa parte predominara y ganase la batalla.

Horas más tarde, cuando volví a abrir los ojos, sentí por un instante que todo seguía igual. Fue una sensación maravillosa… Solo me bastó echar un vistazo a mi alrededor para saber que nada más lejos de la realidad. Todo seguía igual.

Bueno, casi todo. Nate estaba sentado a la mesa de la suite tecleando algo en mi portátil. Me pasé la mano por el pelo y me lo despeiné en un acto reflejo nervioso. Siempre lo hago cuando estoy estresado, agobiado o preocupado. En ese momento, estaba todas esas cosas multiplicadas por mil.

—¿Qué haces aquí? —pregunté.

—¿Te recuerdo que este hotel es mío? —respondió. Ni siquiera levantó la mirada de la pantalla.

—Es de tu padre.

Nate sonrió de lado.

—Correcto.

Nate es hijo del dueño de la cadena hotelera de lujo Olivieri. Sí, esos Olivieri. Su familia tiene hoteles en todo el mundo. En cambio, su primogénito decidió pasar olímpicamente del negocio familiar y convertirse en piloto de aviones privados de lujo... Como yo, más o menos.

—¿Puedes explicarme qué haces en mi habitación con mi portátil?

Nate me miró por encima del ordenador un momento. La luz de la pantalla intensificaba el color de sus ojos azules.

—Estoy intentando sacar dos billetes de avión en primera clase. Los cabrones de Qatar Airways están hasta arriba, solo hay asientos en Economy.

Puse los ojos en blanco. No iba a servir de nada discutir con él sobre el dichoso viaje. Nate es así. Cree que por tirar hacia delante de un carro sin ruedas va a llegar a alguna parte... En ese momento, decidí que solo podía confiar en que se cansaría.

Miré por la ventana, ya era de noche. Debía de haber dormido una siesta de cinco horas. Me dejé caer en el sofá y me pasé la mano por la cara. ¿Qué iba a hacer?

Mi vida no estaba preparada para algo así. Yo no estaba preparado para algo así. Tenía veintinueve años, vivía solo desde los dieciocho. Tenía un trabajo que me encantaba y viajaba muchísimo, a veces más de lo que me hubiese gustado. Me dedicaba a lo que me apasionaba, pero me había costado lo mío. Siempre había sabido que tampoco iba a durar eternamente, pero ¡¿dejarlo todo?! ¡Acababa de empezar a vivir!

—Creo que deberíamos irnos pasado mañana… Sí, así llegaremos el lunes. Qué cabrones son… ¿Recuerdas cuando Wyatt nos pidió por favor que lo lleváramos a él y a toda su familia a Maui? ¿Te acuerdas? Creo que voy a llamarlo directamente, sí. A ver si así espabila y nos mete en el próximo…

Desconecté y seguí mirando por la ventana. Ocupaba toda la pared y las luces de los edificios, de los coches y de la noche despertaban mis sentidos. Me encantaba Londres. Es una ciudad que nunca duerme, igual que Manhattan. Además, tiene un toque señorial que a mí siempre me había gustado.

Mi madre habría estado orgullosa de ese pensamiento y, aunque lo negaría si ella me lo preguntase, lo cierto es que soy bastante exigente con muchas cosas y mentiría si dijese que no me cabrean las cosas mal hechas o con poca clase. Me gustaba el orden, la tranquilidad y la organización. Encontraba satisfacción en saber dónde estaban las cosas, en conocer a la perfección de dónde venían y por qué estaban ahí. No solo en lo referente a lo material, sino a la vida en general.

Tres personas se encargaban de tener mi casa de Primrose Hill impecable, ordenada y organizada. Hannah se encargaba de hacerme la comida y dejármela perfectamente guardada en táperes de cristal. Mi ropa estaba perfectamente doblada y planchada cuando llegaba a casa y que Dios se apiadara del culpable si llegaba y encontraba algo fuera de lugar. Era un maniático. Sí, puede sonar horrible, pero eso me había convertido en el piloto más joven y con más talento de

Inglaterra. No lo decía yo, sino las medallas que recibí desde que me gradué en la Oxford Aviation Academy.

Por eso había llegado hasta aquí. Porque toda mi vida estaba bajo control. Todos los cabos estaban bien atados y tenía el futuro perfectamente organizado.

—Vas a flipar cuando te lleve a mi isla —dijo Nate, volviendo a interrumpir mis pensamientos.

—¿Tu isla? —Lo miré con condescendencia.

—Ríete todo lo que quieras. Llevo ya cuatro años visitando ese lugar. Cuando te digo que es el mejor lugar del mundo para desconectar, lo es de verdad.

Nate era un pijo con aires de hippie. Elegía una isla perdida de la mano de Dios para «desconectar», como a él le gusta decir. Se evadía de su vida cotidiana y regresaba con los «chacras» renovados, significara lo que significase…

Yo, sinceramente, no era capaz de recordar cuándo había sido la última vez que me había tomado unas vacaciones de verdad, de más de cuatro días… Me gustaba trabajar y muchos de los clientes de la empresa me querían a mí específicamente como piloto. Eso me dejaba poco tiempo libre, y muchas noches en hoteles de cinco estrellas desperdigados por el mundo. No me quejaba. Mi trabajo me permitía llevar una vida bastante acomodada. Me codeaba con gente muy importante con la que había llegado a entablar verdaderas amistades.

El teléfono de Nate sonó e interrumpió mis pensamientos.

—¿Hola? Sí, Wyatt, ¿qué tal, tío? —contestó.

Nate hizo un gesto con la mano en mi dirección, pero volví a ignorarlo. Me levanté del sofá, fui hacia el minibar y me serví un vaso de whisky solo. En algún lugar creía haber oído que la resaca se curaba con más alcohol… ¿Quién era yo para cuestionar una afirmación tan placentera?

—Es urgente —escuchaba a Nate de fondo—, si no, no te lo pediría. No… Claro que no podemos coger uno de los aviones.

Su mirada se cruzó con la mía. Intentaba que solo eso bastara para que entendiera lo que se me pasaba por la cabeza, pero él seguía a lo suyo:

—Sí… Dos vuelos en primera… a Denpasar, sí… ¡Perfecto, tío! ¡Muchas gracias! ¡Solucionado!

Volví a llevarme la copa a los labios.

—¿Vas a cambiar esa cara? Estoy moviendo cielo y tierra para que…

—No voy a ir, Nate —lo corté sin miramientos—. No insistas… ¿Tengo que recordarte por qué ya no puedo escaparme por ahí y hacer el capullo como cuando éramos unos críos?

Nate me miró desde el sofá tranquilo y sereno.

—Justamente por lo que ha pasado necesitas desconectar de todo. Tienes que salir de Londres, alejarte y pensar cuál será tu próximo movimiento…

—¡Ya no habrá próximo movimiento, Nate, joder! —dije.

Del cabreo que tenía, apreté el vaso de cristal. Estalló en mil pedazos y me corté la mano. Maldije entre dientes. Nate me observaba sin inmutarse.

—Solo serán treinta días, Alex. Treinta días para encontrarte a ti mismo. Treinta días…

—Treinta días para intentar asumir que mi vida tal y como la he conocido hasta ahora habrá acabado para siempre.

Nate no dijo nada más y yo desaparecí en el baño.

Ya iba siendo hora de que aceptase mi nueva realidad.

2

NIKKI

El sol entró por la ventana y me despertó, como hacía siempre. Al igual que cada mañana, maldije en voz alta. Me pregunté cuándo terminaría de coser las cortinas en las que llevaba más de dos meses trabajando... Podría decir que no había tenido tiempo, que no daba abasto entre las miles de cosas que hacía al día, pero habrían sido excusas baratas. Tenía tiempo de sobra para acabarlas, pero me daba una pereza increíble, sinceramente.

Coser cortinas no era uno de mis muchos hobbies, pero sabía que podía hacerlo sola. Podría tenerlas listas en unas horas y, con un poco de ayuda de Eko o incluso de Gus, las tendría hasta colgadas. Hasta me daría tiempo a subirme a la moto y reunirme con el resto del grupo para ver el atardecer, o *sunset*, si seguíamos la costumbre de los turistas de llamarlo de esa forma.

Me estiré como un gato. Bostecé como nunca haría en público y me levanté de la cama. Aún no me había acostumbrado a vivir sola ni podía creerme que todo lo que veían mis ojos fuese mío y solo mío. Tenía veintitrés años, hacía dos meses que me había independizado y mudado a una villa junto a un acantilado. Podría haberme ido antes a vivir sola, pero me gustaba demasiado vivir con mi abuela Kuta y mi tío Kadek. Siempre me habían protegido y cuidado. Básicamente, me había criado entre los dos, teniendo en cuenta que mis padres habían muerto cuando yo solo tenía tres años. Apenas los recuerdo, era un bebé, pero sé la brecha que su muerte dejó en la familia. Mi madre era la niña de los ojos de mi abuela y la hermana pequeña de mi tío. Yo, su única nieta y sobrina, me había quedado huérfana…

Me dolía hablar de mis padres. Aunque los conocí durante un periodo de tiempo muy corto, los echaba muchísimo de menos. Sentía que los conocía mejor que nadie gracias a mi abuela y a mi tío. Siempre me contaban anécdotas de mi madre, aunque a veces les resultara duro mencionarla. Sé que lo hacían para que pudiera tener una imagen clara de cómo era y lo mucho que me quiso. De mi padre hablaban menos, pero solo habría sido un fantasma en un pasado que ni siquiera podía divisar con claridad si no hubiera sido por sus historias.

Gracias a eso sé muchas cosas. Por ejemplo, que el lunarcito que tengo en el lóbulo de la oreja izquierda es exactamente igual que el de mi madre. Que mis piernas largas y mi metro setenta son clara herencia de mi padre Jacob, que era inglés, así que eso a mí me convierte en «mestiza», pues toda mi familia materna es asiática y de origen balinés.

Es muy raro pensar que tengo sangre inglesa recorriendo mis venas. En cuanto a rasgos, puedo aseguraros que ganaron los genes de mi madre. Es cierto que mis ojos rasgados no son del color chocolate que predomina entre mi gente. Los tengo de un color tirando a verde que de pequeña me dio muchos quebraderos de cabeza. Algunos en la isla hasta creían que daba mal fario, con eso os lo digo todo. No todos los días se ve a una asiática de ojos verdosos. Mi tez también es menos cetrina, pero por lo demás soy tan balinesa como cualquiera que viva en esta isla. Que nadie se atreva a decir lo contrario.

Mientras me lavaba los dientes, empecé a repasar en mi mente las cosas que tenía que hacer durante el día. Desde que había terminado la carrera de Veterinaria, no había vuelto a salir de mi islita. Está situada a unos pocos kilómetros de la isla principal de Bali. Es lo bastante pequeña como para que todos los habitantes nos conozcamos de vista y lo bastante grande como para no sabernos los nombres de todos. Para mí es el tamaño perfecto.

Me he criado aquí. Este lugar ha sido mi hogar, donde he crecido rodeada de naturaleza, animales, arrozales, océano, arena, deportes acuáticos y comida casera. También de muchos turistas, eso sí, que llegan con la idea de vivir el sueño balinés.

Cuando tuve que abandonarla para irme al centro de Bali a estudiar, lo pasé fatal. No estaba acostumbrada ni de lejos a la vida en la ciudad, a pesar de que es enana en comparación con cualquier otra ciudad corriente. Pero el ruido del tráfico y los centros comerciales me inquietaban. Me costó acostumbrarme a ir calzada y vestida a todas partes como si fuese a una reunión de trabajo. Aunque los cuatro años que duró la carrera deberían haber sido tiempo suficiente para adaptarme, en cuanto tuve el título debajo del brazo, me subí a mi lancha y dije adiós al mundo exterior con una sonrisa de alivio inmensa. Yo no estaba hecha para ese ritmo ni de lejos. Mi vida estaba aquí, con mi familia y todos mis perros…

Lo único que me gustó de vivir en la isla principal fue poder ir al cine y conocer a mi mejor amiga Margot, que…

El ruido de un ladrido sordo captó mi atención e interrumpió mis pensamientos.

Sonreí y abrí la ventana del baño para asomarme. Mi casa se encontraba en lo alto de un acantilado. Además de unas vistas increíblemente hermosas al mar, podía divisar la ladera donde empezaban los escalones que llevaban a mi puerta. Allí era donde todas las mañanas me esperaba mi perro preferido, mi ángel guardián, mi precioso Batú.

El tema de los animales abandonados en las zonas costeras de Bali siempre me había quitado el sueño. De hecho, fue una de las razones que me llevaron a ser veterinaria. Es muy triste que a estos perros se los vea más como una plaga. Para mí son los animales más bonitos, bondadosos y fieles que existirán jamás en este mundo tan extraño y volátil al que llamamos Tierra.

Hay cientos de animales sin dueño que vagabundean por las playas en busca de cariño y comida. Incluso muchos turistas que están de paso los acogen como mascotas. Algunos se los quedan durante años, pero luego los abandonan cuando llega el momento de regresar a casa. Por suerte, no todos son así. Gracias al turismo y al concepto de animal de compañía que tienen los occidentales, estos perros reciben alimento. Eso no quita que cada vez sean más y que los autóctonos los vean como una amenaza o como animales plagados de garrapatas. La crueldad de algunos lugareños es infame. Harían cualquier cosa para deshacerse de ellos, incluso envenenarlos, y ahí es donde entraba mi trabajo como veterinaria.

No era fácil ni barato intentar cuidar de tantos animales. Encima, no dejan de reproducirse puesto que la mayoría no están castrados. Me gastaba casi todo mi sueldo en comprar lo necesario para seguir cuidándolos, lo que era una redundancia bastante curiosa y la razón de que me pasase prácticamente todo el día trabajando. Era insostenible, pero no había encontrado otra manera.

Tenía tantos empleos que a veces perdía la cuenta. Así que, aparte de ser la única veterinaria titulada de la isla, daba clases de yoga todas las mañanas para diferentes hostales y complejos de villas, tres veces por semana hacía de guía para submarinistas titulados y, cuando no me quedaba más remedio, ayudaba con la limpieza del complejo más pijo y repipi de la isla. Era espectacular, tenía villas frente al mar y todos los lujos que os podáis imaginar, aunque de todos mis trabajos ese era el que más odiaba porque, a pesar de ser el complejo de la familia de Margot y ser afortunada de poder cobrar un dinero extra de vez en cuando, no había forma de librarse de muchos turistas que se creían mejores que nadie.

En lugares como Bali este tipo de complejos son muy comunes. Mi islita está enfocada a turistas más hippies, que vienen con intención de practicar deportes acuáticos extremos, a hacer retiros de yoga, a surfear las mejores olas de Indonesia… o casi.

En su mayoría es gente que viene a la isla a pasar un par de días y luego se marchan tras descubrir que no es exactamente el lugar más lujoso de Bali. No obstante, cada vez se va acercando más a eso. Hay inversores que no paran de abrir complejos en cada trozo de tierra que ven sin explotar.

Escuché más ladridos de Batú y volví a centrarme en lo mío. Si quería estar a las siete en mi primera clase de yoga, ya podía darme prisa. Salí del baño y cogí el primer conjunto de top y *leggins* que encontré. Me recogí el pelo liso en una coleta bien alta. Me colgué a la espalda la esterilla de yoga, junto con mi bolso con mi kit de supervivencia: la ropa para cambiarme, la botella de agua y un plátano para comerme a media mañana.

Batú se puso como loco cuando me vio bajar las escaleras. Aunque llegaba tarde, me detuve unos minutos para saludarlo como Dios manda. La historia que compartíamos era especial. Se merecía todo mi cariño y un trato preferente respecto al resto de los perritos, aunque nunca lo admitiera en voz alta.

Lo acaricié con cariño. Dejé que me saltase encima, procurando que no me manchase el conjunto blanco, y nos reímos un poco. Sí, defiendo que los perros ríen, sonríen, lloran y hacen todo lo que hacemos los humanos, solo que en versión perruna. Cuando Batú y yo ya nos habíamos dado suficiente amor, me dirigí hacia la moto.

A la pobre le quedaban dos telediarios. Me la había regalado mi tío cuando cumplí los trece. No os asustéis, fue tarde para tener moto, teniendo en cuenta que aquí los niños ya las conducen a partir de los diez años. La mía era una Vespa antigua, aunque a mí me gustaba decir que era *vintage*, ya debía de serlo incluso antes de que me la regalaran… Pero me llevaba a todos lados, no podía quejarme, cumplía su función y yo, a cambio, me gastaba medio riñón en arreglarla cada dos o tres semanas.

Cada vez que la arrancaba, daba gracias a los dioses.

—¡Vamos, Batú!

Batú respondió con un ladrido y los dos bajamos el camino hacia la playa para llegar a mi clase. Él iba detrás de mí, con la lengua fuera y feliz con su carrera matutina. Muchos les enseñan a sus macotas a ir sentados en el reposapiés de la moto, pero Batú no era pequeño. Era más grande que la mayoría de los perros que habitaban la isla, casi tanto como un labrador. Era mestizo, como yo, puede que una mezcla entre labrador y podenco, y tenía un tono anaranjado. De hecho, estoy prácticamente segura de que Batú no era originario de Bali. La historia de cómo lo salvé era muy triste. A veces la gente puede ser muy cruel.

Sonreí a pesar de los malos recuerdos al verlo por el espejo retrovisor, tenía mucha vitalidad y una alegría que transmitía a todo el mundo. Ojalá pudiera transmitiros la felicidad que sentía cada vez que salvaba o ayudaba a un perro.

El pitido de un camión me sobresaltó y casi hizo que cayese de la moto.

—¡Mierda! —exclamé.

Al mismo tiempo, Batú se puso a ladrar como loco. El camión se detuvo y de él bajó alguien con quien no me apetecía nada de nada tener una conversación.

—¡Perdona, Nikki, no te había visto!

¿Y por eso había pitado? ¿Porque no me había visto?

—No pasa nada, Jeremy —dije, forzando una sonrisa amable.

A mi lado Batú empezó a ladrarle y a gruñirle. Era bastante protector conmigo y con Jeremy tenía una fijación poco común.

—¿Cómo estás? —me preguntó aprovechando que no venía ningún coche.

Mi relación con Jeremy era un poco incómoda. Habíamos tenido una pequeña historia. No fue nada del otro mundo, solo habíamos salido unas cuantas semanas. Era otro de los hijos de turistas que habían nacido aquí y se habían criado como nosotros, eran «adoptados, como solíamos llamarlos, porque no eran de aquí, pero en realidad sí que lo eran, no sé si me explico.

—Bien, bien, aunque llego tarde —intenté hablar por encima de los ladridos de mi perro.

—¡Ah, claro! Perdona… —dijo forzando una sonrisa—. Yoga, ¿no? —me preguntó.

Asentí con la cabeza.

—Tal vez me pase algún día por tu clase —dijo.

Tuve que controlarme muchísimo para que no se me notara en la cara la poca gracia que me hacía volver a tenerlo en mis clases, porque a Jeremy no había nada que le importase menos que el yoga, pero sabía que estaría allí a una hora y lugar concretos, y era su única manera de poder estar conmigo sin llegar a estarlo, y todo eso era… incómodo, muy incómodo.

—Genial —dije—. Hasta luego, Jeremy. ¡Que tengas un buen día! —añadí, acelerando y rodeándolo con la moto.

No me pasó desapercibida la mirada de cabreo que le lanzó a Batú. Tampoco me extrañaba, esos dos jamás se habían llevado bien. De hecho, Jeremy odiaba a los perros. Era otra de las razones por las que lo nuestro jamás habría funcionado.

Digo otra porque había tantas razones para no estar con él… Podría estar escribiéndolas durante días, empezando por lo controlador y lo increíblemente celoso que era. ¿En qué momento un chico pasaba de ser un encanto de persona a un auténtico obsesivo de mi agenda? «¿Dónde vas a estar hoy a las once?», «¿Por qué te he visto hoy desayunando en Yamu?», «¿Vamos a vernos hoy a la una o tienes que almorzar con tu tío otra vez?», «¿Por qué estabas hablando esta mañana con Eko, no tenías trabajo?»…

¡Qué pesadilla!

Dejarlo había sido la mejor decisión que había tomado en lo que iba de año, aunque él parecía no haberse enterado todavía. Era una lástima. De entre todos los chicos de la isla, Jeremy me atraía bastante… Los chicos occidentales eran mi perdición. Me atraían muchísimo más que cualquier chico de aquí. Eso me agobiaba y me gustaba a partes iguales. Me gustaba porque me hacía sentir más cercana a mi madre, a fin de cuentas ella se había enamorado de un inglés; y me agobiaba porque aquí solo venían turistas de paso. Muy pocos decidían asentarse para siempre y no me gustaba perder el tiempo con relaciones que no iban a ninguna parte. De ahí que Jeremy fuese la excepción y pareciera la opción perfecta. Indudablemente era americano, con su pelo rubio y sus ojos azules. Tenía cuerpo de surfista y una sonrisa blanca y ligeramente torcida. Encima era «adoptado», pero, claro, no podía tener una relación seria con alguien cuyos atributos se reducen a dos frases.

No tardé más de diez minutos en llegar a la clase. La daba en uno de los muchos complejos de la isla que había para turistas, en una platea de madera frente al mar. Lo mejor de las clases de yoga era que me obligaban a entrenar todas las mañanas y, de paso, hacía muy buenos amigos. Normalmente no se quedaban mucho, un par de días o como máximo tres meses, si venían a hacer el retiro de yoga completo.

Era agradable dar clases de un deporte que amaba con toda mi alma y sabía que le haría mucho bien a quien lo empezase a practicar. «El yoga es un estilo de vida —me había dicho siempre mi abuela—, ayuda a tener la mente en calma y el cuerpo activado», una contradicción deliciosa y que encima conseguía a quien lo practicaba con asiduidad un cuerpo de infarto y la posibilidad de hacer posturas increíbles.

—¡Buenos días! —saludé a las chicas de mi clase, pues eran todas mujeres.

No siempre era así. A veces, algunos hombres acudían, aunque solían ser novios que venían obligados por sus respectivas parejas. También acudía algún curioso que quería probar y, al comprobar que era complicado seguir la clase sin flexibilidad, no repetía. Era un asunto que tenía muy pendiente. De hecho, ya había organizado una jornada de yoga masculino una vez, pero no había salido del todo bien. Al hacer la postura del perro bocabajo, comprendí que a los tíos no les funcionaba muy bien el cerebro cuando tenían a una chica con el culo en pompa esperando a que la imitaran.

Mis chicas sonrieron con cara de cansadas y se colocaron de manera organizada para poder verme todas con claridad.

—Empezaremos con unos saludos al sol.

Esto era casi literal. La clase estaba programada para que durara justo lo que tardaba el sol en salir por el horizonte y darnos los buenos días. Era horrible despertarse tan temprano, pero al acabar no había mejor sensación que aquella. Merecía la pena hacer ejercicio hasta dejar los músculos exhaustos y después meterse en el mar bajo los tonos anaranjados y amarillos del amanecer.

A veces me preguntaba cómo podía la mayoría de la gente vivir alejada del mar, de la arena, de las puestas de sol inigualables y únicas. ¿Cómo podía la gente preferir estar en un rascacielos antes que vivir en comunión con la naturaleza?

Supongo que era lo que tenía criarse en una isla. Mi percepción del mundo era muy distinta a la del resto de la población mundial. Por desgracia, mucha gente cree que lo material está por encima de cualquier placer terrenal… ¿No comprenden que una puesta de sol es gratis? Bueno, como mucho te puede salir a un dólar si te pillas una cerveza Bintang bien fresquita…

Terminé la clase y me despedí de mis alumnas con una sonrisa. Cuando todas se marcharon, me aseguré de que no me veía nadie y me acerqué hasta unas piedras un tanto ocultas que conocía muy bien. Me quité la ropa de deporte y me quedé completamente desnuda. Era mi pequeño placer secreto, bañarme desnuda bajo el sol del amanecer. Lo hacía siempre que podía y casi nunca había nadie. Para llegar a aquellas rocas había que meterse por una zona con musgo que los turistas rechazaban simplemente por ser verde. Bueno, por eso y porque eran las siete de la mañana.

Disfruté como nunca de mi baño preferido bajo los rayos matutinos hasta que sentí que todos los músculos se me relajaban después del duro deporte. En Bali, el agua suele estar templada, cosa que está muy bien… a ratos. En cambio, por la mañana, estaba mucho más fresca que el resto del día. Por eso la disfrutaba como una niña pequeña a la que le dan una piruleta. Hice unos cuantos largos y luego simplemente me senté en la roca embobada con los colores del cielo. Me daba igual cuántos atardeceres y amaneceres hubiese visto con estos ojos, siempre me provocaban la misma sensación inexplicable de pequeñez y de emoción en el pecho.

Terminé mi corta meditación particular y salí del agua. Me puse de pie en la roca para estirarme como si acabara de levantarme de una pequeña siesta. Entonces, sucedió… Mis ojos volaron hacia la izquierda, como si me hubiesen llamado por mi nombre. Pero todo seguía en un silencio interrumpido solo por el canto de los pájaros y el oleaje.

Mi mirada se encontró con la de un hombre que me observada desde una de las villas de Margot. Estaba lo suficiente lejos como para no poder reconocer mis facciones, pero lo bastante cerca como para saber que estaba desnuda. Fue extraño. Lo normal hubiese sido que me tapara corriendo y hubiese salido de allí pitando, pero no lo hice. Me quedé quieta, como Dios me había traído al mundo, mirando a aquella persona que me observaba muy tranquila sin reparo alguno. Tenía los brazos apoyados en la barandilla y podía ver que el pelo se le movía ligeramente por el viento. Iba vestido, al contrario que yo. Aunque no era capaz de discernir sus facciones, algo en él me provocó una sensación de tirantez en el estómago.

No sé explicarlo, pero había algo de emocionante al dejar que me observara desnuda sin llegar a saber quién era yo…

Era como un juego prohibido en el que nunca sabríamos quiénes eran los jugadores.

No sé cuánto tiempo estuvimos observándonos el uno al otro, pero finalmente tuve que empezar a vestirme. Me coloqué las braguitas y me puse la ropa de repuesto que había guardado en la mochila. Él no se movió, siguió observando todos mis movimientos sin apenas pestañear. Bueno, eso era una suposición mía. Desde donde yo estaba, no podía ver ni de qué color tenía los ojos. Ni cómo era su boca, ni sus pómulos, ni su sonrisa, ni si tenía barba o la llevaba afeitada… Solo discernía su cuerpo inclinado en la barandilla, pero, aun desde la distancia, parecía grande y trabajado.

Por un instante, sentí el impulso de levantar la mano y saludarlo. Habría sido ridículo teniendo en cuenta las circunstancias del encuentro.

Bajé de la roca y me marché de la playa sintiendo que acababa de vivir el momento más erótico y atrevido de mi vida.

3

ALEX

«¿Qué estoy haciendo aquí?», me pregunté mirando la lancha que había frente a mí y al idiota de mi mejor amigo charlando amigablemente con el capitán.

—¡Ven, Alex! —gritó desde la orilla.

El oleaje removía la lancha de un lado a otro. ¿Acaso allí no existían los embarcaderos? Me acerqué a Nate. Ya no me quedaba otra, no después de un viaje de quince horas, con escala en Kuala Lumpur y poco tiempo para descansar de verdad. Sí, habíamos viajado en primera, pero mi cabeza no se había relajado lo más mínimo. Mi cerebro no paraba de preguntarse lo mismo: «¿Cómo es posible? ¿Cómo había podido ser tan imbécil, tan irresponsable…?».

—Este es Nero, nos llevará hasta la isla de la que tanto te he hablado.

Asentí con la cabeza. No tenía ganas de mantener charlas insustanciales con nadie. Mucho menos con un tal Nero.

—¿Cuándo nos vamos? —pregunté observando el mar.

La marea no estaba muy a nuestro favor, pero me negaba en redondo a dormir en cualquier hotelucho de Denpasar.

—Enseguida, señor —afirmó Nero.

Después llamó a sus marineros, si es que se les podía llamar así teniendo en cuenta la embarcación, y empezaron a prepararlo todo.

—¿Estas son sus maletas? —me preguntó, señalando la maleta negra que había a mi lado.

Asentí. Miré a Nate, iba cargando aquella mochila zaparrastrosa, y meneé la cabeza con desaprobación. «Viajar a lo mochilero», había dicho. Yo jamás entendería ese concepto o más bien ese estilo de vida. Amaba viajar, había conocido los lugares más remotos del mundo, había subido a coches de desconocidos, había hecho amigos en la playa y había jugado a enamorarme en veinticuatro horas. Había cometido todo tipo de locuras a lo largo de mi vida, pero ya teníamos una edad. En cambio, Nate parecía haberse quedado en los diecinueve.

—¿Te acuerdas de cuando eras divertido? —me dijo Nate al notar la mirada reprobatoria que le lancé a su mochila.

—¿Te acuerdas de cuando empezamos a ganar quince mil libras al mes?

Nate sonrió como un crío.

—Cómo olvidarse… Pero ¡esto es divertido! Aquí en Bali la vida es diferente, Alex. Es otro rollo. Aquí lo material no importa, ¿entiendes?

—Si lo material no importa, entonces ¿por qué has reservado en la villa más cara de la isla?

Nate volvió a sonreír enseñándome todos los dientes.

—Ah, querido amigo... Porque la dueña es amiga mía. —Y al decirlo sus ojos se ensombrecieron momentáneamente.

—Sí, claro. Seguro que es solo por eso —contesté.

—Sabes que vengo todos los años. Sabes de sobra que huyo del mundo durante un mes y que siempre me refugio aquí.

—Porque estás mal de la cabeza, por eso.

—De eso nada. Cuando estés allí, cuando conozcas a la gente, cambiarás de opinión.

—No pienso conocer a nadie, Nate. He aceptado venir porque ya no quería escucharte más. La verdad es que tampoco tenía nada mejor que hacer antes de que mi vida cambie para siempre.

—Qué dramático eres. Ya te he dicho que no...

—Nate, cállate.

Nate se calló y yo di gracias al cielo de que no hubiese terminado la frase.

Nos subimos a la lancha. Mi maleta era un incordio a la hora de moverla y colocarla bien, pero, para ser sincero, no era problema mío. Observé el agua cristalina que nos rodeaba. Nunca había estado en Bali. Sí que había viajado por Indonesia, en cambio... Y, aunque me hubiera costado admitirlo en voz alta, una parte de mí tenía ganas de conocer la isla de la que tanto había oído hablar. Nate era un pesado. Se volvía hippie una vez al año. El efecto le duraba unos meses y, después, volvía a ser el de siempre. Es decir, el mismo pijo que venía conmigo al club, salía de fiesta por las mejores discotecas de la ciudad y vestía con trajes de Armani.

Intentar ser algo que no era no le funcionaba. Tampoco me iba a dar resultado a mí por mucho que lo intentara. Pero, por otro lado, no me venía mal desconectar un poco, o al menos intentarlo.

—¿Recuerdas cuando éramos jóvenes y estabas deseando meterte en líos conmigo? —me preguntó de forma relajada. Sacó un cigarro de su andrajosa mochila y se lo encendió mirando el mar.

Aunque sabía que no lo decía con ninguna mala intención, algo dentro de mí se molestó. ¿Había dejado de ser esa persona? Con Nate había vivido toda clase de aventuras. Hubo una época en la que me hubiera flipado coger una mochila y lanzarnos a un viaje improvisado. Incluso hubiese participado activamente en organizarlo.

Antes éramos los tres mosqueteros. Nate, Malcolm y yo nos habíamos recorrido las mejores playas haciendo surf, habíamos visitado toda clase de lugares, habíamos vivido todo tipo de experiencias. Pero desde hacía unos años las cosas habían cambiado. Ya no viajábamos juntos si no era por trabajo y hacía un año que no veíamos a Malcolm. Concretamente, desde que había decidido que ya no quería viajar con nosotros, sino por su cuenta. Para encontrarse a sí mismo, nos había dicho.

—Mira, ya estamos llegando —dijo Nate, que se levantó y miró hacia delante.

Pude ver las palmeras y la arena blanca desde allí. Ancladas en la orilla, había otras embarcaciones pequeñas como en la que íbamos nosotros. Desde donde estábamos, parecía que la isla no era demasiado grande. Era curioso que de entre todos los viajes que habíamos hecho desde siempre, Nate nunca me hubiese insistido en que lo acompañara a aquel lugar hasta entonces.

—¿Listo para un mes de desconexión y relax?

No dije nada, pero algo dentro de mí se removió…, aunque fuese un poco.

Desembarcamos y fuimos hasta un coche que nos esperaba cerca de allí. No estaba en la arena, sino en una carretera muy mal asfaltada.

—¿Señor Lenox? —me preguntó el hombre cuando fue a coger mi maleta—. ¿Me permite?

Asentí y nos subimos al coche. Era bastante antiguo, aunque en ese tipo de lugares era lo normal. No se veían coches nuevos y mucho menos de alta gama.

Recorrimos calles con escaso o nulo pavimento y observé la gente que me rodeaba. Había muchos turistas, sí, pero también numerosas personas locales. Se las veía por la calle, delante de sus tiendas, vendiendo frutas o verduras. Había puestos ambulantes de comida, palmeras, motos y muchísimos perros. Intenté captar cada detalle. Lo que más me apasionaba de viajar era aprender diferentes culturas, ver las distintas realidades y, sobre todo, charlar con gente que pensaba, comía y vivía de un modo muy diferente al mío.

El coche siguió subiendo una carretera, hasta que empezamos a rodear un acantilado. El camino era bastante estrecho y tenía vistas al mar.

—Las villas te van a flipar, son un paraíso.

No tardamos en llegar y, hasta que las puertas de entrada al complejo no se abrieron, no pude estar completamente de acuerdo con mi amigo. Aquello sí que era un cambio.

El suelo era de piedra y había agua entre los adoquines que marcaban el camino hasta la entrada. Nos recibieron cuatro trabajadores. Todos iban vestidos con una especie de mono blanco y cinturón morado atado a la cintura, que supuse que era el uniforme.

—Bienvenidos —nos dijeron al unísono.

Ya era tarde. Durante el trayecto, el sol había terminado por ponerse sobre el mar. Aunque aún quedaban algunos atisbos de colores anaranjados pintando el cielo, nos lo habíamos perdido en toda su plenitud mientras recorríamos la isla.

Supuse que los atardeceres allí debían de ser algo digno de ver. Por un instante, pude imaginarme, tirado en la arena, con una cerveza en la mano y los ojos puestos en una bonita puesta de sol… Tal vez incluso conseguiría olvidarme de los problemas.

—Por aquí, por favor —nos indicó uno de los trabajadores.

Lo seguimos hasta entrar en el *lobby* para hacer el *check in*. Nos pidieron nuestros datos de reserva, la identificación y una tarjeta de crédito. Miré a mi alrededor. Aquello no parecía un hotel ni mucho menos. Hasta donde pudieron ver mis ojos, al otro lado de la recepción había un increíble comedor abierto. Parecía estar colocado justo al ras del mismo acantilado en que se situaban las villas. Desde allí, las vistas al océano eran increíbles.

Nate, junto a mí, miraba hacia un lado y hacia otro. Parecía comportarse de una manera bastante cautelosa, o al menos a mí me dio esa impresión. Justo cuando iba a preguntarle qué demonios le ocurría, el recepcionista me interrumpió.

—Aquí tienen las llaves de sus respectivas villas. Usted, señor Lenox, tiene la suite privada de lujo con vistas al mar. Usted, señor Olivieri, la suite junior junto a la piscina, como siempre.

Reí porque no daba crédito a lo que acababa de escuchar.

—¿Suite junior? ¿Este de aquí?

Cuando Nate fue a contestarme, una preciosa chica pelirroja apareció por una puerta trasera que daba a la recepción del hotel. Nos dedicó con una sonrisa angelical y, a la vez, fría como el hielo.

—Nathaniel —dijo esta sin apartar los ojos de mi amigo.

—Margot —respondió este y, por increíble que pareciera, acababa de sonar repentinamente… ¿nervioso?

La chica lo miró. Me quedó claro que era la amiga de la que Nate me había hablado. Debía admitir que era preciosa.

Tenía el pelo rojizo peinado hacia atrás con una diadema, que dejaba el rostro lleno de pecas completamente despejado. Sus ojos eran azules como el cielo y tenía la nariz casi tan respingona como la de un dibujo animado.

—Bienvenidos a Paradise Villas —dijo, abarcando con los brazos lo que había a nuestro alrededor—. Señor Lenox, me han informado de que esta es su primera visita a nuestra querida y adorada isla. Deseo que su estancia aquí sea impecable y satisfactoria. Cualquier cosa que necesite, no dude en preguntarle a alguno de mis compañeros, aunque estoy segura de que Nathaniel sabrá hacerle un tour bastante minucioso de los lugares más bonitos de la isla, ¿verdad?

Nate asintió con unos pequeños segundos de retardo.

—Claro… Sí, ejem, yo le enseñaré los lugares más guais.

—Gracias, Margot. ¿Me permites que te tutee? —dije. Intenté ignorar al nuevo Nate que tenía frente a mí. Parecía tener la cabeza en mil sitios a la vez.

—Por supuesto —dijo ella con una preciosa sonrisa de dientes blancos—. ¿Desea que lo acompañe a su villa? Puede ser lioso al principio…

—Es cierto… Yo apenas recuerdo cómo se llegaba a la mía —dijo Nate, recomponiéndose un poco. No podía apartar los ojos de nuestra anfitriona.

—Komang, acompaña al señor Olivieri. Yo le enseñaré al señor Lenox dónde está su habitación.

Miré a Nate. Aquel corte de Margot parecía haberlo decepcionado un poco. Sin embargo, tampoco me dio tiempo a decir nada o a intercambiar una mirada con mi amigo.

—Descansa —me dijo este—. Mañana nos vemos para desayunar —agregó, mientras se pasaba una mano por el pelo rubio. Se lo despeinó con aire distraído.

Asentí en silencio y seguí a la chica pelirroja. No era muy alta y la ropa ajustada que llevaba le marcaba la curvatura del trasero a la perfección.

No había que ser muy inteligente para darse cuenta de que aquellos dos tenían algo o lo habían tenido. La tensión se podría haber cortado con un cuchillo, aunque no era una tensión de tipo sexual, había algo más. Nate nunca me había hablado de ninguna chica de «su isla», como le gustaba llamar a aquel lugar. Obviamente era consciente de que cuando había venido a Bali había priorizado su diversión por encima de cualquier otra actividad productiva. Y, sí, cuando hablo de «diversión», me refiero a follarse todo lo que se mueve. Lo mismo que hacía en Londres o en cualquier maldito lugar al que viajábamos, pero nunca había mencionado a esa tal Margot. Al menos no hasta que habíamos puesto un pie en aquella isla.

—Esta de aquí es su villa, señor.

—Puedes llamarme Alex —le dije observándola desde arriba, pues era más alto que ella.

Ella sonrió como respuesta.

—Dentro tienes cama, baño, una pequeña cocina y una piscina privada. Cualquier cosa que necesites, estamos en la recepción las veinticuatro horas del día. Puedes marcar el número nueve del teléfono que hay justo al lado de la cama.

Asentí. Deseaba poder estar solo y descansar. Estaba reventado.

—Gracias, Margot —contesté.

Ella asintió y se marchó por el pasillo. Introduje la llave en la cerradura de la puerta y entones entré en mi oasis personal. Mi amigo no estaba equivocado… Aquello era increíble.

Toda la villa, a excepción de la habitación y el cuarto de baño, estaba al aire libre. Daba directamente al acantilado y, más allá, estaba el mar, cuyo oleaje podía oírse a la perfección. La decoración era minimalista y moderna, como a mí me gustaba. La pequeña piscina infinita quedaba justo a la altura donde, visualmente, se unía con el color del mar.

Entré en la habitación. Tenía grandes puertas correderas sobre suelo de granito y una enorme cama blanca decorada con un corazón hecho con flores. No pude evitar poner los ojos en blanco. Encima de un apoyamaletas, estaba ya mi equipaje colocado, listo para ser abierto.

Entré en el cuarto de baño y me metí en la ducha. Necesitaba quitarme el olor a aeropuerto y avión de encima. Era algo que aborrecía, aunque fuera a lo que me dedicaba para ganarme la vida. Me duché deprisa, pues deseaba meterme en la cama. El calor en el exterior era insoportable, por eso agradecí que el dormitorio estuviera preparado, con el aire acondicionado encendido.

Me puse unos calzoncillos blancos y me pasé rápidamente la toalla por el pelo. Me lo dejé totalmente despeinado con cada mechón apuntando a una dirección distinta y me tiré en la cama, sin importarme lo más mínimo que fueran las siete y media de la tarde.

Necesitaba recuperarme para poder gestionar y aceptar cuál iba a ser mi nueva realidad a partir de entonces... o al menos durante los siguientes treinta días.

Se me había olvidado cerrar las cortinas, mierda. Mi mente fue despertándose poco a poco a pesar de las órdenes de mi cerebro, que me alentaba a permanecer dormido. Maldije mientras giraba sobre la enorme cama para cubrirme la cabeza con una de las almohadas.

Intenté seguir durmiendo unas horas más, pero fue imposible entre el piar de los pájaros, la luz que entraba por la ventana y el ruido del oleaje.

Miré el reloj que había en la mesilla. Dios mío..., ¿había dormido más de doce horas? Parpadeé para asegurarme de que el reloj no estaba estropeado y marcaba una hora que no era. Solté otra maldición mientras me despejaba, ya no podía hacer nada para evitarlo. No era cansancio lo que sentía, sino más bien el *jet lag*.

Ya había amanecido y me desperecé bostezando como un animal que acababa de salir de la hibernación. Las vistas eran espectaculares. Abrí la puerta corredera de la habitación. Los cristales estaban empañados debido a lo bajo que había tenido puesto el aire acondicionado y, al salir, una ola de calor me golpeó de lleno.

¿Cómo lo hacía la gente de esta isla para no morir calcinados? Los ingleses no estamos acostumbrados a ese tipo de clima tan cálido. En Inglaterra la máxima temperatura eran treinta grados y Dios no quisiera que subiera de ahí. Sin embargo, las posibilidades de un tiempo tan agradable eran muy prometedoras.

Salí a la terraza para poder apreciar las increíbles vistas. Desde allí podía observar el océano como no lo había hecho jamás en ningún otro hotel. Era una pasada, sobre todo con aquellos colores que enmarcaban el amanecer de una forma espectacular. Me apoyé en la barandilla con los antebrazos e inspiré para llenarme los pulmones de aquel aire limpio.

¿Tendría razón Nate? ¿Bastarían unos días en la isla para ayudarme a aceptar mi nueva vida?

Mientras pensaba en mis problemas, algo a lo lejos captó mi atención. Vi a una chica nadando, bañada por la luz del amanecer. Me quedé observándola. La vi meter la cabeza debajo del agua y desaparecer durante unos instantes, hasta que volvió a la superficie. Se colocó bocarriba, flotando en el agua y dejando a la vista… absolutamente todo, joder. Sus pechos desnudos salían del agua de forma generosa, como dos pequeños flotadores. Volvió a hundirse y entonces nadó hasta unas rocas.

De repente me puse nervioso, no sabía muy bien por qué. Mi educación y mis buenos modales me instaban a dejar de mirarla. Pensé que debería darle la intimidad que seguramente ella creía que tenía, pero ¿a quién se le ocurría bañarse desnudo en el mar? Sí, sonaba muy romántico para las almas libres como Nate. No era para gente normal, para personas con decoro, con educación, con modales... Durante unos instantes, me imaginé haciendo yo lo mismo y solo de pensarlo me sentí incómodo.

Aun así, mis ojos se negaron a apartarse. De hecho, fue como si todo lo demás desapareciera y mi mundo girara para centrarse solo en aquel instante. No existía nada más que aquel momento y la intimidad que compartía con una desconocida.

Se subió a la roca y dejó a la vista unas piernas largas y un vientre plano. La melena oscura y larga le caía mojada por la espalda. Entonces se dio cuenta de mi presencia. ¿Podría haber sido por la intensidad con la que me la estaba comiendo con los ojos? Sin embargo, no hizo lo que habría esperado. No se cubrió el cuerpo desnudo con las manos. Tampoco se apresuró a coger la toalla para ocultarse o su ropa para vestirse. Solo me vio y se quedó manteniéndome la mirada.

A la distancia a la que estábamos, era prácticamente imposible vernos los rostros. Creí ver que se mordía el labio inferior y que sus piernas se apretaban ligeramente mientras nos observábamos. Habíamos entrado en la privacidad del otro. Cada uno vivíamos un momento distinto y una vida diferente, pero en ese momento compartimos ese único instante de simpleza carnal… y visual.

Durante un momento, me permití imaginar un encuentro con aquella chica preciosa, algo sin compromiso… Nos visualicé riendo y compartiendo una cerveza. Nos vi bañándonos bajo la luz de la luna, acariciando su cuerpo con la lengua. Me imaginé haciéndola reír.

Creé una fantasía completamente alejada de una realidad que me tuviese a mí de protagonista. Mientras lo hacía, los colores que nos rodeaban dejaron de ser los del amanecer y se convirtieron en una luz demasiado intensa para poder soñar e imaginar. Fue como si le hablara al oído y le dijera que aquello se iba a terminar.

La chica desnuda apartó la vista. Se agachó para recoger sus cosas. Se vistió y bajó de la roca sin mirar atrás.

Hubiera dado lo que fuera por volver a aquel instante. No solo porque fue el inicio de una historia digna de contar, sino porque fue el principio. Ahí empezó algo tan especial que me cuesta encontrar palabras para contarlo, pues se me encoge el corazón al recordar todo lo que pasó y pasaría después.

Ay, Nikki, cómo ibas a trastocar mi mundo y… cómo iba a trastocar yo el tuyo.

4

NATE

Ya habían pasado doce meses. Ni la había visto ni había sabido absolutamente nada de ella en ese tiempo. Ahí estaba y, madre mía, qué guapa era. Parecía distante, como siempre. ¿Qué me esperaba? Le había roto el corazón de la peor manera posible.

Margot y yo nos habíamos conocido la primera vez que fui a la isla. En aquel entonces, yo era un crío, un capullo y un idiota. No estoy seguro de haber cambiado mucho. Cuando llegué a Bali, quería vivir la vida al máximo. Era un tío guapo y rico que deseaba probarlo todo y experimentar lo máximo posible. La isla cautivaba, tenía algo que no sabía explicar. Era como si nos despojara de cualquier mal y nos dejara desnudos para poder vivir emociones que no podríamos experimentar en ningún otro sitio.

La conocí en este mismo hotel. Por aquel entonces ella no era quien regentaba las villas, solo tenía diecinueve años y estaba a punto de empezar su segundo año en la universidad. Estaba en Bali pasando sus vacaciones de verano. Recuerdo como si fuera hoy el momento en el que vi su figura deslizarse debajo del agua. Su melena del color del fuego captó mi atención y luego lo hizo toda ella. Salió de la piscina empapada y embutida en uno de esos bañadores de nadadora. No era nada sexy, pero a ella le quedaba fenomenal.

Recuerdo su sonrisa cuando me vio allí observándola. Yo tenía la toalla colgada del hombro y me había olvidado de que mi intención era bañarme en la piscina.

—Tú eres el inquilino de la villa del jardín, ¿verdad? —me preguntó mientras se secaba.

Asentí. Volví a la realidad y me acerqué a ella.

—Y tú eres la hija de los dueños, ¿me equivoco?

—¿Tan obvio es? —contestó. Se cubrió con la toalla y se escurrió el pelo con una esquina de esta.

—Creo que tú y tu padre debéis de ser los únicos pelirrojos que regentan una villa en Indonesia.

Ella rio.

—No te creas… Los turistas lo han conquistado todo.

—Soy británico y nunca había visto una chica tan zanahoria como tú. Eres clavadita a Pipi Calzaslargas.

—No sé quién es —dijo un tanto ofendida.

Por alguna razón que sigo sin comprender, su enfado me hizo sonreír.

—No te has incluido en el grupo de los «turistas». ¿Significa eso que eres de aquí? —le pregunté.

Me quedé observando las múltiples pecas que le llenaban casi toda la cara. Era maravilloso, como una galaxia infinita.

—Soy adoptada —contestó con sencillez. Me quedé mirándola extrañado.

—Así nos llaman a los que nacemos aquí, pero somos hijos de extranjeros —explicó—. Mis padres se mudaron a Bali antes de casarse. Les cedieron un terreno para poder construir todo esto y ya no hubo quien los alejara. Yo nací no muy lejos de esta isla, en Denpasar. Solo he vuelto para ir a la universidad.

Asentí, interesado, pues me parecía fascinante lo que me contaba. Sobre todo la forma un tanto a la defensiva que había tenido para explicarme sus orígenes. Era como si quisiera dejar claro que aquel era su sitio. No podía ni imaginar a mis padres haciendo algo parecido, pero me parecía una aventura alucinante. Dejar tu vida, mudarte a Bali, crear un negocio, tener una hija y criarla tan lejos de todo lo que conocían.

—¿Puedo preguntarte qué estudias?

Ella se anudó la toalla con fuerza justo a la altura del escote. Mis ojos no pudieron evitar echarle un vistazo. Me quedé bastante embobado por lo abultado de sus pechos.

—Empresariales. Algún día seré yo quien me encargue de todo esto… Mis padres están deseando jubilarse.

Asentí en silencio.

—¿Y tú? —me preguntó entonces—. ¿Qué estudias o qué has estudiado para permitirte pagar una de las villas más caras de esta isla?

Su descaro me sorprendió y gustó a partes iguales.

—Soy un mafioso —le contesté. Su mirada se tiñó automáticamente de rechazo—. ¡Es broma, es broma! Soy piloto.

—¿De aviones?

—¿De qué si no?

—¡Qué pasada!

Me reí.

—Si te gusta volar, sí que lo es, sí.

—Tiene que ser alucinante, ¿no? Estar ahí arriba…

La miré con curiosidad.

—¿Nunca te has subido a un avión? —le pregunté.

—Claro que sí, no soy una marciana, pero no tiene nada que ver. Una cosa es ir sentado atrás, con un asiento que apenas te deja estirar las piernas y una ventana más pequeña que el culo de una botella y otra muy distinta es ir pilotando un avión… ¡Qué pasada, en serio! ¿Alguna vez te has estrellado o has tenido un accidente?

Joder, cómo hablaba la zanahoria.

—Nunca me he estrellado, no. Si lo hubiese hecho, mis probabilidades de haber sobrevivido habrían sido prácticamente nulas.

—¿En serio?

Asentí mientras me quitaba la camiseta y me acercaba a los escalones de la piscina. Ella me siguió con la mirada.

—Entonces, ¿para qué están los cinturones de seguridad?

«Para nada», quise decirle.

56

—Sobre todo por si hay turbulencias —contesté en cambio.

Me sumergí en el agua cristalina y solté el aire, con lo que se crearon burbujas mientras nadaba. Cuando regresé al mismo lugar haciendo largos, ella seguía allí. Esta vez sentada en el borde de la piscina y observándome con miles de preguntas en la punta de la lengua.

—¿Por qué estás aquí? —me preguntó.

Me acerqué a ella hasta quedar justo delante de donde se había sentado. Observé sus facciones, sus piernas hundidas en el agua y la manera en que, con el brazo derecho, se aseguraba de tener bien sujeta la toalla contra sus pechos increíblemente voluptuosos.

—He venido a descansar. A desconectar y a surfear unas cuantas olas…

—¿Cuánto tiempo te quedas?

—Dos semanas. Luego tengo que volver a surcar los cielos —contesté.

Me fijé en sus ojos azules y en sus bonitas pestañas. Eran pelirrojas y cortas, le daban un aire a inocencia que me removió algo muy profundo. De repente, sentí la necesidad de llevarla a lugares tan alejados de la candidez que desprendía que tuve que controlarme. No era cuestión de que se me viera en la mirada los pensamientos nada inocentes que empezaban a formárseme en la cabeza.

Joder… ¿Alguien podía sentir una atracción física tan intensa por una persona de forma inmediata?

—¿Te gustaría que te enseñase la isla? —me preguntó.

Sonreía, aunque la noté un tanto nerviosa. Lo supe por la manera que tenía de apretar con fuerza la toalla.

Quise arrancársela para poder volver a ver su cuerpo atlético e increíblemente atractivo.

—Nada me gustaría más, pequeña zanahoria.

Su sonrisa se evaporó.

—No vuelvas a llamarme así.

—Está bieeeeeen —dije. Me impulsé con los brazos y me senté junto a ella en el bordillo—. Te llamaré zanahoria a secas.

No pudo evitar que una sonrisa se le escapara de los labios.

Echando la vista atrás, no puedo creer que la tratara como lo hice. ¿En qué momento me había creído que tenía derecho a destrozarla? ¿En qué puñetero momento me importé yo mismo más que ella, que era lo que único que estaba bien?

A veces, el ser humano hace cosas inimaginables por culpa del miedo y de las inseguridades. Siempre me habría creído alguien de mentalidad fuerte y estable, pero la vida nos pone en situaciones que jamás podríamos haber imaginado que íbamos a tener que afrontar. Era el destino quien me había hecho conocer a esa increíble chica y él mismo me había llevado a hacerle muchísimo daño.

La mente humana es compleja, retorcida e inmensa. Es un lugar lleno de cajones dentro de cajones. Es un espacio plagado de recovecos que ni siquiera sabemos que existen, como baúles que se abren de repente sin permiso y nos hacen actuar como jamás hubiésemos creído que podríamos actuar. Todo ese espacio deja de ser virgen en el mismísimo instante en el que abrimos los ojos y dejamos que la inmensidad que nos rodea nos invada. A partir de ahí, estamos sujetos a quien nos coja en brazos, nos guie y nos enseñe. El problema reside en que a veces, muchas más de las que nos gustaría, quien nos sujeta no desea lo mejor para nosotros. Es entonces cuando empiezan los problemas.

Sí, la mente humana es muy compleja, la mía además estaba jodida. Mucho más de lo que en un principio llegué a imaginar. Mi primera víctima fue quien, con todos sus preciosos cajones abiertos, me había dejado entrar. Quien me había ofrecido la llave de todos y cada uno de sus recovecos.

Margot no tuvo ni idea de dónde se estaba metiendo al ofrecerme su compañía y yo jamás pensé que podría hacer daño a lo más precioso que la vida me había puesto delante de los ojos.

5

NIKKI

Me pasé el resto de la mañana en la clínica veterinaria. Era un local pequeño que se encontraba en lo alto de la colina y alejado del centro de la isla. Junto con Gus, uno de mis mejores amigos, intentaba que aquel lugar fuera un centro como Dios manda. Hasta la fecha, habíamos conseguido adecentar la sala de consulta, crear una sala de espera un tanto respetable y colocar cuatro baldas en la zona del almacén. ¿Os he contado ya que apenas llegaba a fin de mes? Lo cierto es que la clínica daba bastante pena, pero era mucho mejor eso a no tener nada. Gus y yo parecíamos ser las únicas personas a las que les interesaba lo suficiente la vida de los animales de la isla. Aunque, claro, él no era veterinario, solo un amante acérrimo de los animales. Intentaba ayudarme todo lo que podía teniendo en cuenta que también trabajaba en un bar a pie de playa llamado Mola Mola.

—La perrita de Wayan está embarazada —dijo Gus, entrando en la clínica con una gran caja en las manos. La depositó encima del «mostrador» haciendo muchísimo ruido.

—¡Mira que se lo advertí! —le dije a Gus chasqueando la lengua—. Lo que nos faltaba, más cachorros sueltos por ahí. ¿Te ha dicho algo? ¿En plan: «Dile a Nikki que ella llevaba toda la razón»?

Gus se quedó mirándome sin decir palabra.

—Ya… —respondí.

Ignoré la exasperación silenciosa de mi amigo. Gus era un chico musulmán, había nacido en Gili Air, en la provincia de Lombok. Es una islita preciosa y de los pocos lugares musulmanes de indonesia donde estaba permitido beber alcohol debido a la gran afluencia de turistas. Gus había abandonado su lugar natal cuando se enamoró de Eko, otro de mis mejores amigos. Eko era un chico español que se había dedicado toda la vida a viajar por el mundo con tan solo una mochila a sus espaldas, hasta que conoció a Gus. Ambos se conocieron en Gili y desde entonces no habían sido capaces de separarse. Se mudaron a mi isla cuando la familia de Gus se enteró de su homosexualidad y dejaron de hablarle. ¡Qué rabia sentí cuando nos confesó entre lágrimas que su familia no quería ni pensaba aceptar a quien amaba! Por aquel entonces, llevaban cuatro años viviendo juntos y aquí en Bali habían conseguido la aceptación que en Lombok jamás hubiesen encontrado.

—Vas a tener que pasarte dentro de unas semanas a echarle un vistazo —retomó el tema—. La pobrecita está tirada todo el día, la barriga apenas la deja moverse.

Saqué de la caja las bolsas de comida para perros que habíamos pedido desde Bali. Vivir en una isla tan pequeña como esta suponía tener que pedir o comprarlo todo fuera. Los barcos cargados de mercancía, comida y todo tipo de productos llegaban por las mañanas muy temprano y abastecían nuestro hogar de lo necesario. Había veces que yo misma me tomaba la molestia de ir hasta Bali, pero si podíamos encargárselo a Dona, nuestra «Amazon humana», lo hacíamos así. Era lo más fácil. Dona se encargaba de hacer los recados de quienes necesitábamos cosas de fuera y se llevaba un pequeño porcentaje por el trabajo.

—Hoy deberíamos pasar por la zona este y seguir con las vacunas de la rabia, ¿no? —le pregunté a Gus.

Se giró hacia mí con cara de angustia.

—No creo que pueda ayudarte hoy, Nikki. Tengo que echar una mano en el bar. Dani sigue enfermo y me toca a mí encargarme del almuerzo.

Mierda, sin Gus iba a ser más complicado vacunar a los peluditos yo sola. Pero no se lo dije.

—No te preocupes.

—Si quieres, puedo pedirle a Eko que te eche una mano, aunque ya sabes que a él los perros le dan bastante…

Sonreí.

—¿De verdad crees que quiero repetir lo que pasó hace un mes? No, gracias.

Solo os diré cuatro palabras: Eko, piscina, ladrido, caída. Lo demás os lo dejo a la imaginación.

Gus me ayudó a colocar las bolsas de pienso y a terminar el inventario de medicinas antes de marcharse.

—Te veo en el *sunset* —dijo y se marchó dejándome sola.

El momento *sunset* era algo sagrado. Todos nos reuníamos allí a la misma hora para disfrutar del mayor espectáculo natural. Ver el sol desaparecer por el horizonte nos ayudaba a dar por terminado el día. Una cerveza frente al mar entre amigos era lo que más me gustaba antes de marcharme a casa a descansar, era el momento donde todo se paraba y podíamos sentirnos parte de lo que nos rodeaba. El atardecer es un verdadero espectáculo que la naturaleza nos regala cada día y nadie debería darlo por sentado. Supongo que para quien no ha crecido rodeado de mar, a lo mejor esta necesidad de observar una puesta de sol puede sonar un poco simplista, pero para mí y mis amigos ver la puesta del sol formaba parte del día a día, igual que desayunar, almorzar, ducharte o lavarte los dientes. Simplemente era «necesario».

Aún quedaba bastante para el *sunset*, por lo que cogí mi maletín, lo cargué con todo lo que necesitaba, incluyendo las tiras rojas que había estado cortando y preparando la semana pasada y lo metí todo en la moto. Me encontré a Batú dormitando a la sombra de una palmera, pero se incorporó de inmediato en cuanto me vio salir de la clínica. Ladró como saludo y ambos nos pusimos en marcha. Aunque Batú era mi perro, era libre de ir y venir a donde él quisiese. Se conocía la isla mejor que nadie y no era raro que desapareciera algunas horas para pasearse por la playa o juntarse con sus amigos perrunos. Aunque lo normal era que estuviese siempre esperándome o acompañándome a donde fuese.

Recorrí parte de la isla, deteniéndome en las casas y rincones donde hubiese animales. En las casas, con sus dueños, era mucho más fácil vacunarlos. Pero a veces resultaba complicado conseguir que los animales abandonados confiaran en mí.

Batú los mantenía a todos a raya. Era el más grande de la isla y una especie de líder. Los demás lo sabían, aunque no lo conocieran. Batú era fuerte y robusto. Tenía un carácter de mil demonios, marcaba su territorio y no dejaba que ningún perro le hiciera frente.

A cada canino vacunado le colocaba la tira roja al cuello para que todos supieran que estaban protegidos contra la rabia. Ojalá algún día pudiera hacer un censo de todos los perros de la isla, eso me ayudaría mucho… Mientras tanto, esto era muy necesario, sobre todo para detener a la gente que seguía envenenándolos. Muchos vecinos lo hacían por miedo a que mordieran a sus hijos o a ellos mismos, pues un mordisco de un animal rabioso puede llegar a ser mortal. Por eso yo hacía hincapié en conseguir donaciones para vacunar a los perros, era un asunto que nos concernía a todos. Gus y yo, aunque a veces se nos unía Eko, también dábamos charlas por las diferentes zonas de la isla. El objetivo era concienciar sobre la importancia de tener una isla libre de rabia y exceso de cachorros, y que el mensaje llegara a todo el mundo.

Almorcé algo tarde, pero contenta de regresar a la clínica veterinaria con el maletín vacío. Me cambié la ropa que llevaba por un bañador de mangas largas para hacer surf. Estiré la mano por mi espalda hasta encontrar la tira que cerraba la cremallera. Cargué la tabla de surf que guardaba en el almacén en el soporte que le había añadido a la moto hacía más de un año. Había sido la compra más fructífera de mi vida, aunque algo cara, pero me permitía llevar mi propia tabla y no tener que alquilar la de otro para surfear.

Había empezado a practicar surf desde que tenía uso de razón y lo cierto es que no se me daba nada mal, en absoluto. Era buena, una máquina de hacer surf. Me encantaba porque despertaba mi instinto más competitivo, aunque este fuese un deporte totalmente individualista.

De pequeña, mi tío me decía que parecía haber llegado al mundo con una tabla debajo del brazo. Yo creo que es cierto, ya que mi madre era igual de buena que yo, o eso me había contado mi abuela. Mi isla era famosa por las olas. Surfistas de todo el mundo llegaban en las mejores épocas buscando la ola soñada. Era algo que yo detestaba, sobre todo cuando empezaban a descubrir los lugares más recónditos, a los que íbamos los autóctonos. Pero, claro, desde la llegada de internet, había miles de blogs que desvelaban las mejores playas donde hacer surf en la isla. Me cabreaba sobremanera, pues los turistas no entendían nuestras normas ni respetaban la manera de hacer surf de los que vivíamos allí desde siempre.

Decidí que aquella tarde no me iría a mi playa favorita, sino frente a Mola Mola. Era donde trabajaban Gus y Eko, así podría tomarme algo con ellos antes del *sunset*. No era lo mismo surfear en la playa principal donde estaba casi todo el mundo que en mi cala secreta, pero aquel día se me había hecho especialmente tarde.

Dejé la moto en la parte trasera del local, en una zona con poca arena que casi todos utilizábamos como aparcamiento. Fui directa al mar. Escuché a Batú ladrar a mi espalda y sonreí. Cuando me metí en el agua, el perro giró varias veces sobre sí mismo ladrando para llamar mi atención. Batú odiaba el agua, casi nunca se bañaba en el mar y una parte de mí sabía que le molestaba perderme de vista durante las horas que estuviese surfeando.

Me coloqué en la tabla con el cuerpo en horizontal y empecé a remar hasta alcanzar la zona idónea para coger una buena ola. Estaba orgullosa de tener unos brazos fuertes que me permitieran remar sin apenas cansarme, cosa que muchos surfistas entusiastas y con poca experiencia no sabían hasta empezar a practicar ese deporte. Todos creen que ponerse de pie en la tabla es el reto más difícil, pero están equivocados. El desafío de verdad es poder remar contra corriente y no agotarte en el intento. Para eso el yoga era mi mejor aliado.

Disfruté del mar aquella tarde. No sé cuánto tiempo estuve cogiendo olas o simplemente observando a algunos de mis amigos ponerse a prueba y arriesgar al máximo. Era muy notoria la diferencia de como nosotros surfeábamos con respecto a la mayoría de los turistas que visitaban la isla. Era lógico, nosotros nos habíamos criado en el mar. El agua era nuestro elemento, y las olas, nuestra pasión.

Miré con los ojos entrecerrados a un grupo de turistas, un poco más allá se reían intentando coger una ola bastante grande. Vi a Milo, un amigo mío de la infancia, coger la ola sin problema y, al mismo tiempo, un turista intentó imitarlo.

Ese era el gran problema de los turistas, no entendían las normas. ¡Aquella era la ola de Milo! Y no lo decía por egoísmo, sino por sentido común. Si chocaban en la ola, podían hacerse muchísimo daño. Aquel deporte no había que tomárselo a broma y mucho menos hacerlo estando borracho.

Vi cómo Milo se dejaba caer al agua para evitar colisionar con el turista. Me entraron ganas de ir hasta allí y llevar hasta la orilla a aquel adolescente de las orejas.

Sus amigos se echaron a reír.

—Idiotas —dije intentando volver a concentrarme.

Cogí unas cuantas olas más y, a medida que fue bajando el sol, fuimos quedando menos gente en el agua. Me fijé en que un poco más allá había dos hombres sentados en las tablas, expectantes. Uno era rubio y el otro moreno. El primero me daba la espalda, pero el moreno me resultaba familiar. Me llamó la atención por su porte y lo alto que debía de ser teniendo en cuenta la longitud de su tabla de surf.

Me quedé mirándolo un tiempo indecoroso. Supongo que al final sintió que alguien lo observaba porque giró levemente la cara hasta fijar sus ojos en mí.

¿Nos habíamos visto antes? En sus ojos también me pareció ver cierta curiosidad y tal vez algo de reconocimiento, pero no tuve tiempo de mucho más.

Sus ojos se desviaron hacia algún punto detrás de mi hombro. Me giré y la vi. Era la ola perfecta. Di la vuelta sobre mí misma y empecé a remar con fuerza. ¡Era mía! La última antes de salir del agua y disfrutar de una merecida cerveza frente al mar.

Entonces lo sentí. Aquel tío… se acercaba por detrás. Pero ¿qué hacía?

Remé con más fuerza. Yo iba a llegar primero, estaba claro. ¿No era consciente de que yo estaba más cerca?

No sé cómo lo hizo, pero a los pocos segundos lo tuve pisándome los talones. ¿Cómo había conseguido remar tan rápido? Pasó por mi lado y entonces lo entendí. Era tan alto y grande como había sospechado nada más verlo. Por eso había llegado antes que yo, sus brazos eran el doble que los míos. Bueno, a lo mejor exagero un poco, pero ya me entendéis. Seguí remando con fuerza, me sentía atraída hacia él. Era como si él tirara de mí, como si él fuese el polo opuesto de un imán y yo el contrario.

Conseguí ponerme de pie antes que él, eso sí. Me habían podido las ansias de no dejar que un desconocido me robara la ola perfecta. Vi que hacía lo mismo. Rápidamente, echó un vistazo hacia atrás. Justo por donde yo iba disparada en su dirección. Me miró enfadado. Me lanzó la misma mirada que seguramente yo le había lanzado al chaval idiota que había querido arrastrar de las orejas.

Tuvo que tirarse justo antes de que mi tabla lo pillara y casi nos chocamos. Pasé por su lado como una flecha, con las rodillas ligeramente dobladas. Mi cuerpo estaba alineado con la tabla, los brazos me ayudaban a mantener el equilibrio. Sonreí cuando la ola se dobló y me permitió que me colara por el centro. Estiré la mano para tocar la pared de agua que había a mi lado. Me reí fuerte y lo disfruté como una niña pequeña.

Sí que había sido la ola perfecta, tan fuerte y tan alta que me llevó directa a la orilla ahorrándome la tediosa tarea de tener que remar para salir.

Me dejé caer cuando la espuma se esfumó y me peiné el pelo hacia atrás ayudándome del agua. Cogí la tabla y salí del mar andando, en dirección al bar.

—Eh, ¡tú! —escuché entones una voz a mis espaldas.

Me giré y me encontré con… él.

—¿Se puede saber por qué has hecho eso? —me preguntó en inglés con acento británico.

Se acercó y se detuvo a apenas un metro de mí. Fui consciente de que me sacaba más de una cabeza. Mis sospechas habían sido más que acertadas. El tío era enorme y, de repente, me sentí muy pequeñita.

—¿Hacer qué? —pregunté en su idioma. Mi abuela siempre había insistido en que conservara parte de mi herencia cultural conmigo y, trabajando prácticamente cien por cien de las veces con turistas, hablaba inglés casi a la perfección.

Clavó sus ojos marrones en los míos.

—¿De verdad vas a hacerte la tonta? Me has robado la ola.

—¡Yo no he hecho tal cosa! —le contesté.

—Has visto perfectamente que iba a cogerla. Incluso te has adelantado antes de tiempo y podríamos haber chocado.

—El que coge la ola primero se la queda —dije sin apenas titubear.

El tío parpadeó, como si no diera crédito.

—¡Yo he llegado primero! —me contestó alzando la voz.

—¡Yo estaba antes que tú! ¡Has sido tú el que se ha adelantado! —dije, pero me arrepentí de inmediato.

—O sea, que reconoces que yo te adelanté y la cogí primero.

—Yo no he dicho eso.

El tío dio un paso hacia delante.

—Has dicho exactamente eso.

Sentí su cercanía como algo que me quemaba. Tuve que inclinar levemente la cabeza para poder sostenerle la mirada. De repente, me entraron ganas de empujarlo hacia atrás para poder volver a respirar hondo.

—Yo estaba más cerca —insistí intentando buscar argumentos sólidos.

—Pero yo te adelanté —repitió él.

—Yo me puse de pie primero.

—Yo la vi primero.

—¿Y qué?

—Verla me hace su dueño.

—¿Dueño de una ola? ¿Quién eres, Moana?

—¿Quién? —me preguntó como si le hubiese hablado en chino.

—Moana… La película de Disney… La de la niña que…

—¿Tengo pinta de ver películas de Disney? —me cortó de cuajo.

Lo cierto era que no. No tenía pinta de ver películas de Disney, sino de otra cosa. Por ejemplo, de cogerte en brazos y empotrarte contra una pared para después…

—Yo te conozco —dijo entonces, interrumpiendo unos pensamientos de lo más perturbadores. ¿De dónde había salido una idea tan calenturienta?

—Pues yo a ti no —contesté.

Mientras lo decía, mi cerebro se puso en funcionamiento. No quería admitirlo, pero a mí también me sonaba haberlo visto en alguna parte.

Un segundo. No podía ser…

«No, no, no, no…».

—Eres la chica desnuda —dijo entonces.

Me dejó de piedra. No solo había caído en la cuenta al mismo tiempo que él, sino que llevaba razón, joder. No sabía cómo lo tenía tan claro, porque además había mucha distancia como para reconocernos, pero sí lo habíamos hecho… Su pelo moreno al viento, la anchura de sus hombros, su forma de pronunciar la palabra «desnuda»... me desconcertaron. Así que la chica desnuda…

«Espera, ¿qué?».

—Yo no soy ninguna chica desnuda —dije. Quise que mi tono sonara creíble, pero sucedió todo lo contrario.

Sus ojos no pudieron evitar volar por todo mi cuerpo. Sentí como si me estuviera viendo sin nada. Era como volver a estar frente a él, solo que sin distancia, con mis pechos a su vista y mi…

—¡Para!

—¡Eh, tranquila! Fuiste tú la que se quedó desnuda mirándome embobada, ¿recuerdas?

—Yo… Yo no…

—¡Eh, tíos! —Una voz nos interrumpió a sus espaldas. Cuando mi oponente se giró, vi que llevaba un inmenso tatuaje de un sol maya en el hombro derecho—. ¿Qué hacéis? Os estáis perdiendo un espectáculo increíble.

Ambos nos giramos hacia donde indicaba el chico que había hablado. Vimos como el sol empezaba a ponerse bañándolo todo de unos colores increíbles. Me quedé un segundo alucinada por lo bonito que era, hasta que recordé la voz que acababa de interrumpirnos.

—¿Nate? —pregunté mirándolo fijamente.

—¿Nicole? —dijo él.

—¿Nicole? —repitió el tío alto y capullo.

—¿Qué haces aquí? —pregunté con el ceño levemente fruncido—. ¿Margot sabe que…?

—¿La conoces? —le preguntó el tío capullo a Nate.

Este último lo miró. De repente, parecía nervioso.

—Sí, bueno… Nikki es amiga de Margot, la dueña de las villas donde nos alojamos.

—¿De la pelirroja?

—La misma.

—Se suponía que no ibas a volver —le dije a Nate cruzándome de brazos. ¿Cómo había sido capaz de regresar?

—Oye, Nikki, no es el momento… Alex y yo…

—¿Alex? —pregunté saboreando entre los labios el nombre del desconocido que me había visto en pelota picada.

—Soy yo.

—Lo sospechaba. —Ambos volvimos a intercambiar miradas—. Tengo que irme… —añadí.

Entonces miré a Nate y luego a Alex. El nombre le venía como anillo al dedo.

—Espera… Aún me debes una disculpa —dijo este último, mirándome ahora divertido.

Dios, me entraron ganas de borrarle aquella sonrisa de superioridad de un guantazo, pero obviamente no hice tal cosa.

—Estás disculpado por haberme robado la ola, Alex. Ahora, si no os importa, me esperan mis amigos.

Me giré con la tabla en una mano y pisando fuerte sobre la arena.

Sentí dos pares de ojos clavados en mi espalda, uno tal vez un poco más abajo.

¿Qué hacía Nate aquí? ¿De verdad lo sabría Margot y se alojaban en su hotel? ¿Y quién era ese tal Alex…? Aparte de un tío que me había visto como Dios me había traído al mundo.

Caminé hasta la barra del bar y me senté. Dejé la tabla en el suelo, a mi lado.

—¿Con quién hablabas? —me preguntó Eko, que también estaba allí, con una cerveza Bintang a medio beber en la mano derecha y un cigarro en la boca.

—Con nadie —dije cogiendo la cerveza que me tendía Gus. Este se apoyó sobre la barra con los brazos y miró por encima de mi hombro.

—Espera…, ¿ese no es…?

—Nate Olivieri —nos interrumpió una voz dulce a mis espaldas.

Me giré hacia Margot, que se sentó a mi lado, en el taburete que quedaba libre a mi izquierda. Gus se incorporó y se apresuró a traerle otra cerveza, aunque ella negó con la cabeza.

—Gracias, Gus, pero hoy prefiero mantenerme todo lo sobria que pueda.

—¿Qué hace aquí? —preguntó Eko fulminándolo con la mirada.

Me giré para ver si Nate se atrevería a venir hacia aquí. Me sorprendió comprobar que sí. Tanto Alex como Nate venían caminando hacia nosotros tan tranquilos. A mi lado, Margot se tensó.

—Dos Bintang, por favor —pidió Nate.

Hizo como si no estuviéramos. Fingió que a menos de cinco metros no se encontraba la chica por la que había estado babeando los últimos años. Esa a la que había jurado cuidar, querer, proteger y no sé cuántas cosas más.

Entonces, el poder de una presencia masculina me atrajo, como si me llamaran por mi nombre. Mis ojos y los del tal Alex volvieron a encontrarse. Sentí que algo se calentaba a fuego lento en mi interior.

—¿Maggie? Dime qué quieres que haga con este piltrafilla… —empezó diciendo Gus sin moverse del sitio, mirando a nuestra amiga.

Alex parpadeó y apartó la vista. La desvió a mi amigo. Nate, por el contrario, parecía incapaz de levantar los ojos hacia Margot. Seguía haciendo como si ella no estuviese. ¿Cómo se podía ser tan cabrón?

—Sírveles lo que quieran, Gus. De todas formas, yo ya me iba.

Mi amiga se bajó del taburete y empezó a alejarse hacia el aparcamiento de motos.

—Pero ¿qué cojones…? —empezó diciendo Alex.

No terminó la frase porque todos vimos como Nate dejaba la cerveza en la barra e iba tras Margot. Miré a mis amigos.

—Esto va a terminar fatal —vaticiné.

—¿Peor que el año pasado?

—¿Qué pasó el año pasado? —Sentí su voz mucho más cerca de lo que la esperaba.

Me giré sobre mí misma en el taburete y elevé la mirada hasta encontrarme con sus ojos. Dios, desde aquella distancia y bajo la luz del atardecer, era hasta más atractivo de lo que me había parecido al principio. No era el típico británico blanco, rubio y de ojos claros, como Nate, por ejemplo. Su piel ya estaba ligeramente bronceada, como si el surf de aquella tarde hubiese empezado a dejar mella en él. Tenía las pestañas largas y los ojos oscuros, al igual que su pelo castaño. Se había puesto una camisa de lino blanca medio desabrochada y, por el hueco que quedaba libre, se le veía ligeramente el pelo del pecho. Dios… ¿Podía ser más varonil? Era esa clase de hombre que solo con entrar a una habitación conseguía captar la atención de cualquiera.

Desvíe la vista y me centré en lo importante.

—Tendrás que preguntárselo a tu amigo —contesté.

Me bajé del taburete y obligué a Alex a dar un paso hacia atrás.

6

MAGGIE

Me fui porque me dolía demasiado tenerlo tan cerca. Ya era bastante malo que se alojara en la villa, pero que encima tuviera que compartir mi espacio de ocio con él... Prefería marcharme. No me sentía con fuerzas para defender mi territorio ni tampoco para enfadarme. Entendía que mis amigos sí lo estuvieran, me había dado perfectamente cuenta de las miradas desafiantes que le lanzaban y lo protectores que se habían vuelto conmigo. Al fin y al cabo, Nate me había abandonado el día antes de nuestra boda y, ostras, eso no se olvida con facilidad.

Aún podía recordar ese momento con exactitud. El instante en el que mi amiga Nikki había entrado en mi habitación con una carta. Mi nombre estaba escrito en el dorso del sobre. Sí, mientras se preparaba para romperme el corazón, incluso se había molestado en comprar un sobre.

—¿Qué es esto? —le pregunté.

Nikki se encogió de hombros y me miró preocupada.

—Estaba encima de tu cómoda.

No comprendí la mirada de preocupación de mi amiga. Al principio, al ver aquella caligrafía, creía que era otra de las muchas cartas que Nate y yo nos habíamos enviado desde que nos conocimos tres años antes. Al fin y al cabo, así fue como seguimos profundizando en nuestra relación. Usábamos el correo tradicional porque él creyó que sería divertido y yo estaba dispuesta a hacer lo que fuera con tal de verlo sonreír.

Querida Maggie:

Me tiembla la mano solo de pensar en lo que estoy a punto de hacer. Algo en mi interior me insta a huir y no puedo hacer nada para que desaparezca. Tengo miedo, Margot. Eres todo lo bueno que nunca creí poder llegar a merecer. Sin darme cuenta, he empezado una vida paralela en dos lugares tan diferentes y lejanos que me es imposible saber cómo seguir sin destruirnos a los dos.

¿En qué momento llegué a quererte tanto que olvidé todo lo que he construido por mí mismo y con esfuerzo? ¿Cómo puedo dejar todo eso atrás y seguir la vida que tú deseas sin perderme en el camino?

No estoy preparado para esto Maggie. Este amor se me ha quedado demasiado grande. Tú me vienes demasiado grande porque eres la mujer más perfecta que he conocido jamás y no sé si yo soy digno de estar a tu lado.

Siento haberte llevado hasta este punto. Siento muchísimo más no llegar a cumplir la promesa que te hice hace semanas con el corazón en la mano.

Lo siento, Mags. Espero que algún día puedas llegar a perdonarme, pero en el fondo sé que estoy haciendo lo mejor para los dos. Te mereces a alguien mejor que yo. Te mereces a alguien que cumpla sus promesas. Ambos sabemos que ese jamás será mi fuerte. Te querré siempre.

Tu NATE

Había tantas cosas mal en esa carta que no supe procesar lo jodida que era hasta minutos después de leerla.

Lo primero que pensé fue: «No puede estar haciéndome esto otra vez». Lo segundo: «Yo le he permitido que pueda hacerme esto otra vez».

No era ni la primera vez ni la última que Nate Olivieri me dejaba. Eso sí, era la primera vez que lo hacía por carta. ¿Por qué no le había hecho caso a mi instinto? Nate era esa clase de hombre que no puede comprometerse ni con una compañía telefónica, ¿en qué momento pensé que lo haría conmigo?

A lo mejor fue la manera en la que me miraba, o las caricias de sus dedos en mi espalda siempre que terminábamos de hacer el amor, o esa sonrisa picarona que conseguía que se me borrara cualquier enfado, porque era incapaz de enfadarme con él…

—Margot —escuché que me llamaba detrás de mí.

Me detuve casi por acto reflejo.

—¿Qué quieres? —pregunté sin girarme.

No me daría cuenta hasta después de lo fuerte que estaba

apretando la llave de la moto con la mano, no hasta que no viera la marca de esta sobre la piel de mi palma.

—Me gustaría que habláramos.

Me giré para encararlo.

—¿Hablar de qué?

Me fijé en él… Parecía diferente, más mayor. Tal vez el año que había transcurrido desde la última vez que nos habíamos visto había hecho mella en su aspecto aniñado. No tenía mucho que ver con el chaval joven que había conocido cuatro años antes. Yo aún era una niña por aquel entonces. Era enamoradiza y tenía unos sueños ridículos, y él se había aprovechado de ello tomándome por tonta. Le había dado todo lo que tenía y él había decidido desecharlo sin ni siquiera darme explicaciones.

—De nosotros… De lo que pasó hace un año…

—No existe un nosotros, Nate —le contesté tajante—. Nunca existió, de hecho. Hace tiempo que me di cuenta.

—No digas eso —respondió, dando un paso hacia delante.

—No —lo corté de inmediato y lo obligué a detenerse—. No sé qué haces aquí. No tengo ni la menor idea de qué pretendes y menos qué esperas hospedándote en mi casa, pero solo te voy a pedir una cosa: aléjate de mí, Nathaniel.

—Yo solo quería… —intentó volver a decirme algo con voz martirizada.

—¡No me importa lo que tú quieras! ¡Ya no! —le grité. Perdí el poco autocontrol que me quedaba—. Me hiciste daño… Rompiste todos nuestros planes y nuestras ilusiones.

Jugaste conmigo. ¿Ahora pretendes venir aquí y charlar de lo que pasó como si fuésemos viejos amigos que se toman un café?

—Me equivoqué, ¿vale? —confesó. Dejó caer los brazos a ambos lados del cuerpo—. Me he arrepentido todos los días desde que me fui. No he podido dejar de pensar en ti... No hacía más que preguntarme si estarías bien, si seguirías viviendo en la isla a pesar de que deseabas marcharte...

—Pues sigue haciéndote todas esas preguntas, Nate —dije mirándolo con odio—. Es lo único que queda de nosotros. Las preguntas sobre qué hubiese sido de lo nuestro si tú no hubieses huido como un auténtico cobarde.

No le di pie a que me contestara. No quería escucharlo ni verlo. Deseaba largarme de allí y borrar todos los recuerdos que se repetían en mi mente como una película de diapositivas infinita. Había tardado mucho en intentar olvidar todos aquellos recuerdos, pero al menos los había guardado en un lugar muy lejano de mi mente. Estaban encerrados con muchas llaves y candados, y me había jurado no desenterrarlos jamás.

Nate no era nadie para mí. Me lo repetí una y otra vez mientras me subía a la moto. La arranqué y salí de allí para dejarlo atrás.

«Nate solo es el amor de tú vida», me contestó mi subconsciente arañando lo más profundo de mi corazón.

Casi pude oír como se rompía el primer candado de los muchos que custodiaban mis recuerdos. Y lo peor de todo es que ese solo sería el primero de muchos.

7

ALEX

¿En qué mierda se había metido Nate? Las cosas empezaban a cobrar un nuevo sentido, sobre todo si había una tía de por medio. Sin embargo, nunca habría imaginado a Nate cruzando medio mundo por una chica. ¡Ya entendía su insistencia por ir a Bali! Al muy cabrón se la sudaban mis problemas. Lo que quería era venir a solucionar lo que fuera que había hecho. Solo me había traído a mí para que le cubriera las espaldas.

Ya lo pillaría a solas y le pediría que me explicara qué cojones había hecho, pero en ese instante otra personita había captado mi atención. La chica desnuda.

Ya tenía cara, unos rasgos bonitos y un cuerpo de infarto, aunque eso ya lo había podido vislumbrar por mí mismo aquella mañana. Me fijé en ella desde la barra. La cerveza de allí no es que fuera exquisita, pero bien fría se dejaba beber con gusto. La puesta de sol era impresionante, pero aun así no captaba tanto mi atención como aquella chica descarada y de piernas largas. En ese instante, sentada en la arena, observaba el *sunset* rodeada de un montón de perros. Miré hacia ambos lados. Casi todos los que había por allí se habían acercado a ella moviendo la cola. Ni siquiera fui consciente de que una sonrisilla me borró la mueca que parecía tener tatuada en el rostro desde hacía un mes.

Cogí la cerveza y me encaminé hacia donde ella estaba. Justo antes de llegar, el can más grande, de color anaranjado, se levantó de inmediato. Se colocó entre ella y yo, y empezó a ladrar.

Nikki se giró para ver que ocurría. Al ver que era yo, una sonrisa se dibujó en su cara.

—Batú me hace de filtro, ¿sabes?

Fruncí el ceño.

—¿De filtro? —pregunté, sin atreverme a dar un paso más.

—De tíos posiblemente plastas —contestó mirando hacia delante. No me dio tiempo a responder, porque ella ya había vuelto a girarse—. ¿Eres un tío plasta?

—¿Qué es para ti un tío plasta?

—Uno que se sienta a mi lado sin permiso, empieza a entablar una conversación sin preguntarme si me apetece tenerla… Un tío que se cree con el derecho a piropearme a pesar de que ni siquiera nos conocemos… Puedo seguir, si no me paras.

Miré a su perro y luego a ella otra vez.

—¿Puedo sentarme a tu lado sin que tu amigo me muerda los talones?

Nikki volvió a sonreír.

—Te mordería ciertas partes más nobles… Lo tengo bien enseñado. Y, sí, puedes sentarte.

Lo llamó Batú y él la obedeció de inmediato. Me dejó en paz y regresó a su lugar en la arena, a su vera. Me coloqué al otro lado e intenté ponerme cómodo. Nunca me había gustado sentarme en el suelo. Se podría decir que no tenía mucha flexibilidad y la mirada divertida que me lanzó la chica me hizo sentir incómodo de repente.

—¿Estás bien? —me preguntó. Observaba mi postura, bastante forzada.

—Estupendamente —contesté.

Más o menos, había conseguido acomodarme. Me llevé la cerveza a los labios y le di un trago.

—Puedo darte algunos consejillos para conseguir un poco más de flexibilidad si te apetece —dijo aún sonriendo, incluso diría que evitando soltar una sonora carcajada.

—Estoy bien así, gracias.

—Lo digo en serio, soy profesora de yoga. Sé de lo que hablo.

La observé un poco más detenidamente. Era preciosa… Parecía ser de ese tipo de chica que no se ve todos los días. No era despampanante, como con las que solía acostarme de vez en cuando en Londres, ni tampoco cumplía con los cánones de belleza que estaba acostumbrado a buscar en las mujeres. Pero tenía un atractivo… dulce. Sí, parecía una chica dulce.

Tenía una bonita sonrisa recta, una nariz respingona y unos labios gruesos. Asiática, pero claramente tenía algo diferente. De repente sentí muchísima curiosidad por saber su procedencia. ¿De quién habría heredado ese tinte verdoso de los ojos o su altura nada común entre la gente de Indonesia? Me hubiera gustado saber mucho más, pero temía convertirme en su definición de chico plasta si me ponía a hacerle demasiadas preguntas.

Me animé con la más obvia.

—¿Así que eres profesora de yoga? Suena a hacer posturas imposibles y a quedarte dormido mientras meditas.

Pareció ofendida por mis palabras y una pequeña arruguita se le dibujó en el entrecejo.

—El yoga es un estilo de vida. Es muchísimo más que meditar o hacer posturitas imposibles.

Solté una carcajada.

—¿Estilo de vida? Pero ¿el yoga no es lo que hacen las cuarentonas para sentir que son deportistas aunque en realidad solo están sentadas en una colchoneta respirando?

Clavó sus ojos verdes en mí. Y un escalofrío me sacudió entero. Mierda. Había conseguido cabrearla. Os juro que esa no había sido en absoluto mi intención. Nikki se puso de pie, se limpió la arena del trasero con las manos y me fulminó con la mirada.

—Acabas de reinventar la definición de chico plasta… e imbécil. Adiós.

—¡Espera! —Intenté levantarme con la misma agilidad que ella y fracasé estrepitosamente.

Cuando conseguí incorporarme, Nikki ya casi había desaparecido por el mismo lugar que su amiga y Nate hacía unos veinte minutos.

Menudo imbécil estaba hecho, ella tenía razón. No es que no pensara lo que había dicho, pero podría habérmelo guardado para mí.

Hice el amago de ir tras ella, pero me arrepentí. Me di cuenta de que no tenía ni idea de cómo justificar mis palabras y, justo en ese instante, Nate me vio y vino hacia mí.

Estaba rojo por el sol. Al contrario que yo, él era blanco como la nieve y los primeros días de sol le pasaban factura. Incluso aunque utilizara la protección solar más fuerte del mercado, no podía evitar quemarse.

—¿Te apetece cenar algo? —me preguntó sin más.

Me crucé de brazos y lo miré fijamente.

—¿Qué tal si antes me cuentas qué cojones ha pasado con la tal Margot?

Nate miró hacia el mar y luego hacia mí otra vez.

—Es una larga historia…

—Tengo todo el tiempo del mundo, ¿recuerdas? Estoy de vacaciones.

Vi a mi amigo muy agobiado y eso me preocupó. Lo seguí hasta el aparcamiento de motos y cada uno se colocó su casco. Nos había costado mucho encontrar una moto decente, pero finalmente habíamos conseguido alquilar una Harley cada uno. Lo seguí, él se conocía la isla al dedillo. Nos detuvimos en lo alto de la montaña frente a una puerta hecha con hojas de palmera o algo parecido.

—Vamos, te encantará.

Lo seguí. Tras cruzar la puerta y andar un poco, llegamos a unas escaleras. Conducían a un restaurante con unas vistas espectaculares del océano. Casi todo estaba hecho de piedra y había un ambiente muy relajado. Sobre todo había surfistas que acababan de salir del agua, como nosotros.

Dejé que él pidiera en la barra. Cuando vino a la mesa con otras dos cervezas, aguardé pacientemente a que hablara.

—La he cagado —dijo a modo de introducción.

—De eso ya me había dado cuenta. Prosigue.

—Margot… Llevo bastante tiempo liado con ella. Bueno, ya no estamos liados. La dejé, hace un año… después de pedirle matrimonio.

Abrí los ojos de la sorpresa.

—¿Estabas borracho?

—¿Qué? No, no —se defendió—. Claro que no. Se lo pedí porque la amaba. Todavía la amo.

Nate Olivieri enamorado… Que alguien me pellizcara el brazo.

—Si la querías, ¿por qué la dejaste?

—Me agobié. De repente, me vi llegando a mi casa de la mano de una chica como Margot. Joder, no tiene nada que ver conmigo… y me di cuenta del error que había cometido.

—Margot es una chica normal como cualquier otra…

—Tú no lo entiendes, ¿vale? La gente de aquí… no comprende nuestra manera de vivir. Son diferentes, más… No sé, están conectados a cosas que yo jamás comprenderé. Me imaginé a Margot en Londres, con el tráfico, la lluvia, el frío… Y de repente sentí que estaba arrancando una flor de un precioso jardín para meterla en un frigorífico gris, frío y triste.

—¿Lo habíais hablado? ¿Lo de vivir en Londres? —pregunté.

Lo que me contaba calaba en mí de una manera que nunca había creído posible. La metáfora de la flor me había llevado directamente a pensar en aquella chica, en Nikki.

—Lo hablamos y ella estaba muy ilusionada. Siempre me dijo que vivir en la isla no era lo que ella quería. Quería conocer mundo, vivir aventuras e ir más allá.

—¿Más allá? —pregunté sin comprender.

—Yo tampoco entendí muy bien qué quería decir con eso, pero me asusté. De repente, no me parecía tan buena idea casarnos. Me entraron las dudas, sentí miedo y me agobié mucho.

—Sentiste el peso de la responsabilidad de dejar de ser uno para pasar a ser dos.

Comprendía muy bien cómo se había sentido mi amigo.

—Exacto, tío… Y me marché. Le escribí una carta y ha pasado un año desde entonces…

—Joder —dije. Me apreté el puente de la nariz—. La has cagado de lo lindo, sí.

Nate se dejó caer sobre el respaldo y me miró con cara de sufrimiento.

—¿Qué hago?

Le devolví la mirada, serio.

—Nada —dije mirándolo fijamente.

—¿Nada? ¿Ese es tu consejo para ayudarme a recuperarla?

—Sí —respondí sereno—. Déjala que se distancie. Dale el espacio que necesita para aclararse las ideas y a lo mejor con el tiempo llega a perdonarte.

Nate frunció aún más el ceño.

—No parece un buen plan.

—Porque no estás acostumbrado a llevar tus asuntos con calma, Nate. Por eso te salió el tiro por la culata. Le pediste matrimonio sin pensarlo, te marchaste y la cagaste, y todo eso por ir demasiado deprisa. Ni siquiera estoy seguro de que la quieras de verdad.

—La quiero, ¿vale? —No lo dijo a la defensiva, sino como alguien que afirma algo que sabe que es cierto y punto.

—Pues entonces te va a tocar mantenerte en la distancia. Sabrás cuándo acercarte, Nate. Pero no lo fuerces… No la fuerces.

Nate suspiró y entonces clavó sus ojos en mí.

—¿Desde cuándo eres experto en estos temas?

Me llevé la cerveza a los labios.

—Desde que nunca he dejado que una tía me nuble el juicio.

—*Touché* —contestó. Nate levantó su cerveza y brindó conmigo.

Me desperté al alba. Lo primero que hice nada más salir de la cama fue asomarme a la terraza y buscar a la chica desnuda en el agua. No estaba.

Había soñado con ella. Fue un sueño de lo más extraño: su perro naranja no dejaba de ladrar mientras yo intentaba entablar una conversación con ella. Al final, acabábamos bañándonos los dos desnudos en el agua templada del amanecer de un nuevo día.

Me levanté empalmado y con ganas de follar. Hacía más de un mes que no tenía relaciones con nadie. Desde que me habían dado la noticia, se me habían quitado las ganas. Hasta aquel día no había vuelto a sentir apetito sexual por nadie. ¿Deseaba a aquella chica de pelo oscuro y labios bonitos?

Me metí en la ducha. Al principio tenía la idea de ducharme con agua helada y quitarme el calentón, pero al final sucumbí al deseo. Empecé a tocarme mientras me imaginaba haciendo cosas bastante explícitas con «la chica desnuda». Sentí como se me ponía dura, mucho más de lo normal. Justo cuando iba a correrme, la puerta del cuarto de baño se abrió y un «¡mierda, lo siento!» me cortó el orgasmo de cuajo.

—¡¿Qué cojones?! —no pude evitar gritar.

Cerré el grifo y me anudé la toalla a la cintura. Pretendía cantarle las cuarenta a aquella asistenta. No había tenido la decencia de llamar a la puerta ni de cerciorarse al menos de que no había nadie en la habitación antes de ponerse a limpiar. Salí del baño furioso y allí estaba.

La chica desnuda… Nicole.

—¡Lo siento muchísimo!

Al principio me quedé descolocado al verla allí. Por un instante, creía que seguía en mi puta fantasía. No era capaz de unir la imagen que había tenido en mi cabeza con aquella chica vestida con el uniforme de asistenta. Me estaba haciendo la cama, la misma en la que unos minutos antes había tenido un sueño erótico con ella.

—¿Qué haces tú aquí? —pregunté, más cabreado de lo que pretendía.

Todo aquello me había puesto de muy mal humor. Joder, había estado a punto de tener un buen orgasmo y me lo había cortado en el último segundo.

—Trabajo aquí —dijo en ese tono desafiante.

—Ayer dijiste que eras profesora de yoga —contesté sin pensar.

—Y lo soy —dijo.

Soltó la sábana que tenía entre las manos con cierto nerviosismo. Sus ojos me recorrieron de arriba abajo, creo que ni siquiera fue consciente de ello, y las mejillas se le tiñeron de un ligero tono rosado.

—Por suerte —añadió—, todavía hay mucha gente que valora y aprecia este deporte.

Vale, no iba a entrar.

—Siento lo que dije ayer —dije. Intenté usar mi tono más amable—. No tengo ni idea de yoga. No debería haberme precipitado a juzgarlo.

—No, no deberías —dijo testaruda—. De hecho, deberías probar una clase. No le vendría mal a tu cuerpo.

Al hablar de mi cuerpo, volvió a recorrerme con la mirada. Se detuvo en el borde de mi toalla anudada a la cintura. Imaginé que tenía ganas de ver algo más.

Le atraía.

De repente me puse de muy buen humor.

—No descarto tu oferta —mentí—. ¿Así que tienes dos empleos? —pregunté.

—Cuatro, en realidad —contestó como si nada.

Abrí los ojos sorprendido.

—¿Cuatro empleos? —pregunté.

—Y a veces cinco, si me dejan ayudar en el spa que hay en la carretera principal.

—Joder… Y yo que pensaba que mi trabajo era duro.

—Necesito autofinanciar mi clínica veterinaria.

Pestañeé aturdido. Vale, ahora lo de los perros cobraba un nuevo sentido.

—¿También eres veterinaria?

—Sí, pero casi nadie me paga —dijo con aparente calma.

Me fijé en cómo iba vestida. Con el uniforme, sus discretas curvas quedaban ocultas. Llevaba el pelo recogido en un moño alto y la cara, lavada e increíblemente bronceada.

—¿Por qué no te pagan?

No sabía en qué momento me había empezado a interesar la vida de aquella chica, pero sentía curiosidad.

—Esta isla es una isla pobre… La mayoría de los hoteles y restaurantes son de extranjeros. Invierten aquí y se hacen millonarios, pero los autóctonos lo tenemos más difícil. La gente no tiene como prioridad gastarse su dinero en una mascota.

—¿No crees entonces que has elegido mal tu profesión?

Me miró extrañada.

—¿Por qué lo dices?

—Has estudiado algo que no te va a permitir mantenerte…

—Estudié Veterinaria por el amor que le tengo a los animales. El dinero no me importa. Lo puedo ganar trabajando en otras cosas —dijo, mientras seguía con su tarea de hacerme la cama.

—Con cuatro empleos, sí… Eso he oído —le contesté con una sonrisa, aunque lo que decía me parecía una soberana locura—. ¿No te has planteado irte a Bali? Allí seguro que hay muchas familias deseando pagar por tus servicios.

Detuvo lo que estaba haciendo y me buscó con la mirada.

—¿Y dejar descuidados a los animales de mi isla? Aquí hay muchos que morirían si no fuera por mí y la ayuda que recibo de varios vecinos y amigos.

—¿Quieres decir que vives para poder cuidar de ellos?

Esta chica había perdido el juicio.

—Vivo por otras muchas razones, Alexander —pronunció mi nombre con cierto énfasis—. Aunque existan personas incapaces de comprender lo increíblemente sensibles que son los perros y las barbaridades que el ser humano es capaz de hacerles, me alegra pensar que también hay gente como yo. Salvar vidas me parece un propósito vital lo bastante importante.

Me acerqué un poco a ella. Su determinación me divertía y me asombraba. Me agaché un poco para poder quedar a su altura.

—Admiro tu propósito vital, Nicole —dije. Yo también saboreé el tacto de su nombre completo en mi lengua.

Tragó saliva. Por un segundo, se quedó sin palabras. Disfruté al comprobar que mi presencia, de alguna forma, conseguía ponerla nerviosa.

Pestañeó varias veces y dio medio paso hacia atrás.

—Todo el mundo me llama Nikki —dijo entonces.

—Nikki, pues —repuse, aunque me gustaba más Nicole.

—¿Y cuál es el tuyo? —preguntó. Me dejó descolocado por un momento—. Tu propósito vital, ¿cuál es?

No me gustó esa pregunta. Me alejé de ella y fui hacia mi maleta. Estaba abierta sobre un apoyamaletas, esperando a que me dignara a guardar la ropa en los armarios. Hasta ese momento no había sido consciente de que seguía medio desnudo frente a esa chica.

—Hoy en día, mi único propósito vital es superar este mes de vacaciones.

—Hablas como si no quisieras estar aquí.

—Nate me obligó a venir. —Cogí unos calzoncillos, una camisa y unas bermudas de la maleta y me giré hacia ella—. ¿Te importa?

Nicole se giró para darme cierta intimidad. El mero hecho de pensar que estaba completamente desnudo con ella en la habitación consiguió que volviera a tener una erección en el acto, así que me vestí todo lo rápido que pude.

—No pareces la clase de hombre que se deja arrastrar a algo que no quiera —dijo, todavía con la vista en la pared.

—¿Te ha bastado un día para saber qué clase de hombre soy? —pregunté.

Se giró al notar que me había acercado a ella y supuso que también había terminado de vestirme. Se fijó en mi ropa con rapidez y volvió a clavar su mirada en la mía.

—Podría equivocarme, pero mi instinto me dice que eres el típico hombre adicto al trabajo.

—¿Eso es algo malo? Tú tienes cuatro empleos…

Sonrió y sentí un calor extraño dentro del pecho, como si acabara de darle un trago a un buen whisky escocés.

—Yo trabajo para vivir, no vivo para trabajar.

Sus palabras removieron algo en mi mente… No quería tocarlo, mucho menos delante de una desconocida.

—Yo amo mi trabajo —dije.

De verdad sentía lo que decía, a pesar de que sabía en el fondo de alguna parte de mi ser que hacía años que aquella pasión por volar se había extinguido. También se había apagado todo lo que me rodeaba, como si de repente viviera en modo «bajo consumo». Lo peor es que ni siquiera sabía por qué.

—Todavía no me has dicho a qué te dedicas —dijo entonces con voz dulce. Fue como si hubiese comprendido que acababa de tocar cierta fibra sensible y quisiese distraerme.

—Soy piloto de aviones —dije.

Automáticamente nos sumimos en un silencio incómodo que no comprendí. Fue como si le hubiese soltado una jarra de agua helada por encima de la cabeza. Nicole se tensó y el color de su rostro pareció desaparecer.

—¿Estás bien? —pregunté, cogiéndola del brazo por instinto.

Parecía como si fuese a desmayarse de un momento a otro. Mi contacto la hizo reaccionar.

—Sí, sí —dijo.

Se alejó de mí y cruzó la habitación hasta llegar a la puerta.

—Tengo que seguir limpiando —añadió sin más.

Casi sin darme cuenta había cogido sus cosas y se había marchado.

«Pero ¿qué cojones acaba de pasar?».

8

NIKKI

Aunque en el fondo sabía que mi reacción era injusta, agradecí haber tenido una excusa para marcharme. Su revelación me había cogido tan desprevenida... Había sido una sorpresa. ¿De todos los trabajos y profesiones que existían en este planeta, el chico buenorro tenía que dedicarse justamente a la única profesión que aborrecía con toda mi alma? Piloto de aviones. Me estremecí solo de pensarlo y, aunque en el fondo de mi cabeza sabía que mi reacción estaba siendo injusta, agradecí el haber tenido una excusa para marcharme de aquella habitación; una habitación espectacular en una de las mejores villas de la isla, y ocupada por un tío que estaba buenísimo.

Ya lo había visto sin camiseta, puesto que nos habíamos conocido haciendo surf, pero aquello había sido otra cosa. Era el tío más guapo que había tenido el placer de conocer y estaba delante de mí, en un entorno impresionante, con la toalla anudada a la cadera y el agua chorreando por su cuerpo bronceado e increíblemente trabajado...

Era esa clase de cuerpo atlético que lo es sin querer serlo. No era el cuerpo del típico chico que se mata en el gimnasio, sino el que hace deporte por el placer de hacerlo, o eso imaginaba yo, puesto que apenas sabía nada de él, solo que se llamaba Alex, era piloto, había venido a Bali arrastrado por su amigo, y que tenía una buena...

Me ruboricé de solo pensar lo que mis ojos habían visto.

¿Sería consciente de que había visto perfectamente lo que había estado haciendo en la ducha? Solo había podido verlo un segundo, pero había bastado para quedarme alucinada con aquella imagen tan varonil y excitante...

Dios, ¿qué me pasaba? ¿Desde cuándo me ponía pensar en un tío masturbándose? Estaba perdiendo el juicio... Desde que ese tío había llegado, mi comportamiento estaba siendo de lo más voluptuoso. ¡Incluso había dejado que me viera desnuda! Era cierto que había creído que la distancia era lo suficiente grande como para que no me reconociera. También era obvio que yo no había tenido idea de quién era el tío que me observaba desde el balcón, pero había actuado de manera completamente errática.

Pero no solo tenía un cuerpo de infarto, también estaba su mirada... Era increíble, sentía que dejaba ver muy poco de lo que había detrás de ella. Parecía como si estuviese acostumbrado a levantar muros con todo el mundo y a guardárselo todo dentro.

Al preguntarle cuál era su propósito vital, había contestado que superar aquel mes de viaje. Iba a quedarse treinta días en la isla. Sin quererlo, sentí una emoción que pocas veces había experimentado. Como cuando tenía catorce años y me pillé por Gede Yogi, un chico guapísimo de mi clase.

Era buenísimo haciendo surf y nos picábamos para ver quién cogía la mejor ola. Yo creí que tenía posibilidades con él. Recuerdo la sensación tan emocionante que me recorría el cuerpo cuando me lanzaba una sonrisa o nos chocábamos la mano después de una buena sesión de surf. Al final, terminó saliendo con una compañera de clase y ahí acabo todo, aunque yo seguí suspirando por él durante meses.

Con Alex empezaba a pasarme exactamente lo mismo, pero multiplicado por mil. Tenía la sensación de que se había creado cierta intimidad entre nosotros, nacida de los esporádicos encuentros en los que alguno de los dos había estado desnudo por casualidad.

Siempre había tenido claro que deseaba una relación seria con alguien que me quisiera de verdad. No quería noviazgos esporádicos y a escondidas con un final casi siempre triste para alguno de los dos. No quería sufrir un desamor, no cuando tenía tantas cosas que hacer.

Sin embargo, no podía evitarlo. Empezaba a imaginar muchas escenas donde Alex y yo nos encontrábamos sin querer y terminábamos charlando… Como aquella primera mañana o la noche anterior, antes de que fuese imbécil y criticara mi trabajo.

¡Estos extranjeros no entendían nada! Se complicaban la vida sin sentido y encima luego nos miraban por encima del hombro. Sabía que no teníamos absolutamente nada que ver, nada de nada, pero no podía evitar emocionarme al imaginar un nuevo encuentro. ¿Volvería a verlo? Seguro que sí.

Me preguntaba cómo sería tener una relación con él, como las que sabía que Margot había tenido con muchos chicos a lo largo de su vida. ¿Cómo sería simplemente quedar para divertirte, sin compromiso, solo por el placer de pasar un buen rato? ¿Sería capaz de hacer algo así?

La educación que había recibido me llevaba a hacer todo lo contrario. En Indonesia, lo normal era esperar al matrimonio, incluso había políticos que querían penalizar las relaciones extramatrimoniales. No estaba para nada de acuerdo con eso, pero sí que me gustaba la idea de un amor puro, de crear una relación a base de confianza e intimidad. ¿Por qué iba a entregarle mi cuerpo a alguien que sabía que no me quería nada más que para echar un polvo?

—Es que yo también los quiero solo para eso —me había contestado Margot una vez.

Después de que me contara con pelos y señales un encuentro sexual con un turista, yo le había planteado esa misma cuestión. Su educación había sido diferente. No solo porque sus padres eran de fuera, sino también porque ella había acudido a un colegio internacional en Bali. Para ella no había sido raro ver que ciertas jovencitas tenían sus primeras experiencias sexuales a los dieciséis. Yo por el contrario…

—Tienes que hacerlo cuando te apetezca, Nikki —me decía mi amiga—. Es tu cuerpo. Nadie puede decirte qué hacer o no hacer con él. Si quieres, hazlo, pero no esperes nada a cambio.

Su consejo se me había quedado muy grabado en la memoria. ¿Era ridículo soñar con una relación de amor a la vieja usanza? ¿Era tonta por querer que me quisieran no solo por lo que mi cuerpo pudiese ofrecer durante un rato?

Tenía la cabeza hecha un lío. Me consideraba una mujer libre, era algo que pregonaba con orgullo, pero a veces temía que la educación que había recibido me hubiese condicionado sobre muchas cosas.

Mi abuela y mi tío siempre habían sido claros al respecto: nada de sexo fuera del matrimonio. Sin embargo, con el tiempo y gracias a un diario que había encontrado de mi madre, había descubierto que ella no esperó a casarse para acostarse con mi padre. Comprendí, al igual que otras muchas amigas mías, que a veces las reglas estaban para saltárselas…

Suspiré confusa y decidí dejar de darle tantas vueltas. Estuve el resto de la mañana dando clases de yoga en distintos lugares de la isla. Después me pasé por la clínica a atender a algunos animales enfermos. Me trajeron tres gallinas que al parecer no ponían huevos desde hacía un mes, claramente debido a una ausencia importante de calcio en su dieta. Después, cogí mi maletín y, acompañada por Batú, fui a visitar a la perrita embarazada de Wayan, Blackie. Estuve un rato con la familia. No tenían mucho dinero y estaban preocupados por ella, si llegaba a haber complicaciones, no iban a poder afrontar los gastos veterinarios.

Les prometí que en cuanto se pusiera de parto vendría para asegurarme de que los cachorritos estaban bien. Eran tres y, por el tamaño de Blackie, temía que no fueran a sobrevivir todos. Pero aún era pronto para pensar en negativo. Les di gratuitamente unas pastillas de vitaminas y, tras miles de gracias y una gran cesta de verduras de su propio huerto, me marché.

Había quedado con Margot en La Bakery, una panadería cafetería que hacía los mejores dónuts de la isla, para ver qué tal estaba después de todo el drama de Nate. Tuve que pasar por delante con la moto hasta que pude encontrar un lugar donde aparcar. Vi a mi amiga sentada con un café humeante esperándome. Batú ladró como loco cuando la vio y fue hacia ella para que lo acariciara.

—Hola, Mags —saludé con una sonrisa precavida.

No quería desprender felicidad en exceso cuando sabía que ella estaba hecha una mierda. Me sonrió, pero la felicidad no le llegó a los ojos.

—¿Qué tal? —me preguntó mientras seguía acariciando a Batú.

—Un poco cansada —dije sentándome frente a ella—. Hoy ha sido un día duro.

—¿Cuántos? —me preguntó. Sabía perfectamente a qué se estaba refiriendo sin necesidad de preguntar.

—Solo tres —contesté—: yoga, limpiar la villa y la clínica veterinaria.

—A veces no sé cómo lo haces.

Sonreí y me giré hacia la camarera que acababa de llegar.

—Un café con leche y un dónut rosa, por favor —le pedí. Sabía que ese iba a ser mi momento feliz del día—. Y tú, ¿qué tal? —pregunté. Yo también me refería a lo obvio.

Margot suspiró.

—Me había hecho a la idea de que no iba a volver a verlo nunca más.

—Todos creímos que así sería.

El silencio de mi amiga me hizo darme cuenta de que estaba peor de lo que había imaginado.

—Me ha dicho que se arrepiente. Que nunca pudo dejar de pensar en mí.

Pude ver en sus ojos la ilusión. Era una pequeña llama en el fondo de sus profundos ojos azules, comenzaba a echar esas chispitas que solo había visto en ella cuando Nate estaba cerca.

—Maggie, jugó contigo —le recordé. Intenté ser clara pero sutil—. Y no fue la primera vez… ¿Cuántas veces hemos estado tú y yo así como estamos ahora? ¿Cuántas veces hemos intentado analizar sus actos y buscar justificaciones?

—Lo sé, lo sé…

—Tienes que dejarlo ir, Mags, en serio. No quiero volver a verte sufrir por él, no se lo merece.

Margot removió el café distraída. A saber dónde tenía la cabeza.

—¿Alguna vez te has parado a pensar en si es cierto que solo tenemos un amor verdadero?

—Creo que el amor no debe hacer daño, Maggie.

—Pero no todo siempre es idílico, Nikki. Al igual que no habría luz sin sombras ni sol sin luna, ni luz sin oscuridad… Es la mitad de un todo. No creo que exista el amor sin dolor. Aunque sí que creo que al menos debería haber cierto equilibrio. Con Nate…

—Con Nate siempre hubo más dolor que amor, Margot —terminé la frase por ella.

—Lo sé, lo sé… —Se detuvo un momento antes de volver a hablar—: ¿Por qué habrá vuelto? —repitió.

—No tengo ni idea —contesté y acepté el café que me acababan de traer—. ¿Sabe él que…? —Hice una pausa que dejaba claro a qué me refería.

—Terminará enterándose solo —me contestó en un tono bastante seco.

—¿Cuándo vuelve?

Margot levantó la mirada de su café y la fijó en mí.

—La semana que viene —dijo.

Una parte de mí tembló un poco ante lo que podía llegar a pasar dentro de unos días.

—No creo que se lo tome muy bien.

—Yo no tengo la culpa —se excusó ella.

—¡Claro que no! —dije de inmediato—. Margot, tú no tienes la culpa de nada.

—Hablemos de otra cosa, por favor. Ya he estado más de medio año llorando por Nate, como para ahora ocupar el poco rato que tengo para estar con mi amiga hablando de ese idiota.

—Tienes razón. ¿De qué te apetece hablar?

Margot sonrió de forma extraña.

—Me han dicho que entre el chico ese tan alto y tú saltan chispas.

Sentí que me ruborizaba de inmediato.

—¿Qué? ¿Qué chico?

Margot sonrió.

—Vamos, Nikki, sabes perfectamente que hablo de Alexander Lenox.

—Pues para que veas lo poco que te puedo contar de él, ni siquiera sabía que su apellido era Lenox.

—Se hospeda en mis villas, con Nate.

—Lo sé —lo dije de tal manera que a mi amiga le saltaron todas las alarmas.

—¿Ha pasado algo? —me preguntó muerta de curiosidad.

—¡Qué va! —dije. Le di un bocado al dónut para tener tiempo de pensar si se lo contaba o no.

—¡Desembucha!

—¿Quién utiliza esa palabra? —pregunté. Me reí y tragué con cuidado de no ahogarme.

—¡Déjate de historias y cuéntamelo todo! —insistió.

—No hay nada que contar. Solo que… —Me puse roja como un tomate.

—¡Dios mío! ¡Por tu cara doy por sentado que ha pasado mucho más que una simple conversación en el *sunset* de ayer!

—¿El *sunset*?

—Gus me contó que Alex no dejaba de mirarte y que se sentó a tu lado mientras los dos contemplabais el mar acarameladitos.

—Ah, sí, sí… Se sentó.

—¿Qué más pasó?

Tosí un poco y bebí café para aclararme la garganta.

—Puede que hoy entrara a limpiar en su habitación creyendo que él no estaba…

—¿Tú has limpiado su habitación?

—Me llamaron porque estaban hasta arriba.

—Estamos hasta arriba, sí.

—Y dije que me venía genial. Total, entré en su habitación. En principio, creía que no había nadie y, cuando entré en el cuarto de baño, lo vi… —me detuve. No sabía muy bien cómo expresar lo que habían visto mis ojos.

—¡¿Lo viste desnudo?! —me preguntó llevándose las manos a la boca.

—Peor —dije. Sentía que me ponía más roja que nunca en toda mi vida.

—¡¿Lo viste haciendo caca?!

Se me salió el café por la nariz.

—¡Imbécil, claro que no! —dije riéndome a la par que Margot. Batú a mi lado soltó un ladrido feliz.

—¿Qué estaba haciendo entonces?

—Pues estaba… —dije después de haberme recuperado del ataque de risa—. Estaba… tocándose, ya sabes.

—¿Se estaba haciendo una paja?

—¡No seas bruta!

—¿Estaba masturbándose? —preguntó—. ¿Así mejor?

Asentí en silencio. Mi amiga volvió a taparse la boca con la mano, riéndose.

—¿Y tú qué hiciste?

—¡Nada! ¿Qué iba a hacer? ¡Cerré la puerta corriendo, pero él vino detrás!

—¿Cómo la tenía? —me preguntó. Entonces volví a visualizar esa imagen increíblemente excitante en mi cabeza.

—Solo puedo decirte que su altura, sus pies y sus manos son perfectamente proporcionales a su…

—Vamos, que la tiene enorme —me interrumpió.

Volví a reírme y mi amiga se me unió.

—¿Te dijo algo? —me preguntó después de reírnos un rato como unas niñas pequeñas e inmaduras.

—Salió hecho una fiera, pero, en cuanto me vio, el enfado pareció evaporarse.

—No me extraña —dijo sonriendo con dulzura.

—Estuvimos charlando un rato sobre mis trabajos y bueno…

De repente, la diversión había desaparecido del ambiente. Mi amiga asintió, me comprendió.

—Es piloto, como Nate, ¿verdad?

Asentí.

—Lo siento mucho, cariño, pero ya sabes que él no tiene la culpa de…

—Lo sé, lo sé —la paré—. De todos modos, solo ha pasado eso, Mags. Es un tío de mundo, se ve a la legua que ha venido a la isla a lo que vienen todos los turistas y tú ya sabes que yo...

Margot puso los ojos en blanco.

—¿Cuándo vas a espabilar? Nikki, ¡disfruta! Ya sé que te has criado aquí y que tu abuela y tu tío te han inculcado todas esas tonterías, pero ¡joder! ¡Tienes veintitrés años! Se supone que es el momento de encontrarte a ti misma, de probar cosas nuevas, de experimentar qué te gusta y qué no...

—Ya sabes lo que pienso respecto a todo eso, Margot.

Mi amiga suspiró.

—Estoy segura de que ese tío podría enseñarte tantas cosas...

Sentí un tirón en el vientre al imaginarme cosas que jamás diría en voz alta. ¿Y si Margot tenía razón? ¿Y si debía olvidarme de lo que me habían inculcado y empezar a pensar por mí misma, a crearme mis propios valores? A fin de cuentas, lo que hiciera o no solo quedaría entre la persona que me acompañase y yo misma. Nadie tenía jamás por qué enterarse de lo que hacía en mi tiempo libre y en privado... ¿No?

—¿Te lo estás planteando?

Pestañeé, volviendo a la conversación.

—¿Quién ha dicho eso? Además, ni siquiera sé si le gusto...

—¡O sea, que te lo estás planteando!

—¡Shhh! —le chisté mirando hacia ambos lados para cerciorarme de que nadie nos oía—. ¡Yo no he dicho eso!

—Ay, Nikki, te gusta… Vamos, te digo yo que tú a él también.

—Eso no puedes saberlo —rebatí.

De repente, todas mis inseguridades se me vinieron a la cabeza a la vez.

—Lo sé porque eres mi mejor amiga y sé lo increíble que eres.

Puse los ojos en blanco.

—Seguramente esté hoy en el *sunset* —dijo entonces, dándole vueltas al café con la cucharilla—. Los oí hablando hace un rato en el vestíbulo. Alex decía que quería repetir la sesión de surf y que aquella playa era increíble.

—Eso es porque no conoce las playas buenas de verdad —dije. Me había puesto nerviosa ante la perspectiva de volver a verlo.

—¿Por qué no se las enseñas tú? —me dijo en un tono insinuante.

—Muy graciosa —contesté terminándome el café—. Sabes perfectamente que a esas playas no dejamos que vayan los turistas.

—Pues a lo mejor es el momento de romper alguna regla, ¿no te parece?

No le contesté, pero me quedé pensando sobre ello durante mucho tiempo después.

9

NIKKI

Me miré en el espejo mucho más tiempo de lo que lo hubiese hecho en ocasiones normales. No era para nada vanidosa. Raro era el día en que decidía maquillarme o arreglarme más de lo habitual, pero aquella tarde era diferente. Iba a volver a verlo. Incluso mi cerebro actuaba de manera distinta a lo normal…, igual que otras partes de mi cuerpo.

Me había cepillado el pelo y me lo había dejado suelto, al contrario de mi costumbre. Lo tenía muy largo, casi por la cintura, rozándome el culo, y muy liso. Mi abuela siempre me insistía en que me lo cortase, pero a mí me gustaba llevarlo así. Es un cabello fino y, al menos con esa longitud, podía hacerme peinados un poco más guais, como moños o una trenza larga.

Había decidido que no haría surf aquel día. Me pasaría por Mola Mola, charlaría con algunos amigos y disfrutaría de un *sunset* apacible. Si al final resultaba que Alex Lenox estaba haciendo surf por allí, pues lo saludaría y…

«¡Oh, vamos!», me gritó mi cerebro.

Vale, llevaba razón, no era así como me sentía. ¡Joder, me había puesto hasta un vestido! Uno simple, rojo con florecitas pequeñas, de esos que son cruzados por delante y que se atan por detrás. No era nada del otro mundo, pero sabía que me quedaba bien y me hacía unas piernas bonitas. Bueno, eso me había dicho Mags en una ocasión. ¿Cómo había conseguido ese hombre calmarme tan profundo en dos simples encuentros?

Una vez había leído en una revista del corazón que a veces nos enamoramos de la idea que tenemos en la cabeza de cómo puede llegar a ser una persona. Incluso podemos llegar a obsesionarnos con ello y, cuando comprobamos por nosotros mismos que no se asemeja a nuestros deseos, intentamos cambiarlo o forzar algo que en realidad no es. La obsesión, por ejemplo, viene de ahí, de idealizar a una persona que aún no conocemos del todo…

Yo no conocía a Alexander Lenox, ni mucho menos, pero la idea que tenía en mi cabeza de él era muy atrayente. Tanto que me había arreglado y estaba nerviosa por ir a ver un atardecer que hacía mucho tiempo no se me hacía tan interesante. El corazón me iba a mil por hora.

Salí de casa y cogí la moto. Batú no estaba por allí y supuse que estaría rebuscando en la basura. Daba igual cuánta comida le diera, era imposible quitarle esa costumbre tan fea que había imitado de los demás perros de la isla.

Le di velocidad a la moto casi por instinto, como si quisiera acompañar el ritmo fuerte y rápido de mis latidos. Pasé por delante de varios puestos ambulantes, dejé el cementerio a la derecha, bajé la colina, pasé por la playa y seguí por la carretera principal hasta llegar a mi destino.

La isla tenía muchísimos bares, restaurantes, *warungs* o restaurantes locales y también bares a pie de playa, pero Mola Mola era especial. Los autóctonos lo preferíamos indudablemente a los demás. Tenía pufs de colores esparcidos por la playa, una gran barra hecha con troncos de palmera y cientos de lucecitas que se encendían por la noche. El ambiente te invitaba a quedarte a cenar contemplando el atardecer y las olas del mar. Aunque lo mejor era la comida. Tenían las mejores patatas fritas del mundo, por no hablar de que era el único lugar que ponía la cerveza helada de verdad.

Nada más llegar, los que ya estaban por allí me saludaron con sonrisas. Devolví el saludo a la vez que hacía un rápido recorrido con la mirada en busca de ya sabéis quién. No estaba por ninguna parte.

—¡Eh, pero qué guapa! —dijo mi amigo Gus desde la barra.

Me acerqué hasta allí con una sonrisa.

—¿Qué tal, Gus?

—Currando y discutiendo con este —dijo señalando al suelo.

De repente apareció Eko, con la cara roja debido al esfuerzo.

—¿Estás bien?

—¿Que si estoy bien? Pregúntale a él —dijo cabreado.

—Me ha perdido las llaves de la moto y no es capaz de admitirlo.

—¡Yo no te las he perdido! —dijo su novio volviéndose a agachar.

—¿Y entonces por qué llevas una hora ahí agachado buscándolas?

Gus y yo intercambiamos una mirada divertida. Eko siempre lo perdía todo, era un completo desastre.

—¿Me pones una cerveza? —le pedí a Gus y automáticamente me sacó una Bintang de la nevera.

—Toma —dijo—. ¿Sabes algo de Margot? —me preguntó.

—Hoy me he tomado un café con ella, sí.

—¿Y qué tal está?

Me encogí de hombros.

—Pues como lo imaginas… No está muy bien.

—Te lo decía porque esos dos están en el agua. Al final van a coger la costumbre de venir aquí…

Mi corazón se saltó un par de latidos.

—¿Dónde están? —pregunté haciéndome la distraída.

—Allí —me indicó, señalando un punto lejano con la mano.

—Ah, sí —respondí como si tal cosa mientras los localizaba en el agua. Identifiqué automáticamente cuál era la espalda de Alex.

—¿Tú no surfeas? —me preguntó Eko, apoyándose en la barra con un gesto de agotamiento.

—Hoy no —dije evitando su mirada.

Eko tenía la facilidad de leer mi mente y mis intenciones. No tenía ni idea de cómo lo hacía.

—Estás muy mona… ¿Ese vestido es nuevo?

Me ruboricé. Mierda.

—Qué va, es uno que tenía en el fondo del armario.

Me giré hacia ellos y los pillé mirándose.

—¿Qué pasa? —pregunté cortante.

—Nada, nada —dijo Eko sonriendo.

—Déjala, anda. Sigue buscando mis llaves —intentó ayudarme Gus—. ¿Quieres unas patatas?

Asentí sonriendo. Cuando estuvieron listas, cogí el cuenco con una mano y la cerveza con la otra y caminé hasta alcanzar los pufs más alejados de mis amigos. No quería sentirme observada, a una parte de mí le empezó a preocupar el tema del vestido. ¿Tan obvio era que había decidido arreglarme para Alex?

Mientras bebía la cerveza me fijé en su forma de surfear. No lo hacía nada mal…, aunque se notaba que era un deporte que no practicaba con asiduidad. Era mejor que Nate, eso sí. Sin quererlo, nos imaginé haciendo surf juntos, llevándolo a mi playa secreta y dándole consejos sobre cómo mejorar sus giros o cómo entrar antes en la ola.

Se quedaron un rato hasta que la luz comenzó a menguar y el cielo empezó a teñirse de todos los colores. Me puse nerviosa cuando se fueron acercando. Ambos iban cargados con las tablas, mojados e increíblemente atractivos.

—¡Eh, Nikki! ¿Qué tal? —escuché una voz conocida a mis espaldas.

¡No, mierda! Era Jeremy.

—Eh… Hola —dije maldiciendo en mi interior.

Sin preguntarme, cogió el puf que había a mi lado y se sentó. Llevaba una cerveza recién abierta en la mano derecha.

—Menudo *sunset*, ¿verdad? —dijo.

Se acomodó en el puf como si fuese una cama. Me entraron ganas de echarlo a patadas, sobre todo porque Alex y Nate estaban llegando a donde estábamos sentados. Mis ojos volaron hasta Alex y vi que estaba mirándome. Sus ojos me sonrieron, pero se enfriaron un poco al ver que estaba acompañada por un chico.

—Oye, Jeremy… —empecé diciendo.

—Ayer estuve hablando con tu tío —me interrumpió. Que se relacionara con mi familia hizo que me pusiera en guardia—. Me contó que quería que fuéramos a cenar a su casa, y eso me dejó un poco descolocado. ¿No le has contado que lo hemos dejado?

«Querrás decir que te he dejado», me hubiese gustado contestarle.

—Aún no he encontrado el momento —le dije, viendo por el rabillo del ojo que Alex y Nate dejaban las tablas y se acercaban a pedir una cerveza.

—Justo lo que pensaba —añadió Jeremy. Tuve que girarme para mirarlo directamente—. ¿No crees que nos hemos precipitado, Nikki?

—¿Nos hemos precipitado con qué? —le pregunté. Empezaba a perder la paciencia.

—Ya sabes, nosotros… —me explicó, como si hiciese falta—. Creo que hacíamos una pareja increíble y, aunque tuvimos nuestros encontronazos…

—Jeremy, creo que fui clara al respecto —empecé—. No creo que nuestras personalidades encajen. Ahora mismo me apetece estar sola, tengo muchas cosas en la cabeza.

—Pero, Nikki, tu tío aprobó lo nuestro. Hasta tu abuela quedó para almorzar con mi madre. No puedes tirarlo todo por la borda.

Me puse de pie.

—No estoy tirando nada por la borda porque entre nosotros nunca llegó a haber nada, Jeremy.

Jeremy me devolvió la mirada cabreado.

—Te pregunté si querías salir conmigo y dijiste que sí.

—Pues ahora te digo que no, lo siento.

Fui a girarme, pero Jeremy también se puso de pie y me cogió por la muñeca para detenerme.

—¿Acaso no te importan mis sentimientos? —me acusó, apretándome la muñeca con fuerza—. ¿Qué hay de todo el dinero que doné para tu estúpida clínica veterinaria? ¿Quién va a devolverme eso, eh?

—¿Cómo te atreves? —me indigné—. ¿Me estás diciendo de verdad que te devuelva un dinero que yo no te pedí y que tú donaste por voluntad propia?

—¡Me importan un bledo los perros, Nikki! ¡Lo hice por ti!

—¡Yo no te lo pedí!

—¡Oh, por favor! Solo había que escucharte cada día hablando de lo mismo.

—¡Que me apasione algo no significa…!

—¡Deberías agradecérmelo!

—¡Y lo hago! ¡Te lo dije!

—¿Y ahora me dejas? —me contestó apretándome aún más fuerte la muñeca—. ¡Te has aprovechado de…!

—Oye, tío, creo que deberías soltarla… —escuché una voz grave a mis espaldas—. Ahora.

Sentí que un escalofrío me recorría la columna vertebral. Jeremy se hinchó como un pollo y se giró hacia Alex. Se había colocado a mi lado y parecía muy pero que muy cabreado.

—¿Y tú quién coño eres?

—Suéltala y a lo mejor te lo cuento.

Jeremy me soltó la muñeca. Miraba donde me había apretado como si no se hubiese dado cuenta hasta entonces. Di un paso hacia atrás mientras yo me acariciaba la muñeca con la palma de mi mano para aliviar el dolor. ¡Menudo imbécil!

—Estamos teniendo una conversación privada —se defendió Jeremy, evaluando a Alex con detenimiento.

Alex ni siquiera pestañeó cuando me preguntó sin mirarme:

—Nicole, ¿quieres que me vaya y os deje tranquilos?

Me giré hacia Jeremy.

—Creo que lo mejor será que te vayas, Jeremy —dije mirándolo entre dolida y enfadada.

¿De verdad me había echado en cara las donaciones que había hecho para la clínica veterinaria? ¿Como se podía caer tan bajo?

—Ya la has oído, amigo. Ahora lárgate —insistió Alex.

Jeremy lo fulminó con la mirada. Después me lanzó un vistazo cargado de traición mezclada con algo más que no supe identificar. Cuando se hubo marchado, me giré hacia Alex.

—Gracias.

Sus dedos me sujetaron la muñeca. Al sentirlos rozando mi piel, toda esta reaccionó y se puso de gallina.

—¿Estás bien? —me preguntó.

Su dedo gordo me acariciaba allí donde el imbécil de mi ex me había estado apretando con fuerza. Pestañeé para intentar aclararme las ideas. De repente me sentía como si me hubiese emborrachado.

—Eh… Sí, sí —contesté como pude. Me costaba encontrar la voz.

«Mierda, ¿solo me está rozando la muñeca y mi cuerpo ya reacciona de esa manera?».

—¿Es tu novio? —me preguntó serio.

Su mano aún rozaba mi piel. Negué con la cabeza antes de poder volver a hablar.

—Lo era… Si es que lo que tuvimos puede llegar a contar como relación. Solo salimos unas cuantas semanas.

Alex asintió con la cabeza y me soltó la muñeca. Sentí frío allí donde sus dedos acababan de tocarme.

—¿Puedo preguntarte por qué te has marchado corriendo esta mañana?

—No me marché corriendo, es que tenía trabajo que hacer...

Alex me miró de esa manera... Estaba perdida. Era la misma mirada que me lanzaba mi tío cuando le robaba sus caramelos preferidos y le mentía diciendo que no sabía quién se los había comido.

—¿Dije algo que te molestara? —insistió.

—No, no...

—¿Tiene algo que ver con mi trabajo?

Me quedé callada unos instantes. Él se quedó a la espera de que dijera algo.

—¿Te apetece dar un paseo conmigo? —me preguntó entonces, señalando la playa.

Tragué saliva. ¿Un paseo con ese hombre? Ay, Dios...

—¿Y Nate? —pregunté mirando hacia la barra.

Nate estaba bebiéndose una cerveza y charlando con un grupo de surfistas alemanes. Alex miró hacia el mismo punto que yo.

—Estará bien, créeme. ¿Vamos? —me preguntó extendiendo la mano e indicando con la cabeza la orilla del mar.

Asentí y empezamos a caminar por la orilla. Me quité las chanclas y dejé que el agua me rozara los dedos de los pies.

—¿Saliste pitando cuando supiste a qué me dedico o son imaginaciones mías? —me preguntó mientras yo observaba el precioso atardecer.

—No salí pitando… —empecé a justificarme, pero me miró con condescendencia.

—¿Odias por alguna razón a quienes pilotamos aviones? —preguntó divertido—. Somos buena gente, créeme. Llevamos a las personas de un punto A a un punto B —dijo en tono bromista. Supongo que intentaba aligerar un ambiente que yo tensaba sin darme cuenta.

—No los odio… Bueno, no lo sé —contesté insegura.

No me gustaba hablar de ello. De hecho, en muy pocas ocasiones había hablado de este tema con alguien. ¿Iba a hacerlo con un desconocido?

—¿No sabes si nos odias? —me preguntó entonces en un tono bastante incrédulo.

—Es complicado —dije.

Levanté la mirada de mis pies a la suya. Me fijé en que tenía las pestañas bastante largas y que eran tan oscuras como sus cejas y su pelo castaño. No se había afeitado y la barba incipiente le daba a su aspecto un toque de lo más varonil. Llevaba una simple camiseta y tenía el pelo despeinado de cualquier manera, un poco tieso debido a la sal del mar.

—Creo que podré seguirte —me dijo con verdadera curiosidad.

Suspiré sonoramente antes de hablar.

—No suelo hablar de ello con nadie… Aparte de Nate, nunca había conocido a ningún piloto en persona —empecé.

Hice una pausa para intentar aclararme las ideas. Buscaba la mejor forma de explicar por qué sentía aberración hacia su profesión sin sonar maleducada o inestable.

—Oye, Nikki, si no quieres contármelo… No pasa nada, no quiero incomodarte —dijo.

Parecía que había percibido que no era un mero capricho o broma que no me gustaran para nada los pilotos de aviones. Me detuve y me giré para mirarlo directamente.

—Mis padres murieron en un accidente de avión. Fue hace veinte años, yo solo era un bebé.

Sus ojos se abrieron por la sorpresa.

—Lo siento muchísimo —dijo. Vi en su mirada que de verdad lo sentía así—. ¿Sabes qué ocurrió?

—Solo sé que fue un error del comandante de abordo.

Noté que fruncía el ceño ligeramente.

—Debió de ser terrible para ti, Nikki. De verdad que lo siento mucho, pero que tus padres sufrieran un accidente no significa que…

—Lo sé —lo corté, sabía que tenía razón—, pero es algo que no puedo evitar pensar. No me gustan los aviones. No me gusta nada que tenga que ver con ellos.

Supe que mis palabras de cierta forma calaban en el hombre que tenía delante. No sabía apenas nada de él, pero estaba atacando una profesión que seguramente le había llevado años y años de preparación. Sin contar con que seguramente había decidido ser piloto por vocación. Pero era así como me sentía y no podía hacer nada para cambiarlo.

—Lo comprendo —dijo mirando hacia delante—. Supongo que prefieres que te deje sola, entonces —agregó.

Hizo el amago de volver por donde habíamos venido. Me apresuré en detenerlo y lo cogí de la mano de forma instintiva.

—No quiero que te marches, Alex —dije. De verdad lo sentía así—. No era mi intención ofenderte, pero me has pedido que confíe en ti y es lo que he hecho.

Sus ojos se encontraron con los míos.

—No tenemos por qué hablar de aviones ni nada parecido… —me alentó con voz suave.

Sonreí.

—¿De qué te gustaría hablar, entonces? —le pregunté. Agradecía cambiar de tema.

—¿Y si te confieso que desde que te vi nadando desnuda frente a mi balcón no he podido dejar de pensar en ti? —me soltó entonces.

El corazón me dejó de latir, literalmente, durante varios segundos, lo cual era preocupante. Tragué saliva sin saber muy bien qué contestar.

—Me quedan veintiocho días en esta isla y después tengo que regresar a un infierno. No puedo ofrecerte más que eso, pero me encantaría poder pasar más tiempo contigo, Nicole —dijo sincerándose abiertamente y dejándome de piedra.

—¿Pasar más tiempo…? —No sabía qué me estaba queriendo decir.

—Quiero disfrutar de este mes de vacaciones. Me encantaría explorar la isla a fondo y me gustaría que tú me acompañaras… Estoy seguro de que te conocerás todos los rincones más recónditos de este lugar maravilloso. ¿Me equivoco?

Asentí apabullada. Joder, eso sí que era ser directo.

—¿Te incomoda que sea tan franco? —me preguntó con ese acento inglés que me volvía loca.

—Para nada, es solo que…

¿Qué iba a decirle? ¿Que estaba cagada de miedo solo de pensar en estar a solas con él recorriendo la isla y haciendo Dios sabe qué? Estaba claro que en esa proposición entraban muchas más cosas que simplemente hacerle de guía turística.

Mierda, ¿estaba preparada?

Alex no era el típico chico con el que estaba acostumbrada a salir. Él venía de fuera, era occidental, era más mayor, tenía más experiencia. Estaba segura de que en su vida no había salido con una chica como yo… Ni yo con alguien como él.

—¿Puedo pensármelo? —le contesté entonces.

Me maldije por dentro por lo cobarde que era. Parpadeó un poco sorprendido, pero automáticamente me sonrió, aunque la alegría apenas le llegó a los ojos.

—Sin problema —dijo con voz pausada—. Avísame cuando lo sepas. Ya sabes dónde duermo —agregó.

Levantó la mano y me rozó ligeramente la mejilla. Su forma de decirlo fue mucho más que insinuante, fue casi indecente. ¿Era eso lo que me estaba proponiendo? ¿Algo indecente? ¿Y qué ocurriría si acababa aceptando?

«¡Que estarás disfrutando de lo bueno de la vida!», me dijo la voz de mi conciencia, que sospechosamente tenía el mismo tono de voz de Margot.

10

ALEX

Tenía que pensárselo. Yo había disimulado todo lo que había podido, pero su respuesta me había dejado bastante descolocado. ¿Tenía que pensárselo porque no sabía si le gustaba o no le gustaba lo suficiente? Creo que era la primera vez en mi vida que una chica me rechazaba tan abiertamente… Bueno, en realidad, era la primera vez que alguien me rechazaba. Punto.

«No te han rechazado», me dijo una voz en mi cabeza que intentaba darme algo de consuelo.

Tenía razón… Podría decirse que no me había rechazado del todo, pero ya habían pasado tres días y Nikki seguía sin darme una respuesta. Nunca lo admitiría en voz alta, pero la espera estaba matando la confianza que tenía en mí mismo. Incluso, sin darme cuenta, me encontraba a veces preguntándome cosas absurdas como: «¿No soy lo suficientemente guapo?», «¿No le parezco atractivo?», «¿Le gustará otro tipo de chico?».

Al final, todo aquello podía ser cierto, pero… me bastaba con que alguien me dijera que no para que mi lado competitivo saliera a la luz y lo viera todo como un reto nuevo. La quería… No, la deseaba.

No me había gustado ni un pelo verla con aquel imbécil en la playa. Por unos instantes, creí que era su pareja y sentí un pinchazo de celos en alguna parte. No podía dejar que me afectara tanto. Era simplemente una chica de una isla remota a la que no iba a volver a ver jamás.

¡Joder, pero eso era lo peor! Todo el tiempo que ella tardaba en contestarme eran menos días que podíamos disfrutar el uno del otro. ¿Acaso no se daba cuenta?

Me imaginé miles de escenarios con ella, miles de cosas que podíamos hacer para divertirnos… La mayoría sucedían dentro de mi habitación.

Cuando me vi obligado a embarcarme en este viaje, ni se me pasaba por la cabeza divertirme con una chica. Pero, desde que la había conocido, se me había despertado en mi interior algo distinto y nuevo. No podía evitar querer estar con ella.

Nate y yo nos habíamos pasado aquellos días de relax. Habíamos practicado surf en algunas playas de la isla, habíamos hecho esnórquel para ver mantas rayas, habíamos tenido un día de spa con masaje incluido y habíamos disfrutado de la comida de un restaurante de lujo que estaba en lo alto de la colina. Todo con unas vistas increíbles al océano.

También queríamos hacer una escapada a la isla de Bali y visitar Ubud. Yo nunca había estado allí y había sido yo mismo quien había pospuesto la visita. Le había dado algunas largas a Nate, porque no quería marcharme sin tener respuesta de Nicole, pero visto lo visto, la espera podía ir para largo.

Estaba cabreado y molesto. Aceptaba que a lo mejor no quisiera salir conmigo, pero no podía tenerme en ascuas. ¿Tanto le costaba darme una respuesta?

Además, estaba de lo más escurridiza. No había vuelto a verla después de ese *sunset* en la playa, aunque a quien sí había visto en más de una ocasión era a su perro Batú. Parecía que iba y venía a su antojo, como si estuviese vigilándome. Estuve a punto de seguirlo a ver si me llevaba hasta ella o de preguntarle a Margot dónde estaba su clínica veterinaria, pero tampoco quería forzar nada.

Unos turistas alemanes nos habían invitado a una fiesta en una villa privada, eran un grupo de tíos que habían hecho buenas migas con Nate. Tenían la costumbre de quedarse varias semanas al año en la isla para hacer submarinismo y aceptamos la invitación con gusto. Sobre todo Nate.

Congeniaba mucho con ellos porque también era aficionado al submarinismo. Yo no le veía la gracia a someter a mi cuerpo a toneladas de presión acuática. Nate y los alemanes intentaban convencerme de que lo probara. Me contaron que la isla era una de las mejores para ver mantas o nadar con tiburones y tortugas marinas. Según ellos, los corales que se veían allí abajo eran los más bonitos que habían visto jamás. Debía de ser cierto, pues Nate había viajado bastante, incluso más que yo.

Pero, aun con todos los corales del mundo, yo no tenía intención ninguna de meterme bajo el agua más de lo que consideraba normal. Lo del esnórquel ya me había parecido más que suficiente. Por eso, cuando quedábamos con ellos y se ponían a hablar de inmersiones, metros, niveles de oxígeno y cosas del estilo, yo desconectaba e intentaba no pensar en «eso».

Me costaba mucho dejarlo atrás y no agobiarme más de la cuenta. Ya lo afrontaría cuando regresara a casa. No podía seguir que dejara amargándome los días. No había vuelta atrás e iba tener que responsabilizarme de mis actos y seguir hacia delante…, pero, joder, todo había cambiado.

Había tenido que llamar por teléfono en dos ocasiones para asegurarme de que todo estaba bien y no estaba acostumbrado a ello. Yo era un alma libre o al menos eso creía.

Intenté dejar de darle tantas vueltas a la cabeza y me preparé para la fiesta. Me vestí con una camisa de lino blanco, unos pantalones cortos color azul marino y unos zapatos de playa. Me pregunté por un segundo si Nikki estaría allí, pero lo dudaba porque tenía pinta de ser una fiesta de turistas.

Entonces la cabeza se me fue a ella. ¿No querría estar conmigo por la edad? Nicole no debía de tener mucho más de veinte años. A lo mejor yo le había parecido mayor, aunque nunca me había considerado un tío entrado en años. Joder, solo tenía veintinueve y físicamente me mantenía en forma. Aunque era posible que mentalmente rondara los cuarenta, eso era cierto.

«Deja ya de pensar en ella», me dije a mí mismo.

Así que, por lo menos, lo intenté. Salí a reunirme con mi mejor amigo. Lo vi antes de que él se diera cuenta de que había llegado. Estaba sentado en el vestíbulo, absorto con el móvil en la mano. Por la expresión de su cara me di cuenta de que estaba decaído. El asunto de Margot lo tenía mucho más preocupado de lo que me dejaba entrever. En cuanto se dio cuenta de mi presencia, se guardó el teléfono en el bolsillo automáticamente. Intentó con todas sus fuerzas estar al cien por cien por mí.

—¿Vamos? —me preguntó.

Asentí y lo seguí hasta donde habíamos aparcado nuestras Harley. La villa de la fiesta no estaba lejos del hotel. Comprendí que, al igual que nosotros, los alemanes eran gente con un nivel adquisitivo bastante importante. Solo había que ver dónde se hospedaban.

La música nos llevó directos a la puerta, resonaba por unos altavoces que debían de ser inmensos. Había mucha más gente de la que me había esperado, casi todos extranjeros. Las puertas estaban abiertas y entramos sin más.

Uno de los alemanes, llamado Erik, vino hacia nosotros y nos recibió con una sonrisa y un abrazo. Obviamente, ya estaban achispados.

—¡Hola, colegas! ¡Pasad, pasad! —gritó por encima de la música.

Miré a mi alrededor y me impresionó lo espectacular que era la villa. Me seguía dejando atónito el choque cultural que existía en la isla. Las calles y la gente de a pie eran mucho más que humildes, pero luego cruzabas una puerta y te encontrabas con un lujo despampanante.

La villa tenía una cocina americana, con una barra de piedra. Allí habían colocado dos cubos de hielo con bebidas dentro y bandejas de chupitos de gelatina. Tomé nota mental para alejarme lo máximo posible de ellos. Descubrí también un increíble salón amueblado con dos sofás redondeados enfrentados uno con otro y una mesita de piedra. Encima de esta había una bailarina con escasa ropa encima bailando al compás de la música. No muy lejos de allí, vi una piscina infinita frente a unas impresionantes vistas al mar. Muchos de los invitados ya se habían quitado la ropa y se bañaban en la piscina con vasos de alcohol en la mano. Frente a lo que supuse que eran las puertas que daban a las habitaciones, habían colocado la mesa del comedor, llena de bandejas con comida que tenían una pinta espectacular.

—A esto es a lo que me refería con venir a desconectar —me dijo Nate.

Me pasó un brazo por los hombros y cogió un chupito de gelatina para llevárselo a los labios. Gritó eufórico después de bebérselo de un trago. Sonreí, pero no hice lo mismo.

Pasé de largo y me acerqué al bar, había una cantidad razonable de botellas de alcohol donde elegir. Me serví una copa de whisky Macallan y me llevé el vaso a los labios. Con la mirada, recorrí toda la estancia.

Solo llevaba allí cinco minutos y lo único que me interesaba era verla de una puñetera vez. En un primer vistazo no la había visto, pero no me rendí. Me paseé por la villa observándolo todo sin ver nada, solo quería encontrármela. A quien sí encontré fue a Nate, que me pasó el brazo por los hombros.

—¿Buscas algo, amigo? —me preguntó con aquella sonrisa suya tan característica.

A veces admiraba la facilidad que tenía mi amigo para aparcar los problemas y ponerle todas sus buenas vibras a la vida. Seguramente ya se había tomado unos cuantos chupitos, claro, pero siempre era muy optimista.

—Solo observaba este lugar. Es espectacular. Deberíamos habernos alquilado una villa como esta —dije.

—Claro, amigo —dijo riéndose—. ¿Te hace un *beer pong*?

—¿Qué? —pregunté.

Justo entonces me hizo girar sobre mí mismo y me arrastró hasta una mesa. En sendos extremos, habían colocado enfrentados unos con otros unos seis vasos en forma piramidal llenos de alcohol.

Y allí, delante de una de esas pirámides horizontales, estaba la chica con la que, aunque no quisiera admitirlo, llevaba obsesionado los últimos tres días.

Iba vestida con la parte de arriba de un biquini triangular negro y una falda de vuelo blanca. El pelo lo llevaba suelto, aunque parcialmente recogido en una media cola que dejaba su cara despejada, y algunos mechones sueltos caían sobre esta.

Estaba guapísima.

Y, cuando me vio, su sonrisa se congeló. Me acerqué a ella acompañado de mi amigo.

—¡Nikki! —la saludó este con confianza.

Justo entonces apareció Margot y se colocó junto a ella. Ambas se fijaron en nosotros. Nikki parecía querer salir corriendo de allí y Margot tenía pinta de desear asesinar al idiota que tenía al lado.

—¿Una partida? —pregunté. Quería adelantarme a cualquiera de los dos escenarios, así que me coloqué junto a los vasos con alcohol al otro extremo de la mesa.

—No, gracias —respondió Margot, haciendo el amago de marcharse.

—Es malísima, por eso se larga —dijo Nate por lo bajini, aunque lo bastante alto como para que ella se enterara perfectamente.

Puse los ojos en blanco. ¿En qué momento habíamos pasado de ser hombres hechos y derechos a convertirnos en adolescentes que hacen lo que sea con tal de captar la atención de las chicas que les gustan?

—¿Tienes cuatro años, Nate? —contestó Margot.

Parecía que se hubiera hecho eco de mis pensamientos y se me escapó una sonrisa. Al volverme hacia Nikki, vi que ella sonreía también. Nuestros ojos se encontraron y supe que tenía que insistir.

—Tenéis que jugar —aseguré, intentando pensar rápido una forma de no dejarlas escapar—. Porque, si lo hacéis y ganáis…, os libraréis de nosotros para siempre —afirmé sin apartar la mirada de Nicole.

Ella pasó el peso de una pierna a otra… Estaba nerviosa.

—Me apunto —dijo Margot, parecía que le había interesado mi oferta.

Entonces se volvió hacia Nate y lo miró de una forma tan intensa que me hizo sentir incómodo hasta a mí. Había demasiados sentimientos en esa mirada. No esperé a que Nicole dijese nada. Viendo como era, podía tenerme un mes esperando a que se decidiera.

—Genial, empezamos nosotros —dije cogiendo la pelotita blanca que había en un lado de la mesa.

—¿Por qué vosotros? —rebatió Margot automáticamente.

—Porque sí, Margot. Ha sido idea nuestra —respondió entonces Nate, apoyándose ligeramente en la mesa.

—Ha sido idea de este, no tuya.

Sonreí.

—Me llamo Alex —puntualicé.

—Ya lo sé —contestó la pelirroja mirando ligeramente a Nikki.

Sentí algo en el estómago. ¿Le había hablado a su amiga de mí? Fui a empezar, pero mi amigo me detuvo cogiéndome del brazo.

—Espera, ¿si ganamos nosotros qué conseguimos?

—Cierto —dije pensativo.

Se me ocurrían muchas cosas que quería. Todas incluían a la chica que tenía justo delante de mí.

—Si ganamos, yo obtengo una cita con Nicole —dije mirándola directamente, sin titubeos.

Pude ver por el rabillo del ojo que Margot sonreía ligeramente mirando a su amiga. Eso tenía que significar algo. Pero entonces, si le gustaba…, ¿por qué no había aceptado mi propuesta?

—Y yo otra con Margot —añadió entonces Nate.

Se hizo el silencio entre los cuatro hasta que Margot lo rompió:

—Me largo.

Pero esta vez fue Nicole la que la cogió del brazo. Las dos amigas se dijeron algo la una a la otra sin que pudiésemos oírlo y entonces parecieron llegar a un acuerdo.

—Jugaré —anunció Margot—, pero solo si puedo añadir algo más a si ganamos nosotras.

—Ya habíais decidido. —Nate negó con la cabeza.

—O lo añado o no jugamos —amenazó Margot.

—Déjala que pida lo que quiera, Nate —le rogué a mi amigo mirándolo.

No parecía estar de acuerdo, pero terminó aceptando.

—Si ganamos —anunció la pelirroja—, no volverás a pisar esta isla. Harás las maletas, te marcharás y no volverás jamás.

Todos nos quedamos a cuadros, incluso Nikki, que le lanzó una mirada de incredulidad a su amiga. No se andaba con chiquitas… Miré a mi amigo por el rabillo del ojo y supe que acababan de hacerle mucho daño. Nate me arrebató la pelota de la mano y se colocó en posición de lanzar.

—Empezamos nosotros.

11

NIKKI

Miré a Margot, no daba crédito. ¿Qué acababa de sucederle a mi amiga?

Cuando casi se había marchado, la había cogido del brazo. Le había pedido entre susurros que por favor se quedara conmigo. Estaba nerviosa después de tres días evitando deliberadamente a Alex. Quería salir con él y al mismo tiempo estaba cagada de miedo. Necesitaba a mi mejor amiga a mi lado, pero en ningún momento hablamos de la posibilidad de decirle a Nate que se largara de la isla para siempre si ganábamos nosotras.

Entendía el motivo que había detrás de ese deseo, pero no comprendía aquel arrebato repentino. Lo que sí sabía era que, para que mi amiga hubiese verbalizado ese pensamiento, tenía que haber una motivación mayor. Estaba segura de que había sido el miedo que le daba tener que volver a verse con Nate a solas, los dos, en una «cita». Él había jugado sucio y Margot se la había devuelto con tres veces más fuerza. Así era ella.

Nate tiró la primera pelota. Rebotó en la mesa y rozó uno de los seis vasos que había al otro lado. El juego era sencillo. Había que encestar la pelota en uno de los vasos del equipo contrario, y el que lo lograra debía elegir quién del equipo contrario se lo bebía. El equipo que más vasos tuviera al final era el que ganaba.

Me tocó tirar. Aunque estaba muy nerviosa con la mirada de Alex puesta en mí, sabía que era muy buena. Era el juego de beber por excelencia de la isla, había jugado mil veces. No la encesté, pero faltó poco.

Como Alex me había observado con atención, yo hice lo mismo cuando fue su turno. La metió como si fuese lo más fácil del mundo.

—¿Quién bebe? —preguntó Margot con mala cara.

—Nicole —dijo Alex con una sonrisa autosuficiente.

Sin apartar la vista de él, cogí el vaso y me lo llevé a los labios. Era ron… solo. Estaba asqueroso, pero me lo bebí en tres tragos y quité el vaso de la mesa.

—Nos toca —dijo Margot cogiendo la pelota.

A nuestro alrededor la música sonaba con fuerza y la gente bailaba por todas partes. No sé de dónde habían salido tantos invitados. Me fijé en que había casi el doble de personas desde que había llegado una hora antes. Debía de haberse corrido la voz por la isla, porque no faltaba nadie.

Gus y Eko estaban bailando encima de una de las mesas con otro chico. Si no me equivocaba, era italiano y estaba como un tren. Puse los ojos en blanco cuando mis amigos me señalaron meneando las caderas. Los dos estaban haciendo un sándwich con el pobre chaval. No me extrañaría nada si terminaban esa noche haciendo un trío… No sería la primera vez.

Margot cogió la pelota, respiró hondo varias veces y la tiró. La mandó literalmente a la otra punta de la villa.

—El juego consiste en meterla en el vaso, Maggie —le explicó Nate.

Se me escapó la risa y mi amiga me lanzó una mirada asesina.

—Lo siento —me disculpé. Me tapé la boca, pero sonreí bajo los dedos.

—Es mi turno —dijo Nate cogiendo la pelota.

La sopló y le dio un beso para que le trajera buena suerte. Intentó que Alex hiciera lo mismo, aceptó el no rotundo de su amigo y la lanzó. Entró.

—¡Mierda! —exclamó mi amiga.

—Bebe, Maggie —dijo Nate sonriendo.

Mi amiga cogió el vaso y se lo llevó a los labios.

—Enterito —insistió Nate cuando Margot intentó escaquearse.

Le enseñó el dedo corazón y se lo terminó. Era mi turno. Cogí la pelota y pensé en mi amiga. ¿Era buena idea que Nate desapareciera para siempre? ¿Quería yo ganar para no tener la cita con Alex?

Me concentré y me dije a mí misma que fuera lo que Dios quisiera. Yo no había sido capaz de tomar una decisión con respecto a salir con Alex, por lo que no me parecía mala idea dejarlo en las manos del destino.

La pelota entró en uno de los vasos de la fila de atrás. Margot se puso a dar saltitos y me dio un abrazo que casi me rompe las costillas. ¿El destino acababa de darme una señal? ¿Y por qué no me había gustado nada lo que acababa de decirme?

—¿Quién bebe? —preguntó Nate con mala cara.

—Tú —se apresuró a decir Margot, sin dejarme elegir.

Yo habría elegido a Alex porque una parte de mí tenía curiosidad sobre cómo sería verlo achispado. Estaba claro que ninguno de los dos, ni Nate ni Alex, llegarían a emborracharse con ese juego. Solo había que ver lo altos que eran y en cambio nosotras…

Le tocaba a Alex. Volvió a encestarla.

A la media hora, quedaban cuatro vasos en la mesa. Uno era nuestro, para disgusto de Margot, y tres estaban en el lado de los chicos. Yo había eliminado los otros dos vasos y entre Alex y Nate habían terminado casi dándonos una paliza. Margot era malísima.

—Acabo de darme cuenta de que Nikki es la única que no ha pedido nada a cambio de ganar —dijo Alex. Al contrario que yo, estaba totalmente sobrio.

Había tenido que beberme tres de los cinco vasos que habíamos perdido y empezaba a notar los efectos del alcohol. Me sentía más relajada y más desinhibida, pero también un pelín mareada. Aun así, me lo estaba pasando pipa. A nuestro alrededor se había congregado un grupito de entusiastas que no dejaban de animarnos. Entre ellos Eko, Gus y el italiano nos vitoreaban, obviamente estaban de nuestra parte.

Alex estaba completamente satisfecho de sí mismo. Se veía victorioso y no era de extrañar, el jueguecito se le daba rematadamente bien. Con el tiempo, acabaría descubriendo que tenía una puntería prodigiosa. Tal vez no en algo de lo que estar orgulloso, pero me haría entender al menos la razón por la que tenía tanta facilidad para encestarlas prácticamente todas.

Su pregunta me hizo pensar. ¿Qué quería si finalmente terminábamos ganando nosotras? Enseguida tuve clara la respuesta. Y que lo verbalizara fue culpa del alcohol.

—Un beso —dije—. Tuyo.

Un «uuuh» unánime recorrió la sala.

¿En serio esas tres palabras acababan de salir de mi boca? ¿Qué demonios me ocurría? Quise que la tierra me tragara, pero por desgracia no sucedió. Me tocó fingir una seguridad en mí misma que en ese momento no sentía. Todo porque Alex Lenox estaba involucrado.

Alex parecía completamente descolocado. Se quedó de piedra. Mi amiga empezó a saltar aplaudiendo y Nate me fulminó con la mirada. ¿Me había perdido algo aparte de que acababa de ponerme en ridículo yo solita?

—¡Vamos a ganar! —gritaba Margot feliz.

—¿Por qué dices eso? —pregunté mientras la observaba. No entendía nada.

Señaló a los chicos. Nate acababa de tirar del brazo a Alex. Estaban apartados, parecían estar teniendo una discusión acalorada.

—¿No te das cuenta? Ahora Alex va a querer perder adrede. Obviamente, no va a renunciar a un beso tuyo cuando se muere por tus huesos.

No había pensado en eso. Ay, madre. La había liado. ¿Alex iba a perder a propósito? ¿Alex se moría por mis huesos?

Pero Margot no había tenido en cuenta lo fuerte que era la amistad de nuestros contrincantes. Estaba claro que Nate no podía permitirse perder y Alex no iba a dejar que lo hiciera. Eso significaría que su amigo debería marcharse para no volver jamás.

No puedo describir con exactitud la mirada de Alex cuando se giró sobre sí mismo para volver a encarar el juego. Estaba cabreado y algo más… Me temblaron un poco las piernas cuando sus ojos chocaron con los míos. Prometían tantas cosas para las que no sabía si estaba preparada…

Fue como si Alex quisiera terminar de inmediato. No tuvo ni que pensárselo, cogió la pelota, la lanzó y esta entró directamente en el vaso. Incluso giró un poco sobre el cristal hasta caer dentro por fin, como si hubiera querido darle un toque dramático.

Nate levantó los brazos triunfante. Fue a darle un abrazo a Alex, que lo empujó hacia atrás pasando del tema. A mi lado, Margot se había quedado taciturna.

—Bebes tú, Maggie —dijo Nate.

La observaba entre satisfecho y apenado. Me quedé pensando en la cantidad de mierda que tenían esos dos. Les iba a costar muchísimo solucionarlo.

—Deja de llamarme Maggie, para ti soy Margot. Siempre seré Margot. ¿Queda claro? —le dijo fulminándolo con la mirada.

—Claro que sí, Maggie —dijo Nate.

Cogió uno de los vasos de su mesa y se lo llevó a la boca. No dijo nada más ni mencionó que debían tener una cita. Se marchó a bailar con el resto de los invitados y se perdió entre la gente. Mi amiga se lo quedó mirando cabreadísima.

—Me voy —anunció.

No me dio oportunidad de pedirle que se quedara, no quería que fuera tonta. Empezó a andar pisando fuerte y desapareció por la puerta de la villa. No se me escapó que Nate siguió su camino con la mirada desde la pista de baile improvisada.

Entonces me di cuenta de que acababa de quedarme a solas con Alex Lenox. No estaba lista para eso. Rodeó la mesa que nos había estado separando todo lo que había durado la partida, me cogió suavemente por el brazo y me llevó a un lugar un poco más apartado de la gente y de la música.

—¿Puedo saber por qué me has estado evitando los últimos tres días?

—No he hecho tal cosa —dije.

—¿Has estado ocupada? —indagó, mirándome con una ceja enarcada.

No pude evitar fijarme en lo mucho que me atraía lo alto que era en comparación conmigo. Me gustaba sentirme pequeña a su lado. Yo era mucho más alta que la media de chicas asiáticas y siempre había sido la larguirucha en comparación con el resto. Había odiado ser más alta que los chicos que me gustaban y, por una vez, me excitó mucho tener que levantar la cabeza para poder mirarlo a los ojos.

—Eres muy alto —dije sin filtro y obviando su pregunta.

Alex pestañeó confuso un momento.

—Mmm, ¿gracias? —dijo sonriendo.

—¿Cuánto mides exactamente?

—¿Por qué? ¿Estás captando gente para un equipo de baloncesto o algo parecido?

—Siento curiosidad…

—Mido uno ochenta y cinco, ¿y tú? —dijo divertido.

—Uno setenta.

—Tú también eres alta.

—Demasiado… —dije.

Me aparté y fui a la zona de las bebidas. Necesitaba hacer algo, coger alguna cosa entre las manos, lo que fuera. Él me siguió.

—¿Demasiado alta?

—Demasiado para el estándar —contesté.

—Creo que el estándar depende de dónde estés. Por cierto, yo bebería agua, Nicole —me reprendió un poco cuando cogí una cerveza. Me ofreció una botella.

—¿Ahora ya no quieres emborracharme? —le pregunté.

Me incliné contra la mesa que tenía detrás. Nos habíamos ido alejando del resto de la gente que estaba en el salón. Allí, en la cocina, solo nos encontrábamos los rezagados que no estábamos bailando en compañía de los cubos de hielo llenos de botellas y cervezas.

—Nunca he querido tal cosa, aunque, viendo el resultado, creo que ha merecido la pena. Estás muy graciosa —me dijo apoyándose en la encimera de la cocina.

Estábamos de frente. Parecía relajado y no dejaba de fijarse en cada uno de mis movimientos.

—¿A qué te refieres? —Me hice la tonta.

—Me gustan tus ojos —soltó como quien no quiere la cosa y pasando por alto mi pregunta.

Se me escapó una sonrisa tonta. ¿Qué me pasaba con ese chico? Era un piropo que me habían dicho cientos de veces, pero en su boca me provocaba escalofríos.

—Herencia de mi padre —contesté.

—Tu padre… ¿era de aquí?

Negué con la cabeza.

—Era británico. Mi madre asiática.

—Vaya… —dijo sorprendido. Fue como si su mente se pusiera a pensar en algo a raíz de esos datos—. ¿Puedo preguntar cuál es tu apellido?

—En Bali no tenemos apellidos. Nos ponen un nombre u otro dependiendo del orden de nacimiento.

—Explícame eso —me pidió, parecía interesado de verdad.

—En Bali los niños reciben el nombre de manera automática basándose en el orden de su nacimiento. Por ejemplo, yo que soy hija única, me llamo Ni Luh. Aunque a casi todos nos ponen un segundo nombre que suele ser por el cual nos llama todo el mundo.

—¿Tu nombre es Ni Luh Nicole?

—Exacto —asentí—. ¿Tú tienes hermanos?

Negó con la cabeza, a la vez que una sombra acudía a sus ojos. Fue un segundo, pero pude verlo perfectamente.

—Pues entonces tu nombre balinés sería Wayan Alexander, sin apellido.

—Qué curioso.

—Hay varios nombres para los primogénitos y los hermanos que lo siguen. Wayan, Putu, Gede o Ni Luh se utilizan para los primeros hijos. Para los segundos, por ejemplo, están Kadek o Made. Para los terceros, son Nyoman o Komang…

—Entonces, ¿todos os llamáis igual?

—Sí, pero no. Nuestro segundo nombre puede ser cualquiera. Es complicado, todo viene del sistema de castas que se impuso en Bali en el siglo XIV. ¿No querrás que te dé una clase de historia, no?

—Sería muy interesante.

Me gustó su contestación. Normalmente, siempre que había intimado algo más con algún turista, solo parecían querer una cosa. Alex me escuchaba, se notaba que le interesaba lo que le contaba.

De repente, noté que me relajaba. No tenía por qué estar tensa, podía bajar la guardia con él. Hacía ya un rato que había dejado muy claro que quería un beso suyo y no se había abalanzado sobre mí. De hecho, permanecíamos a una distancia bastante prudencial el uno del otro. No sabía si era porque él había notado que era lo que yo necesitaba o porque trataba a todas las chicas por igual.

—Me gusta tu nombre, Ni Luh Nikki —dijo.

—Al parecer, te gustan muchas cosas de mí —contesté.

Volví a tener la seguridad que normalmente sentía en mí misma y que desde que había conocido a Alex parecía haber desaparecido por completo. Sabía que la causa de ello era que tenía varias copas encima y me gustó volver a sentirme yo misma. No quería parecer una niña pequeña. Aceptaba que mi experiencia en ciertos temas fuera bastante limitada, pero había salido con hombres antes y por lo general era yo la que llevaba la voz cantante. Con él todo era distinto…

—Camino en una cuerda floja entre querer seducirte y no encajar en tu definición de chico plasta.

Me reí.

—Creo que puedo decir que distas bastante de estar dentro de esa definición.

Entonces se separó de la mesa y se acercó. De repente, sus manos se apoyaron a ambos lados de la mesa de bebidas, dejándome a mí en medio.

—Tengo muchas ganas de besarte.

Tragué saliva.

—Eso es algo que diría un chico plasta.

—Lo sé —contestó.

Sentí que su fragancia invadía mi espacio. Olía muy bien, una mezcla entre loción de afeitado y citronela. Me hizo gracia imaginármelo echándose repelente para los mosquitos. Alex Lenox era la clase de tío que podía parecer de otro mundo cuando lo veías. De un planeta de chicos buenorros endiosados, por ejemplo. Por eso me vino bien recordar que era tan humano como yo y que los mosquitos le picaban igual que al resto de los mortales. No pude evitar reírme.

—¿De qué te ríes ahora?

—¿Cómo llevas lo de los mosquitos?

Frunció el ceño.

—¿Te digo que quiero besarte y tú me contestas con un golpe bajo? Lo llevo muy mal, para tu información.

Levanté un poco la cara para mirarlo a los ojos. Seguí sonriendo divertida. Estábamos muy cerca. Sus labios se encontraban lo suficientemente próximos para poder fijarme en lo gruesos y apetecibles que eran.

—Debes tener cuidado, sobre todo por la mañana y por la noche —le aconsejé.

—¿Sabes quién deberá tener cuidado por la mañana y por la noche si sigues mirándome así?

Ay, Dios…

—¡Eh tortolitos!

Nate apareció justo en ese momento. Consiguió que automáticamente diéramos un respingo y nos echáramos hacia atrás para separarnos. No había sido consciente de lo cerca que estábamos hasta que tuvimos que separarnos. Nate miró hacia otro lado y lo oí mascullar algo en voz baja, aunque no llegué a saber qué decía.

—¿No bailáis?

—Contigo, no —contesté. Luego me llevé la botella de agua a los labios.

—¿Tú también me odias? —me preguntó.

—Odiar es un sentimiento demasiado intenso como para gastarlo en ti —respondí.

Alex se rio y Nate pareció muy ofendido.

—Así que demasiado intenso, ¿eh? —dijo.

No me dio tiempo a reaccionar. Cogió un vaso de agua que había encima de la encimera y me lo tiró encima de la cabeza. Abrí los ojos boqueando sin dar crédito.

—¡Te mato!

Nate salió corriendo y lo perseguí para darle una buena paliza. La gente se apartaba a nuestro paso, pero fue el muy imbécil quien me atrapó a mí. Me cogió en brazos y saltó conmigo a la piscina.

Lo empujé y me despegué de él debajo del agua para salir a buscar aire.

—¡¿Eres idiota o qué te pasa?!

—¿Es odio lo que ven mis ojos? —me preguntó con picardía.

Lo salpiqué con agua mientras la gente se reía a nuestro alrededor. Alguno incluso ovacionó en favor del idiota de

Nate. Me trajo recuerdos de cuando nos habíamos llevado bien, cuando no le había roto el corazón a mi amiga. Era fácil querer a Nate, por eso detestaba que me hubiese obligado a odiarlo.

Me fijé en que Alex se había acercado al borde de la piscina y miraba a Nate con cara de pocos amigos. Fui hacia él nadando.

—¿Quieres que le parta la cara? —me ofreció, acuclillándose frente a mí. Lo decía completamente en serio. Sonreí.

—Me guardo ese comodín para más adelante —respondí.

Le di la mano que me tendió para salir del agua. Estuve tentada de tirar de él y meterlo en la piscina, pero algo me dijo que con Alex era mejor ir con más cuidado. Todavía no sabía cuál era su sentido del humor y lo veía tan serio y tan correcto…

De un solo movimiento consiguió sacarme de la piscina. Fuera corría una brisa que me puso los pelos de punta. Me pidió que fuera con él y lo seguí hasta una de las habitaciones. Se metió en el baño y salió con una toalla para mí.

—No deberíamos estar aquí —le advertí.

—Conozco a los dueños, no creo que nos digan nada —dijo.

Me tendió una toalla limpia que olía a lavanda. Menos mal que tenía puesto el biquini debajo de la falda. La tenía empapada y se me pegaba al cuerpo como una segunda piel. Pillé a Alex mirándome las piernas y, cuando se dio cuenta de lo que hacía, subió hasta mirarme a los ojos.

Estábamos completamente solos, en una habitación apartada del resto de la fiesta. Entre nosotros empezó a crearse una tensión increíble. No era mala, sino muy muy buena. Una de esas que te provocan mariposas en el estómago y te hacen sentir como si flotaras, como si pudieses elevarte tanto del suelo que podrías tocar las estrellas. Una de esas tensiones que solo pueden significar una cosa…

—¿Tendrás una cita conmigo? —me preguntó Alex justo entonces.

Había sabido leerme a la perfección. A lo mejor con otra chica ya estaría tirado en la cama arrancándole la ropa. Margot, por ejemplo, era así. De hecho, algo parecido había ocurrido la primera vez que Nate y ella habían salido. Y era genial, incluso la envidiaba por poder hacer una cosa así, por ser tan lanzada, por confiar… Pero yo no era esa clase de chica.

—Esta semana te digo cuándo podría…

Dio un paso hacia delante. Me cogió del codo y me obligó a mirarlo a los ojos.

—De eso nada, Ni Luh —dijo. Que me llamara por mi nombre balinés me sacó una sonrisa—. No voy a pasar otra vez por la tortura de tener que esperar a que te decidas. Te espero mañana un rato antes del *sunset*, donde nos conocimos.

No pude evitar dudar unos instantes, instantes en los que él aprovechó para colocarme un mechón de pelo detrás de la oreja.

Toda mi piel se puso de gallina y eso bastó para que me decidiera.

—Está bien —acepté—. Allí nos vemos.

¿Éramos conscientes de que aquello sería el principio de una historia que iba a volverse la más complicada jamás vivida por ninguno de los dos? Estaba claro que no... porque, cuando conoces a tu alma gemela, no tienes ni idea del precio que puedes llegar a pagar para reclamarla como tuya.

12

MAGGIE

A la mañana siguiente tenía a Nate esperándome frente al mostrador del hotel. Tenía dos cafés para llevar. Eran de Eco Deli, mi cafetería preferida, y él lo sabía.

—Sé que no me merezco una cita como tal —confesó sin rodeos—, ni aunque me la haya ganado con esfuerzo y el sudor de muñeca. Pero creo que tomar un café y charlar diez minutos es algo que ambos podemos sobrellevar sin hacernos sangre.

Dudé. Una parte de mí dudaba de que lo que acababa de decirme pudiese ser cierto. Aunque él había ganado la apuesta, yo sabía que no tenía ninguna obligación de quedar con él si creía que podía hacerme mucho daño. Anteponía sobre todas las cosas mi salud mental y él sabía que eso era así.

—Diez minutos. Es lo único que te doy —le dije.

Salí del mostrador y me encaminé hacia los sofás. Ese era un entorno seguro, aunque sí elegí el más apartado de recepción. No quería darles a mis compañeros de trabajo razones para distraerse: no tenía muy claro en qué podía derivar aquella conversación con Nate.

—Iba a pedirte si podíamos hablar en mi villa —dijo él escrutando a la gente que nos rodeaba.

—Prefiero hablar aquí —le contesté tajante, después de dudar por unos segundos.

—Aquí no podemos hablar tranquilos, Margot... Solo te he pedido diez minutos.

Estuve tentada de mandarlo a la mierda. Quería decirle que no tenía ningún derecho a pedirme nada, pero vi que mi compañero me lanzaba una mirada curiosa. Ni siquiera habíamos empezado a hablar y ya habíamos captado la atención de la gente.

—Está bien —acepté poco convencida, pero lo seguí hasta su habitación.

Conocía muy bien esa villa. Siempre que Nate venía a la isla, se hospedaba en esa misma habitación. Era la única que mis padres me habían dejado decorar a mí. Al contrario que las restantes, que seguían una línea bastante sobria y elegante, aquella no tenía nada que ver. Era más hippie y juvenil. Tenía hamacas que colgaban del techo, sofás color crema con almohadones de colores vivos, plantas, grandes lámparas balinesas de mimbre y una enorme cama con dosel en forma de ramas. Me había divertido mucho decorándola y a Nate siempre le había fascinado.

—Cuando nos casemos, quiero que tengamos una casita

y la decores como mi habitación de la villa —me había dicho un año atrás.

Habíamos tenido tantos planes y tantas ilusiones…

Una vez dentro, sentí el peso de volver a estar completamente solos en una habitación. En aquella villa nos habíamos acostado por primera vez. En ese mismo colchón, había disfrutado de los mejores polvos de mi vida. Bajo esas sábanas había susurrado con miedo y por primera vez las palabras «te amo», con una necesidad casi vital de tener que pronunciarlas para poder seguir respirando tranquila. Allí mismo él me había dicho que quería que fuera la madre de sus hijos: Maggie y Nathaniel júnior. En el mismo sitio que yo le había contestado que ni borracha los íbamos a llamar así.

Sentí un dolor inmenso en el pecho. Sabía que la medicina a ese sufrimiento podía ser también mi mayor perdición. Pero también sabía que no se borraría con nada, solo con tiempo y, aun así, era posible que nunca llegase a desaparecer del todo.

Le di la espalda a Nate para ocultarle mis sentimientos. Resurgían traicioneros de lo más profundo de mi ser, amenazando con dejarme en evidencia.

—No me des la espalda, Maggie —me pidió.

Lo notaba muy cerca de mí. Cerré los ojos. Por un instante, sentí la necesidad de dejarme caer. Quería permitirme un poco de ibuprofeno para el alma, poder respirar sin que me doliera, aunque solo fuese durante unos instantes.

—Yo te quería, Nate —susurré muy bajito. Ni me giré ni lo miré. Mantuve los ojos cerrados, me daba más valor—. Estaba dispuesta a dártelo todo…

—Deja que esta vez sea yo el que te lo dé todo, Mags —dijo muy cerca de mi oído.

Sentí su calor abrazarme la espalda. Sus brazos me rodearon y me atrajeron a su pecho. Al principio mi cuerpo reaccionó poniéndose rígido, pero él esperó hasta que me relajé y me recosté contra él. Por unos momentos, me imaginé que volvíamos a ser nosotros… Nate y Maggie, los enamorados de la isla.

—Déjame intentar recuperarte —volvió a susurrar—. Te prometo que esta vez será diferente.

Esas palabras me hicieron reaccionar y me separé de él. Me giré para encararlo.

—¿Cuántas veces me has dicho eso, Nate?

—Muchas —me contestó de inmediato—. No estoy aquí para hacer como si aquello no hubiese ocurrido. Soy muy consciente de todo el daño que te causé, pero no he regresado sin meditarlo mucho antes. Llevo meses queriendo volver, pensando en lo que te diría, en cómo podemos hacer que las cosas cambien de verdad, que esto funcione para los dos.

—No puedo —dije. Negué con la cabeza y di un paso hacia atrás, a pesar de que mi corazón latía desenfrenado.

—Sí puedes —me rebatió.

Me siguió cuando reculé otros dos pasos más en un intento por alejarme de él.

—Maggie, nosotros tenemos que estar juntos. Tiene que ser así… No me imagino mi vida sin ti.

—Tuviste la oportunidad de tenerme… —susurré.

Las malditas lágrimas volvieron y cayeron sin permiso. Eso provocó algo en Nate. Me cogió la cara con sus grandes manos. Limpió las lágrimas desesperado por borrarlas, como si verlas le resultase insoportable.

—No llores, por favor —me pidió, apoyando su frente en la mía.

Sus manos subían y bajaban por mis brazos, intentando consolarme. En cierto modo, creo que quería consolarnos a los dos… Pero entonces todo cambió.

Fue un instante. Nos miramos por primera vez a los ojos y supimos que estábamos destrozados. No sé quién empezó ni por qué. No sé quién dio el primer paso y quién el segundo. De repente, estábamos besándonos. Su lengua acariciaba la mía y sus manos en mi cintura me pegaron a su cuerpo. No fui capaz de detenerlo ni de detenerme.

Era consciente de que todo aquello estaba mal, pero a veces hacemos cosas que no están bien. Los sentimientos que nos llevan son más complejos que la moral que creemos tener.

Dejé que Nate consolara mi corazón de la peor manera posible. Dejé que me llevara a la cama. Dejé que nos convirtiéramos en todo brazos, lenguas y cuerpos enroscados.

Con Nate había descubierto cómo podía llegar a ser el sexo cuando se quiere y confía a partes iguales. El sexo sin amor está bien muchas veces, pero cuando te preocupas más por el placer del otro, cuando no te antepones a ti misma porque sabes que de eso se va a encargar quien te acompaña…, ahí es cuando surge la magia.

No nos dijimos nada. Ni media palabra. Dejamos que nuestros cuerpos hablasen por nosotros y nos dejamos llevar. No se me escapó el detalle de que Nate parecía querer solo darme placer a mí. Me dedicó todas y cada una de sus caricias con mimo, sin pensar en él en ningún momento. Yo sabía que él era la clase de chico que disfrutaba dando placer, de verdad lo hacía porque quería y no por obligación con la otra parte.

Había olvidado la manera en la que sus dedos parecían saber exactamente dónde tocar para volverme loca, la forma en la que sus labios besaban todos los puntos que él sabía que me harían suspirar. Mi cuerpo era un mapa ya explorado y él lo conocía.

Abrí los ojos y clavé la mirada en el techo de madera. Él se encontraba entre mis piernas y con su boca me saboreaba después de tanto tiempo. Tuve que sujetarme muy fuerte a las sábanas porque no se movió de allí hasta escucharme gritar.

Solo entonces se separó un poco, cogió un condón de su cartera, se lo puso y me penetró sin más. Cubrió con su boca la mía, callando el grito que se me escapó. Me cogió la mano contra el colchón, como si no quisiera soltarme. Me hizo el amor todo el tiempo que quiso. Me cambió de postura sin que yo pusiera objeción alguna. Así había sido siempre. Me gustaba que me dijera cómo debía ponerme. Me gustaba que me llevara él y me lo agradeciera de la mejor manera posible.

Llegamos juntos esta vez. Él gruñía contra mi oído y yo me contenía, tragándome los gritos de placer. No me soltó cuando acabamos, me atrajo hacia él y se acurrucó contra mi pecho hasta que nuestros latidos volvieron a la normalidad.

Ambos sabíamos que no habíamos solucionado nada. Los dos sentimos que el dolor iba a ser peor al volver a separarnos. Habíamos caído después de haber pasado por la desintoxicación y nos tocaba volver a empezar. Todo lo que habíamos superado lo acabábamos de tirar por la borda.

No sé de dónde saqué las fuerzas para levantarme, pero lo hice.

—¿A dónde vas? —me preguntó angustiado.

En el aire se había creado aquella aura a la que ninguno de los dos queríamos hacer frente. Nos habíamos acostado, sí. Pero eso no cambiaba nada.

—Tengo que volver a trabajar —dije.

Cogí mi ropa del suelo y empecé a ponérmela rápidamente. Necesitaba huir de ahí. Cuanto antes.

—Espera, Maggie, espera —me pidió levantándose de la cama. Me cogió del antebrazo—. Tenemos que hablar de lo que ha pasado… Tenemos que…

Entonces tuve que decírselo. Había tardado mucho en hacerlo.

—Estoy casada, Nate —confesé sintiendo que empezaban a temblarme las manos—. Ya es demasiado tarde. Lo siento.

Lo dejé allí con la cara descompuesta y me marché.

13

NIKKI

¿En qué momento había creído que era buena idea quedar con Alex Lenox? Me estaba metiendo en la boca del lobo y lo más probable era que no fuese fácil salir de ahí. Pero era tan… todo. Ya no era solo algo físico, sentía mucho más. Su manera de mirarme, su forma de tratarme, el tacto de su piel rozando la mía en las pocas veces que lo había hecho…

Suspiré e intenté borrar de la cabeza la cita de aquella noche. Si no, no iba a poder concentrarme en el trabajo.

Cogí de uno de los cajones de la veterinaria la pastilla antiparasitaria de Batú y lo llamé para dársela. Por suerte, era la que sabía bien. Se la comió sin problema y luego me subí a la moto para ir a ver a mi abuela. La mañana había sido dura, sobre todo porque me había despertado con una resaca horrible.

Me había preparado un poco de *jamu*. Para nosotros, era la mejor bebida medicinal hecha a base de jengibre y cúrcuma, aunque a mí me gustaba añadirle miel y limón. Me ayudó a encontrarme mejor, pero el dolor de cabeza persistió durante casi toda la mañana. Agradecí que aquel día solo hubiese tenido que dar mis clases de yoga. Si me hubiese tocado limpiar las habitaciones, habría hecho un trabajo desastroso. Aunque a lo mejor me hubiese encontrado a Alex haciendo guarrerías en la ducha de nuevo… Borré esa imagen de mi cabeza.

La casa de mi abuela no estaba lejos de la mía ni de la clínica. En moto solo se tardaban unos diez minutos, pero sí que estaba más metida en la vegetación de la isla. Ella nunca había sido mucho de mar. Prefería quedarse en casa, rezando, preparando ofrendas, yendo al templo y ayudando a sus vecinas en todo lo que podía.

Mi abuela Kuta era una persona superespecial. Tenía ya ochenta años y cada una de sus arrugas venía acompañada de una historia digna de ser contada. Me encantaba almorzar con ella y charlar. Aunque cada vez estaba más mayor, de cabeza seguía igual de fresca que cuando tenía cuarenta años. Eso sí, a veces era bastante cascarrabias.

Llegué a su casa y Batú empezó a ladrar como loco. Mi perro tenía una predilección especial por mi abuela… Una pena que no fuera nada correspondida.

—¿Otra vez ese demonio de chucho? —la escuché decir mientras salía con el palo de la escoba.

—¡Abuela! —le grité riéndome.

Sabía que no le haría nada a Batú. De hecho, él también era consciente de ello y empezó a correr en círculos a su alrededor, moviendo la cola. Se lo tomaba todo como una broma…, igual que hacía yo.

—¡Te dije que no lo trajeras más! —me reprendió.

Lo miró con el ceño fruncido, antes de entrar en casa y salir con un plato a rebosar de arroz con pollo que le puso a Batú en el suelo.

—Toma, demonio, a ver si así te estás callado.

Batú ladró dos veces contento y empezó a comer entusiasmado.

—Tendrás otro plato de esos para mí, ¿no?

—¿Tú? Contenta me tienes —me dijo poniendo los brazos en jarras. Estaba un poco regordeta y el pelo lo tenía todo blanco, recogido en un moño bajo.

—¿Qué he hecho yo ahora?

—¿Hace cuánto que no vienes conmigo a rezar?

Puse los ojos en blanco. Como me había criado con la religión hinduista, había ciertas cosas que se esperaba que hiciera, pero nunca había llegado a sentirme del todo cómoda. Sentía un profundo respeto por mi religión, aunque siempre había sido un poco rebelde con las normas. También era bastante escéptica con ciertos aspectos religiosos. Sin embargo, disfrutaba con las tradiciones, aunque no las cumpliera con la asiduidad que debería o esperaba mi abuela.

—Ayúdame, anda —me pidió.

Sacó una bolsa de detrás de un mueblecito que tenía en el jardín y me indicó que me sentara con ella. Quería que la ayudara a dejar listas las ofrendas de aquella tarde. Cogimos las hojas de palmera que ya tenía preparadas y juntas empezamos a hacer las cajitas que posteriormente rellenaríamos con flores, arroz, comida e incienso. Era nuestra forma de darles las gracias a los dioses y pedir por nuestras familias. Las ofrendas eran algo que me gustaba mucho de la religión. Me encantaba prepararlas y verlas por las calles, establecimientos y hogares de toda la isla.

—Bueno, cuéntame. ¿Algún cotilleo interesante? —me preguntó mi abuela.

Yo me concentraba para crear las ofrendas en forma de flor, la más difícil, pero también era como quedaban más bonitas.

—¿Me pasas la grapadora? —le pregunté.

Ignoré por un momento su pregunta. Una parte de mí tenía ganas de contarle que había conocido a alguien, pero otra no sabía si era conveniente hablarle de alguien que se marcharía en tres semanas.

—Tu tío me dijo ayer que quería verte, que estabas desaparecida.

Mi relación con mi tío era peculiar, por llamarla de alguna manera. Nos queríamos mucho, pero él era demasiado autoritario conmigo. Entendía que se había preocupado por mí desde que fui muy pequeña. Había intentado que no me pasara nada malo, darme la mejor educación y velar por que fuera una niña feliz y bien cuidada, pero a veces… era difícil lidiar con él. Digámoslo así.

—Estoy muy ocupada trabajando, abuela —le dije sin más.

Ella se me quedó observando. No me di cuenta hasta un momento después, cuando levanté la mirada y me encontré con la suya. Estaba analizándome con una curiosidad extraña.

—¿Solo trabajando? —preguntó insinuando algo más.

¿Cómo me conocía tan bien?

—Abuela… —empecé y aproveché para hacerle una pregunta y cambiar de tema—. Mamá y papá… ¿cómo se conocieron?

Nunca me había atrevido a hacer muchas preguntas respecto a ese tema, sobre todo porque sabía que la ponía muy triste. Aquella vez me pudo más la curiosidad que todo lo demás. Necesitaba entender un poco más a mi madre. Quería saber cómo había hecho para dejarlo todo por una persona que era tan distinta a ella, porque a pesar de tener un diario suyo, había muchas cosas que no entendía, en él había muchos saltos en el tiempo.

—Tu padre era muy guapo —dijo simplemente.

—¿Quieres decir que mamá solo se fijó en él por eso? —Puse los ojos en blanco.

—Tu madre siempre quiso irse de aquí, Nikki, y tu padre le abrió la puerta.

—Hablas como si hubiese estado encerrada…

—Era otra época… Las cosas no eran como ahora. Hoy en día, las chicas os mudáis solas y hacéis lo que os da la gana.

Recibí la pullita con estoicidad. Tenía que entender que mi abuela tenía ochenta años. Se había criado en una isla de cinco mil habitantes y nunca había salido de aquí. Podía imaginar lo que supuso para ella que su hija se enamorara de un extranjero. Por un instante me sentí mal por empatizar con mi madre. Al fin y al cabo, era hija suya y yo siempre me había sentido atraída por la cultura occidental, por los hombres de fuera… ¿Había sido herencia genética o simple cabezonería por querer ir en contra de todo lo que se me enseñaba?

—Pero, abuela, tú querías a mi padre, ¿no? —le pregunté, pues siempre que me había hablado de él lo había hecho con cariño.

—Tuve que quererlo… Era un hombre que sabía tratar y ganarse a las mujeres, pero mi hija estaría hoy aquí conmigo si no se hubiese enamorado de él. Siempre le echaré la culpa por eso.

Fue duro escucharla hablar así. En parte tenía razón, pero también podría haberse casado con alguien de aquí y haber muerto de cualquier otro modo. Yo qué sé, cayéndose por un acantilado en una cita romántica… Vale, era un ejemplo muy malo, pero ya me entendéis. No podemos escapar de nuestro destino. Las cosas suceden y ya está. Aunque diera muchísima rabia y doliera como si te arrancaran el corazón…

—Piensa que, si no fuese por mi padre, yo no estaría aquí —le dije con ternura.

Sus ojos me sonrieron desde lo más profundo de su alma. Ella sabía que era así. Me adoraba y me quería más que a ella misma.

—No tendría una nieta tan cabezona y alocada, es cierto.

Me reí y seguí ayudándola con las ofrendas durante media hora. Estuvimos en silencio, cada una con sus propios pensamientos. Yo le daba vueltas a si hacía bien quedando con Alex y dando pie a una relación que ya tenía fecha de caducidad antes de empezar.

En ese momento, recuerdo que me movía la curiosidad. Quería vivir experiencias nuevas, deseaba probar lo que es sentirse libre, como hacían Margot o Nate. Desde que se conocieron, hicieron lo que habían querido sin dejarse guiar por ningún tipo de norma o religión. En cambio, yo luchaba contra la culpabilidad y las ganas de conocer esa parte de mí que todavía desconocía. Sin embargo, en el fondo temía terminar sintiendo algo más y luego quedarme con el corazón roto.

Alexander Lenox era un hombre que me estaba dando mi tiempo, eso estaba claro. Ambos sabíamos lo que sacaríamos de aquella relación… y no había lugar para enamorarse ni para nada que no fuera divertirse por un tiempo limitado.

Aquel día decidí no contarle nada a mi abuela… ¿Y quién sabe? A lo mejor si lo hubiese hecho, nunca habría acudido a esa cita. Nunca habría iniciado algo que lo cambiaría todo para siempre. Dicen que el aleteo de una mariposa puede provocar un huracán, ¿no? En este caso creo que la mariposa habría sido yo, y Alex, el huracán… ¿O tal vez fue al revés?

Mejor no adelantemos acontecimientos.

Estaba muy nerviosa cuando llegué con la moto al lugar donde habíamos quedado. Cuando acepté vernos, no caí en la
cuenta de que hubiese sido mejor idea citarnos en algún
lugar más íntimo. Allí estarían, como todas las tardes, mis
amigos.

Pero Alex se adelantó a mis pensamientos. No me esperaba en la playa, sino junto al aparcamiento de motos. Estaba
muy guapo... Dios, se había puesto una camisa de tela fina
con rayas celestes y unas bermudas color caqui. Parecía un
príncipe inglés.

Me sonrió con los ojos en cuanto me vio aparecer, pero al
instante su semblante cambió y frunció el ceño.

—¿No llevas casco? —preguntó cuanto me detuve junto
a su moto.

«¿Y arruinar el peinado que me he hecho?», pensé. Pero
no fue eso lo que dije.

—Aquí nadie utiliza casco —contesté, bajándome de la
moto y quitando las llaves.

Me había puesto una falda negra larguita con un corte
que dejaba ver mi pierna cuando me movía y un top coral que
realzaba mi moreno isleño. El pelo me lo peiné en una cola
alta, sujeta con un pañuelo de mi madre. Algunos mechon-
citos me caían sobre el rostro.

—¿Aquí tenéis cabezas de acero y no lo sabía? —insistió
con un sarcasmo nada divertido.

Puse los ojos en blanco.

—Llevo desde los doce conduciendo moto y jamás me he puesto casco. Y estoy vivita y coleando —le dije para intentar convencerlo de que no pasaba nada.

—Solo se muere una vez, Nicole —me rebatió muy pero que muy serio—. Un mal movimiento, un animal que se te cruza o un frenazo brusco… y sales despedida con la cabeza completamente desprotegida. Morirías en el acto. ¿Eso es lo que quieres?

—Claro que no es eso lo que quiero —le contesté.

Sentí que el ambiente se enrarecía. ¿Íbamos a pelearnos por esta tontería? Alex se giró, fue hasta su moto y cogió lo que supuse que era su casco. Era negro, de esos que costaban una pasta.

—Póntelo —me ordenó.

Lo miré con el ceño fruncido.

—No puedes darme órdenes, Alex —le contesté calmada pero seria. No me había gustado su forma de pedírmelo.

—Quiero llevarte a cenar a un sitio bonito, Nicole, y me gustaría que fuéramos en mi moto, pero no lo haré si no te pones el casco. Lo siento, no pienso ser responsable de que te ocurra nada estando conmigo.

Parecía realmente disgustado y un poco enfadado, incluso decepcionado. ¿Cómo había podido cagarla tan rápido y encima por un estúpido casco? Suspiré y levanté la mano para soltarme la coleta que tanto había tardado en hacerme.

—Muy bien —acepté.

Fui a coger el casco que sujetaba, pero no me dejó. Dio un paso hacia delante y fue él quien me lo colocó.

—Te está grande —dijo.

Os juro que parecía estar pensándose si seguir con su plan de ir a cenar por ahí.

—Me está bien —dije moviendo la cabeza.

Me sentía como Robocop. Jamás había llevado casco. Nunca.

Llamadme inconsciente, lo era, lo sé, ahora lo sé, pero había crecido en un sitio donde a los críos nos dejaban montar en moto desde que las piernas nos llegaban al suelo. En mi isla las motos eran el vehículo por excelencia. En ellas se subían incluso familias enteras… Iban bebés que sus madres acunaban con la mano izquierda mientras apoyaban la derecha en el manillar. Había llegado a ver hasta cuatro críos juntos encima de una moto… y todos sin casco, obviamente.

Alex me lo ajustó todo lo que pudo y sentí el roce de sus dedos en mi garganta. Se me puso la piel de gallina y se dio cuenta, pero no dijo nada. Se sentó en su moto, que me pareció chulísima. No tenía nada que ver con la mía, que era un trasto viejo y oxidado que había que arreglar cada semana. La suya era de motorista, siempre había querido montarme en una de esas.

Cuando vi que pretendía llevarme sin ponerse él nada en la cabeza, me sentí mal.

—¿Y tú qué? —pregunté.

—Iré con precaución —me contestó. Lo miré nada convencida. Me sentía culpable—. A mí tampoco me hace gracia, créeme, pero es esto o perder la reserva.

Me gustó que antepusiera mi seguridad a la suya. Me pareció un gesto atento, pero no compensaba lo mal que me sentía. De repente, me entró miedo de que tuviésemos un accidente y él muriera por mi culpa. No, no había valido la pena que hubiera sido amable, pero ya no podíamos hacer nada. Arrancó la moto y me sujeté a su enorme espalda. Olía muy bien cuando me acerqué un poco para olisquearlo. ¿Qué perfume utilizaría?

Salió con la moto a la carretera principal y fue en dirección a las colinas. Conocía cada uno de los restaurantes que había allí, tampoco era tan difícil, puesto que me había criado en ese lugar. Me pareció adorable que él creyera que a lo mejor podía darme una sorpresa. El atardecer estaba ya a punto de comenzar y Alex siguió conduciendo. Dejamos atrás los lugares más conocidos y los que me cuadraban como su elección para aquella noche.

—¿Te has perdido? —le pregunté cuando se metió en dirección contraria a la zona residencial.

Nos estábamos alejando muchísimo y sabía que el terreno por aquella zona no era muy estable. Las carreteras no estaban terminadas y había mucha vegetación…

—Sé exactamente a dónde te llevo —me dijo. Creí notar en su tono de voz que sonreía.

A medida que seguimos avanzando, empecé a sospechar a

dónde quería llegar, pero me extrañó. Allí no había absolutamente ningún restaurante.

Llegamos a Old Tree cuando el sol empezaba a bajar por el horizonte. Me sujeté a su espalda con fuerza cuando se metió por en medio del campo hasta dar con uno de los acantilados más impresionantes de la isla. Muchas veces íbamos allí a ver el atardecer, pero me quedé con la boca abierta cuando me fijé en que no estaba tan desierto como me lo esperaba. Allí, justo al lado del acantilado y con unas vistas espectaculares del océano chocando con las rocas, había una mesita con un mantel blanco y tres camareros esperándonos. Alex detuvo la moto y nos envolvió el ruido del oleaje y el viento.

—¿Esto es para nosotros? —pregunté apabullada.

—Esto es para ti —me dijo.

Esperó a que me bajara. Lo hice a la vez que me quitaba el casco y me seguí fijando en lo que él había preparado para mí. Me quedé alucinada. En la vida habría esperado que se tomara tantas molestias por mí. Era muy bonito… Quizá demasiado. No estaba acostumbrada a ese tipo de trato y tampoco lo pedía. Cualquier lugar me habría bastado. Yo no era la clase de chica que necesitaba estos gestos para ser feliz, pero con el tiempo iba a tener que aprender que a lo mejor a él sí le hacían falta… Éramos distintos y nuestra concepción de conquistar, querer y mimar a alguien eran completamente diferentes.

Me giré hacia él y vi que estaba ilusionado por darme una cita romántica. Aquello ya me pareció motivo suficiente para que me pusiera a saltar. Le devolví la sonrisa y dejé que me guiara hasta la mesa.

Me retiró la silla como un buen galán inglés y esperó hasta que yo estuviese sentada para acomodarse él también. Las vistas eran hermosas… y el olor de la leña que habían encendido para preparar la cena lo llenaba todo con su fragancia. Se me abrió el apetito a pesar de los nervios.

—Muchas gracias, Alex —le dije, cogiendo la servilleta de lino blanca y colocándomela en el regazo—. Este es uno de mis lugares preferidos, ¿lo sabías?

—Creo que es el sitio más bonito que he visto desde que estoy aquí, por eso pensé en ti —dijo mirando el *sunset*—. ¿Te apetece vino? —cambió rápidamente de tema.

Cuando asentí, abrió él mismo la botella y me sirvió. El camarero se acercó y nos ofreció un menú de papel, deduje estaba hecho especialmente para nosotros. En él teníamos la opción de comer pescado o carne, había ostras como entrante (en mi vida las había probado) y pan de masa madre con tomate, anchoas y albahaca.

—¿Te gusta el menú? No sabía muy bien qué tipo de comida querrías…

—Me gusta todo.

—Genial. Yo quiero probar el pescado. Me han dicho que lo han pescado esta misma tarde.

—Yo también —dije y así se lo hicimos saber al camarero.

El sol bajaba y dejaba a su paso una mezcla de colores pastel alucinantes. Cuando me fijé en Alex me di cuenta de que no parecía echarle mucha cuenta al espectáculo natural que estaba teniendo lugar frente a nosotros. Toda su atención estaba puesta en mí y sentí mariposas en el estómago. Aquello me hizo comprender de verdad que yo le gustaba. Todo lo que había hecho había sido para complacerme...

—Estás preciosa, Nikki —me dijo.

Nuestros ojos se encontraron, tímidos en la poca distancia que existía entre ambos. No supe qué contestarle.

—¿Te sonrojas? —me preguntó entonces.

—Nunca había recibido tanta atención... No sé si me lo merezco.

—Nos merecemos todo lo que nos ofrece la vida. Esa es mi filosofía.

—Me gusta —asentí.

Cogí la copa, hice un pequeño brindis con él y le di un traguito. Se me escapó una mueca.

—¿No te gusta? —preguntó contrariado mirando automáticamente la botella—. Aquí me ha sido muy difícil encontrar buen vino, pero este es...

—Tranquilo —lo interrumpí—, es que no suelo beber vino... Supongo que es cuestión de acostumbrarse.

Se me quedó contemplando un instante, como intentando descifrar algo.

—¿Cuántos años tienes, Nicole? —me preguntó entonces.

—Preguntar eso no es muy caballeroso por tu parte —le respondí, aunque no me había molestado en absoluto.

—Tienes razón… Solo quería asegurarme de que no estaba haciendo nada ilegal —dijo en broma, obviamente. Era imposible que yo aparentara ser menor de edad.

—Tengo veintitrés —dije. Observé su reacción, ya que sabía que él era mayor que yo—. ¿Y tú? —pregunté automáticamente.

Se pasó la mano por la barbilla… Parecía pensativo.

—Cumplo treinta dentro de poco —me contestó.

—Siete años… —dije en voz alta, tras hacer rápidamente las cuentas de cabeza.

Me puse a pensar a toda máquina en las cosas en las que me llevaría ventaja. Si ya me había preocupado ser bastante inexperta, desde que tenía esa información, todo parecía intimidarme mucho más.

—¿Es un problema? —me preguntó unos segundos después.

¿Qué importancia tenía que nos llevásemos siete años? Tampoco iba a casarme con él ni nada parecido. Tenía que empezar a centrar el tiro. Obviamente, desde el momento en que había aceptado esa cita sabía a lo que me estaba exponiendo. Con alguien que tenía treinta años y que encima se iba en unas semanas, no podía pretender empezar nada que no fuera una relación por pura diversión.

Pero ¿quería divertirme con él? Lo observé un segundo y lo tuve claro.

No podía dejarme llevar por ideologías que no compartía. Yo no creía en la religión que mi tío y mi abuela me habían enseñado, solo le tenía respeto. No podía sentirme culpable si, llegado el momento, me apetecía acostarme con un hombre fuera del matrimonio. Pero la pregunta seguía rondándome la cabeza… ¿Quería acostarme con él?

—¿Puedo preguntarte una cosa? —interrumpió el silencio que se había formado entre nosotros.

—Claro —dije.

Volví a beber vino para ver si así conseguía relajar los latidos acelerados de mi corazón.

—¿Qué crees que va a pasar entre nosotros?

Vaya. Pues sí que me había leído la mente… y a lo grande.

Si hubiésemos tenido más tiempo, lo más probable era que me hubiese molestado esa pregunta. ¿Por qué había que definir nada? Estábamos en una cita y ya veríamos lo que sucedería después, pero claro… Supongo que cuando se cuenta con tan poco tiempo y sientes una atracción indescriptible por la persona que tienes sentada delante, las cosas hay que acelerarlas. O, al menos, dejarlas claras.

—¿Por qué no me lo dices tú? —contesté.

Alex cogió su copa de vino y se la terminó. La dejó y luego extendió la mano por encima de la mesa para coger la mía. Lo hizo con una dulzura indescriptible. Tengo que admitir que jamás habría imaginado lo que me dijo después de ese gesto tan cariñoso.

—Deseo follar contigo todos los días que me quedan hasta que tenga que coger un avión a Londres, sabiendo que probablemente no regresaré a esta isla nunca más.

Pum. Pum. Pum.

Me quedé quieta, asimilando sus palabras. Había sido claro y conciso: me deseaba. Me quería en su cama hasta que se marchase y no solo por una sola noche. De hecho, quería «follar conmigo» todas las noches. Madre mía, en mi vida había utilizado esa palabra, ni siquiera en mi mente. En cambio, saliendo de sus labios había sonado tan increíblemente erótica…

Apreté los muslos con fuerza e intenté que la respiración no se me entrecortase. Lo nuestro tenía fecha de caducidad, no podía olvidarme de eso. Yo también me terminé la copa de vino. Él cogió la botella y volvió a servirnos a ambos.

Respiré hondo antes de volver a hablar.

—Puestos a ser tan sinceros y claros… —empecé diciendo, intentaba que los nervios no se apoderaran de mi voz—. Tienes que saber que yo deseo lo mismo que tú —dije.

Vi que los ojos se le iluminaban. Cogió la copa y volvió a llevársela a los labios.

—Pero antes de aceptar —continué—, tienes que saber que soy virgen.

Se atragantó con el vino.

14

ALEX

Dejé la copa en la mesa y cogí la servilleta para limpiarme la boca. Mi mano subió inconsciente a mi pelo y me lo despeiné con nerviosismo. Nikki era virgen. Esperaba que no me hubiera mentido con su edad, pero no me entraba en la cabeza que fuera virgen a los veintitrés.

—¿Estás bien? —me preguntó y volví a levantar la vista hacia ella.

—Joder, Nikki —maldije en voz alta.

Me sentía culpable y no entendía muy bien por qué.

—No pasa nada —dijo—. Lo entiendo. Quieres pasar el tiempo con alguien con experiencia…

Vi que dejaba la servilleta encima de la mesa e hizo el amago de levantarse.

—¿A dónde vas? —le pregunté incrédulo—. Por favor, siéntate, Nicole. Solo dame un minuto para asimilarlo —le pedí tranquilo.

Ella volvió a sentarse. Era hermosa. Tenía una belleza difícil de encontrar, exótica y diferente. Pero no era eso lo que me dejaba sin opciones, sino sus ojos, su mirada, su sonrisa. ¿Era posible que me pusiera una sonrisa? Jamás me había ocurrido.

La deseaba más que a nada en el mundo y hacía años que no me sentía así de ilusionado. Sabía que lo nuestro sería algo esporádico, por eso había querido dejarlo muy claro. No quería alimentar nada que no pudiera darle, pero jamás habría imaginado que la posibilidad de no poder tenerla me ocasionara tal malestar.

Ahí estábamos los dos. Ella era virgen y yo diciéndole que me la quería follar todos los días hasta que me fuera. ¿Cómo procedía después de eso? ¿Qué podía decir?

Analizando un poco la conversación que acabábamos de tener, recordé que ella no se había negado en ningún momento a acostarse conmigo. Simplemente me había informado de su situación… ¿Situación? ¿Ser virgen era una situación? Dios… Volví a coger la copa.

—¿Por qué? —pregunté entonces.

—¿Por qué qué? —me contestó ella.

El cielo estaba lleno de unos colores que se reflejaban en sus ojos. Me devolvían una luz distinta cuando me miraban. Su color verde se había convertido en dorado y me resultaba imposible apartar los ojos de ella.

—Tiene que haber una explicación para que una chica como tú no haya querido acostarse con nadie antes.

—¿Una chica como yo? —volvió a responderme con otra pregunta.

—Eres preciosa —dije sin tapujos. Era la pura verdad y punto.

—Gracias, pero la decisión de no haber querido acostarme con nadie antes radica en algo menos banal que el ser guapa o no.

—Llevas razón —admití, aunque maldije un poco por dentro—. Lo siento, no quería ofenderte.

—No lo has hecho. Solo intento explicarte que a veces las cosas no son tan simples como tú las ves en tu cabeza.

—Mi cabeza es complicada, eso no te lo voy a negar.

—No he querido acostarme antes con nadie porque creía que quería esperar al matrimonio, o al menos a estar enamorada.

Me quedé pensando en lo que decía, quería comprenderla. No podía olvidar que nos habíamos criado en culturas completamente diferentes. Lo de esperar me parecía un pensamiento arcaico, pero ¿quién no los tenía a veces?

—Has dicho «creía». ¿Ya no piensas así? —pregunté.

Justo en ese instante nos trajeron la comida. Tenía muy buena pinta, pero ninguno de los dos hicimos el amago de empezar a comer. Seguíamos inmersos en la conversación y perdidos en los ojos del otro. Bajó la mirada y empezó a jugar pensativa con la servilleta.

—Por favor, Nicole, mírame.

—No hay ningún pensamiento grandioso detrás de haber cambiado de opinión, Alex —me contestó, con sus ojos clavados en los míos. Escuchar mi nombre de sus labios fue como música para los ángeles—. Simplemente se me ha creado una necesidad. Lo he meditado conmigo misma y he comprendido que los motivos por los que podría rechazarte no tienen el suficiente peso como para hacerlo.

Me hubiese encantado pedirle que me hablara de aquella necesidad que se le acababa de crear, pero me contuve.

—Yo ya te he dicho lo que quiero de ti, Nikki —dije, ya sin rodeos—. Dime tú qué quieres de mí y avancemos desde ahí.

Se mordió el labio un segundo antes de mirarme directamente a los ojos.

—Quiero disfrutar contigo, Alex —admitió en un tono de voz más bajo del que había utilizado hasta ese momento—. Quiero que me lleves a la cama y me enseñes todo lo que sabes, pero quiero que tengas un poco de paciencia. Necesito que exista confianza entre ambos, sentirme cómoda… Conocerte un poco mejor.

En mi mente no dejaban de repetirse sus palabras una y otra vez. Quería que yo le enseñara de todo…

—Comprendo —dije con total sinceridad—. Iremos despacio, solo quiero que entiendas que mi tiempo aquí es el que es.

—Lo sé.

Me sonrió y sentí algo que no sabía que iría creciendo con el tiempo. Algo maravilloso, especial y único. Algo que se apoderaría de todo y que me cambiaría para siempre.

—Bien —acepté devolviéndole la sonrisa—. Ahora deberíamos cenar.

Cogimos los cubiertos y empezamos a comer. No llevábamos ni cinco minutos disfrutando del mejor lenguado de mi vida cuando el móvil de Nicole empezó a sonar.

—Lo siento —dijo comprobando el número—. Tengo que cogerlo —se disculpó y le indiqué con la mano que no había problema.

—Mierda —la escuché decir tras un minuto, escuchando a quien fuera que la había llamado. Después, colgó.

—¿Qué ocurre? —pregunté levantándome, al igual que hizo ella.

—Blackie está de parto —dijo por toda información.

—¿Quién es Blackie? —pregunté.

—La perrita de Wayan —me explicó—. Lo siento, Alex, de verdad. Me tengo que ir.

—Está bien, tranquila… Yo te llevo.

Ella asistió como toda respuesta y tuvimos que dejar la mesa, la cena y el vino casi sin tocar. Me disculpé con los camareros y les dije que podían marcharse. A los cinco minutos íbamos en la moto, en mitad de la noche, en busca de una perrita que estaba de parto.

¿En qué momento había empezado a ser yo uno de los protagonistas de esa historia?

Estábamos en el cobertizo de la casa de Wayan, rodeado de gallinas y heno. Tumbada sobre una manta bastante roñosa, había una perrita negra pasándolo fatal. Había insistido en quedarme con Nikki para poder acercarla a su casa después, pero nunca pensé que el parto de un animal pudiera durar tanto tiempo.

Eran las tres y media de la mañana y seguíamos allí. No era lo que tenía pensado estar haciendo a esas horas el día que por fin había conseguido una cita con Nicole. Sin embargo, empezaba a darme cuenta de que todo en lo que ella estuviera involucrada podía terminar de la forma menos esperada.

—No tienes por qué quedarte, Alex —me había insistido un par de veces, pero yo le había dejado claro que no me marcharía sin ella.

Verla trabajar como veterinaria me despertó un nuevo sentimiento. Era algo muy parecido a la admiración. Nada más cruzar la puerta del cobertizo, la Nikki que había conocido hasta entonces, risueña, relajada y divertida, había desaparecido para convertirse en alguien completamente profesional y centrado en su trabajo. Al parecer, la perrita llevaba ya tres horas con contracciones, pero no había parido a ningún cachorro.

Nikki le había dicho al dueño que lo mejor era esperar y dejarla un poco tranquila, con las luces apagadas y ver cómo evolucionaba.

—Lo siento mucho —me dijo cuando vio que la cosa iba para largo—. Sé que no es esto lo que esperabas.

—Tranquila —repuse.

Encendí la linterna del móvil, la coloqué bocarriba sobre

una caja y busqué algo donde pudiéramos sentarnos en el suelo sin mancharnos la ropa.

—Tengo una toalla en el maletín, espera —dijo.

Abrió el maletín que habíamos tenido que parar a buscar en la veterinaria. Juntos la estiramos en el suelo y nos sentamos contra la pared. Estábamos lo suficientemente cerca de la perrita como para que Nikki pudiera echarle un ojo, pero sin agobiarla. La perra no dejaba de moverse inquieta y de chuparse allí por donde saldrían los cachorros.

—¿Sueles hacer esto a menudo? —le pregunté cuando nos acomodamos contra la pared.

—Por desgracia, aún quedan muchos perros que no están castrados. Blackie espera tres cachorros, tres más a lo que buscarles dueño. Los partos caninos pueden ser complicados, sobre todo cuando la madre es pequeña, como esta. Espero no tener que hacerle una cesárea. Sé que Wayan no puede permitírsela y los gastos de la anestesia y el material quirúrgico cada vez son más caros…

—No puedes asumir los gastos de las necesidades de todos los animales de la isla, Nikki.

—Lo sé, pero ¿qué opción me queda? ¿Dejo morir a los cachorros? ¿Dejo morir a la madre? Sé que a Wayan los cachorros no le importan nada, pero por Blackie sí que se preocupa. Me ha dejado claro que anteponga su vida sobre la de los perritos, pero no puedo dejarlos morir…

Se la veía realmente agobiada. Habría hecho cualquier cosa por borrarle esa expresión triste de la cara.

—Yo cubriré los gastos de la cesárea si es necesario. No te preocupes por eso.

Giró levemente la cabeza para mirarme.

—No te cuento esto esperando que te hagas cargo, Alex, de verdad. Lo siento si te he dado esa impresión, yo no…

—Sé que no me lo cuentas por eso, tranquila —le dije al notar lo apurada que se veía en realidad.

Miró al frente y negó levemente con la cabeza.

—Sé las implicaciones que tiene mi trabajo y sé que debería ser más fría. Como bien dices, no puedo cubrir los gastos que supondría tener a todos los animales de la isla a salvo, pero es algo superior a mí. No duermo tranquila sabiendo que hay animales sufriendo y que yo tengo el conocimiento para poder ayudarlos.

—¿Qué te llevó a querer ser veterinaria? —le pregunté.

Por un lado me interesaba y, por otro, también quería distraerla. Pretendía borrar ese ceño fruncido y esa preocupación de sus ojos. Me miró y una sonrisa triste apareció en su rostro.

—No es una historia alegre —dijo.

—Pero seguro que tiene un final feliz si te ha llevado a estar donde estás.

Sonrió y me entraron ganas de besarla. Pensé que es lo que debería estar haciendo, besarla por todo el cuerpo. En cambio, ahí estábamos. Al menos me había dejado quedarme con ella y seguía disfrutando de su compañía.

—Tenía once años, si no recuerdo mal. Por aquel entonces iba a todas partes en bici, aunque perfectamente podría haber cogido ya la moto. Mis piernas eran más largas de lo normal y mi tío me había enseñado, pero la bici siempre me ha gustado mucho…

—Por favor, no me pongas en la mente la imagen de una minitú de once años en moto. Qué inconsciencia.

La imagen me causaba escalofríos. Tan jóvenes y montando en moto… No pude evitar pensar en… Pero borré automáticamente los pensamientos de mi cabeza. No quería centrarme en aquello en ese momento.

Nikki puso los ojos en blanco ante mis palabras.

—Como decía…, iba en bici por la isla, casi siempre acompañada de la que por aquel entonces era mi mejor amiga. Nos gustaba mucho ir por la parte cercana a los manglares, aunque en realidad mi tío me lo tenía prohibido. Por allí suele haber serpientes, ¿sabes? Pero a mí no me daban miedo…

—La historia cada vez se pone más segura —dije con sarcasmo.

—Total —continuó hablando Nikki, con una sonrisa—, estábamos dando una vuelta por allí. De repente, se puso a llover. Era una tormenta tropical en toda regla, de las fuertes, además. Mi amiga y yo intentamos buscar un refugio, pero no había nada por allí. Solo encontramos las canoas de una tienda para turistas que estaba bastante abandonada. Por cierto, recuérdame que te lleve a dar un paseo en canoa por los manglares, te encantará.

Asentí sonriendo levemente. Me gustó que me incluyera en uno de sus planes.

—Una de las canoas de la tienda estaba colocada sobre un soporte y debajo quedaba el suficiente espacio como para que cupiéramos las dos sentadas. Llovía tanto que tampoco sirvió de mucho, pero al menos no nos caía el agua directamente sobre la cabeza. Nos sentamos allí debajo y decidimos esperar a que la tormenta pasase... Entonces fue cuando apareció él.

Al decir «él» le cambió la cara y se le oscureció el rostro.

—Llevaba una caja. Con la lluvia no podíamos oír mucho, pero tampoco hizo falta. Aquel hombre sacó tres perritos de la caja. Eran pequeños, cachorros de no más de un par de semanas. Recuerdo que cuando los vi casi salí corriendo para poder acariciarlos... Pero antes de poder mover ni un solo músculo, aquel hombre los cogió y sin miramientos los tiró al río. Después, se dio la vuelta y se volvió por donde había venido. Recuerdo que me quedé congelada en el lugar. Estaba horrorizada.

»Debido a la tormenta, el nivel del mar había subido en la zona del río y se veía que la corriente se movía con rapidez. Aunque era pequeña, yo ya sabía lo peligrosas que podían ser las corrientes de agua en un lugar como aquel, pero no me importó. No me lo pensé ni un segundo. Salí de debajo de la canoa, corrí hacia el río y salté para salvarlos.

—Nicole... —empecé a decir, no daba crédito a lo que me estaba contando.

—Lo sé —dijo ella—. Sé que fue una locura. También sé que podría haber muerto, casi fue así, pero no pude dejarlo. Dentro de mí se rompió algo cuando vi a esos cachorros en el agua… Creo que fue la primera vez en mi vida que comprendí que no todo el mundo es bueno, que existe gente mala, malísima en realidad.

Me fijé en que aquel recuerdo de tantos años atrás aún le dolía.

—¿Qué ocurrió? —pregunté.

—Solo conseguí salvar a uno. —Su mirada se giró hacia Batú, que en ese momento dormitaba frente a nosotros—. La corriente se llevó a los demás. Aún tengo en mi cabeza el recuerdo de las cabecitas saliendo del agua, desesperadas por respirar. ¿Quién puede hacer algo así? ¿Cómo se puede tener tan poco corazón como para coger tres cachorros y lanzarlos al río para que mueran ahogados?

—Tristemente, el mundo está lleno de hijos de puta, Nikki.

—Cogí a Batú con fuerza y no lo solté en ningún momento. Por culpa de eso, casi era imposible nadar a contracorriente. Estaba tan nublado que parecía como si estuviese anocheciendo. Mi amiga corría junto al río gritando mi nombre desesperada. Si no llega a ser por ella, si hubiera estado sola aquella tarde, no hubiese sobrevivido para contarlo. Ella me salvó. Me tendió una rama a la que conseguí cogerme justo antes de que la corriente me expulsara hacia el océano. Le tendí a Batú primero y luego me cogí de su mano y pudo sacarme del agua.

—Dios santo —exclamé, estupefacto.

—Esa fue la última vez que vino conmigo a montar en bici. Desde aquel día, no volví a quedar con ella, no quiso verme nunca más. Supongo que pasó mucho miedo y yo era una niña muy temeraria, no me gustaba cumplir las reglas. Cuando cogimos las bicis y volvimos a casa, no dejó de llorar durante todo el trayecto. Me decía una y otra vez que podríamos haber muerto, yo por ser estúpida y ella por ayudarme.

»Yo también lloraba, pero no de miedo, sino por los dos perritos que no había podido salvar. Ese día decidí que haría todo lo que estuviera en mi mano por ayudar a los animales indefensos. Ese día decidí que en el futuro quería ser veterinaria.

Levantó la mirada que tenía fija en Batú y la clavó en mí. Sus ojos brillaban por la humedad que acababa de formarse en ellos. Comprendí que de verdad su vocación era esa. Entonces, no pude evitarlo. Mi mano se movió sola hasta abarcar su mejilla derecha por completo. Nuestros ojos se entrelazaron y supe que iba a besarla. En ese instante. En ese lugar.

Me acerqué a ella despacio. Quería probar su boca, pero la necesidad de llenarme de su fragancia me pudo primero. Enterré la cabeza en su cuello y aspiré el aroma de su piel. Olía a mar, a eucalipto y a margaritas.

Cerré los ojos disfrutando de aquello, como si fuese un momento que tal vez no se repetiría nunca. Posé mis labios

en la piel suave de su lóbulo izquierdo y sentí que reaccionaba ante mi contacto. Nikki soltó un leve suspiro entrecortado. Entonces, lo tuve claro… Fue ahí cuando supe que esa
chica sería mi perdición.

15

NIKKI

Mis ojos se cerraron por instinto. Mi piel respondió de la forma más primitiva que existe. Pensé que no habría en el mundo nada más excitante que sentir su boca en mi cuello, mientras su nariz me rozaba ligeramente al aspirar mi aroma…

Me sujeté a sus hombros cuando sus labios empezaron a besarme la piel, desde mi oreja izquierda hasta mi hombro desnudo. Noté que los pezones se me endurecían contra la tela del top que llevaba puesto y me dije a mí misma que había elegido un mal día para no ponerme sujetador.

Dios, su boca era un paraíso en mi piel. Comprendí entonces que estaba perdida. Suspiré cuando su lengua rozó ligeramente, como la caricia de una pluma, un punto de mi cuello que jamás pensé que podía excitarme de aquella manera. No sabía si era mi cuerpo o la persona que lo besaba la que conseguía aquella respuesta. No era la primera vez que me besaban, pero sí la primera que alguien conseguía excitarme tanto con tan poco.

Alexander Lenox sabía lo que hacía. Iba a jugar todas sus cartas para conseguir lo que quería, de eso no me cabía la menor duda. Su mano subió por mi espalda hasta alcanzar mi nuca. Me tiró suavemente de la coleta para encontrar más espacio y más piel a su alcance. Abrí los ojos un poco cuando noté su aliento en mi mejilla. Estaba muy cerca de mi boca.

—No tienes ni idea de lo mucho que te deseo, Nicole —dijo con aquella voz ronca, cargada de excitación.

Me gustó demasiado que yo también consiguiera excitar a aquel hombre. Era una sensación empoderante. Mi mano subió por su torso y me atreví a desabrocharle los primeros botones de la camisa. Quería tocarlo… Me moría por sentir bajo el tacto de mi piel los abdominales que sabía que tenía.

Alex cerró los ojos un instante cuando mis dedos consiguieron abrirle la camisa por completo y se posaron sobre su estómago. Estaba tan duro como había imaginado.

—Si me deseas tanto, ¿por qué no me has besado todavía? —me atreví a decirle en un tono de voz que no reconocí como mío. ¿Era así como sonaba la voz de una cuando estaba nerviosa, excitada y ansiosa al mismo tiempo?

Alex me cogió la mejilla con la mano y me obligó a mirarlo a los ojos.

—Temo empezar y no poder parar.

La sangre me latía bajo las venas con tanto frenesí que incluso podía oír mis propios latidos. Cerré los ojos para empaparme del momento sin distracciones. Justo cuando su boca bajó para besarme, justo cuando nuestros labios se rozaron ligeramente, la puerta del cobertizo se abrió con un fuerte estruendo.

Ambos pegamos un salto hacia atrás asustados. Batú ladró mientras se ponía de pie. Miré hacia la entrada. Era Wayan quien acababa de interrumpirnos.

—¿Han nacido los cachorros? —me preguntó.

Se detuvo unos instantes de más en Alex. Yo me aparté para comprobar cómo estaba Blackie.

—Todavía no…, pero no debe de faltar mucho —contesté con la voz un poco entrecortada.

—¿Quieres que me quede aquí? —preguntó Wayan en bahasa, quería que solo yo pudiera entenderlo. Seguía mirando a Alex de forma fija.

Negué con la cabeza.

—No pasa nada. Es amigo mío.

Wayan parecía tener muchas ganas de decir algo, pero finalmente cerró la puerta y se marchó. Yo maldije mientras me ponía de pie y me sacudía el polvo de la falda. Alex también se levantó y me preguntó qué ocurría.

—Nada… —respondí yo, acercándome a Blackie—. Es solo que personas como Wayan pueden ser… un poco chapadas a la antigua, ¿sabes? No creo que le haya hecho mucha gracia encontrarnos…

—¿A punto de besarnos? —terminó él la frase que yo no había conseguido formular del todo.

—Exacto —contesté. Me sonrojé al mismo tiempo que me detenía en auscultar a Blackie—. Creo que le inyectaré un poco de oxitocina —dije en voz alta, aunque en realidad hablaba para mí.

Alex se quedó apartado mientras yo ayudaba a la perrita a dar a luz a su primer cachorro. Aparte de inyectarle una sustancia para aumentar la duración y la frecuencia de las contracciones, también tuve que introducir un poco los dedos para acomodar al cachorro y favorecer su expulsión. Después de unos treinta minutos, salió el primero.

—¿Quieres verlo? —llamé a Alex emocionada.

—Creo que no —dijo sin acercarse.

—No seas cagueta —me burlé con una sonrisa.

—Cagueta no es la palabra. Más bien sería aprensivo, me da un poco de asco.

Le lancé una mirada asesina y él levantó las manos como si se rindiera.

—Ahora, por haber sido tan insensible y memo, te encargarás de limpiar al próximo perrito que salga —dije.

—¿De verdad acabas de llamarme memo? —me preguntó.

Me quedé perpleja cuando se acercó y se arrodilló a mi lado mientras hablaba. Yo me estaba encargando de frotar ligeramente la espalda del cachorro con una toalla, hasta que abrió la boca y me dejó limpiársela. Lo coloqué junto a la madre y observé que empezaba a chuparlo con insistencia.

—Es extremadamente pequeño —observó Alex.

—¿Existe algo más bonito que esto? —pregunté.

Estaba embobada viendo al cachorrito que se acurrucaba debajo de su madre, buscando su calor. Por suerte, el siguiente no tardó en salir. Esta vez no tuve apenas que intervenir. Un cachorro blanco con manchas negras salió ayudado de las contracciones de su madre.

—Tienes que frotarlo así y abrirle la boca para que respire —le indiqué a Alex.

A pesar de su reticencia anterior, hizo lo que le pedí. Me gustó ver que al menos se esforzaba, aunque su cara dejaba claro que no le hacía mucha gracia.

—Creo que ya he demostrado que no soy ningún memo, toma —dijo dándome al cachorro.

Terminé de limpiarle la boca y lo coloqué junto a su madre.

—Solo queda uno —dije. Levanté la mirada y me encontré con la suya.

—Eres increíble, ¿lo sabías? —me dijo.

—¿Por traer cachorros al mundo? —Sonreí.

—Por hacer de ello tu prioridad.

Me gustó demasiado que lo valorara… Sobre todo, después de venir de un intento de relación con alguien a quien le indignaba que mi vida estuviese dedicada a los animales.

Por suerte, el parto no se complicó más, el tercer cachorro nació igual que los demás. No fue necesario hacerle una cesárea ni tampoco tuve que sufrir por ningún cachorro muerto nada más nacer. Por desgracia, esto último era algo que ocurría con muchísima frecuencia.

Sobre las cinco de la madrugada, dejamos a la madre agotada con sus cachorros. Tras decirle a Wayan que estaba todo perfecto, por fin pudimos irnos a descansar.

Alex detuvo su moto en mi casa y la observó con curiosidad.

—¿Vives aquí? —preguntó.

Observó mi humilde casa, de la cual yo estaba orgullosísima, por cierto. Se parecía más a una casa de árbol, pero para mí era el resultado de muchísimo esfuerzo y ahorros.

—Sí —dije.

Me giré hacia él cuando llegué a las empinadas escaleras que llevaban hasta mi puerta. Subí un par de escalones y quedé un poco por encima de él. Me entraron unas ganas increíbles de acariciarle el pelo. Lo tenía un poco despeinado después de tanto ajetreo y el viento de la moto.

—Es fácil deducir que aún no estoy invitado a subir —me dijo con una sonrisa a medias.

Dios…, quería que subiera, claro que sí, pero aún no estaba preparada. Él lo sabía.

—Podría invitarte a un café…, pero me da a mí que eso no es lo que quieres —contesté, bajando un escalón.

Sus manos me cogieron ligeramente de la cintura y me atrajeron hacia él.

—Cualquier cosa que te incluya a ti en la ecuación es un plan muy apetecible… —susurró sobre mis labios.

Estábamos muy cerca, nuestras narices casi se rozaban y el aliento de su boca acariciaba la mía.

—Besarte bajo la luz de un nuevo día sería algo muy romántico, ¿no crees?

—Aún no ha amanecido y déjame decirte que nunca pensé que serías esa clase de hombre, Alex Lenox. —Sonreí.

—¿Qué clase de hombre? —inquirió, separándose un poquito y mirándome a los ojos.

—Todo un romántico —dije.

Dejé que mi mano hiciera lo que le diera la gana. Mis dedos acariciaron su pelo y sentí que la electricidad me recorría el brazo. Mi mano bajó hasta su nuca y allí se quedó... aguardando.

—Es fácil serlo contigo. ¿Sabes por qué? —me preguntó y negué ligeramente con la cabeza—. Porque me gusta contradecir tus pensamientos y sé que no es esto lo que esperas. No me gusta nada ser predecible, Nikki, y contigo... quiero que todo sea diferente.

Y así, sin más, me besó. Sus labios se chocaron con los míos. No tuvo paciencia para esperar y su lengua se abrió paso por mi boca hasta encontrar la mía empezando una danza de lo más erótica.

Con aquel beso, consiguió que no fuera capaz de pensar en nada más, ni siquiera en lo que había querido decir con aquella última frase. Sus manos me atrajeron hacia él y las mías sujetaron su mandíbula, acabando con el poco espacio que quedaba entre los dos.

Fue un beso increíble, de esos que te gustaría que durasen horas. De los que hacen que te quedes sin respiración porque está lleno de matices. Fue un beso lleno de deseo, pero a la vez de algo más, aunque en ese instante ninguno de los dos fuera consciente de ello.

Ambos terminamos con los labios un poco hinchados y brillantes. Aquello me excitó más de lo que jamás admitiría en voz alta.

—Buenas noches, Nicole —dijo dando un paso hacia atrás—. Aunque solo queden unas horas para que amanezca —agregó, mirando hacia el océano y sus increíbles vistas.

—Gracias por esta noche —dije.

Lo observé colocarse el casco y subirse a la moto. Antes de bajarse la visera, me guiñó un ojo y luego se marchó. Me dejé caer y me senté en los escalones.

«Dios mío… ¿Dónde me estoy metiendo?».

Solo pude dormir un par de horas. Mis clases de yoga empezaban a las siete de la mañana, por lo que, cuando apagué el despertador, me fui directa a la ducha para espabilarme y, con todo el dolor de mi cuerpo, me vestí para afrontar un nuevo día.

Fue una grata sorpresa encontrar mi moto aparcada justo enfrente de las escaleras de mi casa, aunque no me hizo tanta gracia ver que había un casco rojo y reluciente colgado del manillar. ¿Se creía que iba a ponérmelo?

En un acto de rebeldía e inmadurez, lo guardé en el asiento y me subí. Al menos sabía que disponía de un poco más de tiempo para llegar a mi primera clase, pues ya no debía ir andando hasta allí.

Decidí pasar por Mola Mola a por un café rápido. Cuando llegué, había un par de personas desayunando, pero la hora punta no empezaría hasta dentro de una hora o así. La gente de la isla solía madrugar bastante, pero existían algunos límites, aunque, por supuesto, a mí me tocaba ignorarlos.

Me sorprendió encontrarme allí con Nate. Tenía la mirada fija en una taza humeante de café y parecía hecho polvo, la verdad. Yo no había tenido la oportunidad de hablar con Maggie desde la fiesta, pero, por el semblante de Nate, las cosas entre ellos dos no debían de ir nada bien.

Por las mañanas no trabajaba ninguno de mis amigos, por lo que le pedí un capuchino al hijo del dueño. Después me senté en una mesa apartada de Nate. No me apetecía hablar con él, pero me vio. Pareció pensárselo un par de minutos, y al final cogió su taza, se levantó y vino a sentarse conmigo.

—¿Te importa si me siento?

Podría haberle dicho que sí, pero no era tan bruja como para hacerle eso. Le indiqué con un gesto de la mano la silla que tenía frente a mí.

—¿Qué tal, Nate? —pregunté por simple educación.

—He tenido días mejores —admitió.

Me observó con atención darle vueltas al café. Parecía nervioso, como si sopesara muy detenidamente cuáles iban a ser sus siguientes palabras:

—¿Puedo preguntarte algo?

—Te has sentado aquí para eso, ¿no?

—No, Nikki. Aunque no lo creas, siento por ti un cariño muy especial… Te aprecio mucho. Hace unos cuantos años que nos conocemos. Sé que me has odiado la mayor parte del tiempo, pero yo guardo muchos recuerdos especiales contigo. Tu compañía fue definitivamente necesaria para que así lo fueran.

—No te odio, Nate… —Dejé de revolver el café y coloqué la cuchara en el plato—. Solo creo que te has equivocado muchísimo al volver por aquí.

—No voy a discutirte eso —aceptó, asintiendo con la cabeza—, sobre todo cuando me he enterado de que Margot está casada.

Dejé de beber y coloqué la taza sobre el platillo.

—¿Cómo te…?

—Me lo dijo ella —admitió, atento a mi reacción—. Dada la cara que acabas de poner, tendré que deducir que no mentía.

Maldije por dentro y negué ligeramente con la cabeza.

—No mentía, Nate, lo siento…

Me callé nada más decirlo porque lo cierto era que no lo sentía. Ese chico le había hecho muchísimo daño a mi mejor amiga. Ella se merecía ser feliz junto a alguien que la quisiera de verdad, aunque…

—¿Quién es? —quiso saber.

—¿Maggie no te lo ha dicho? —Abrí los ojos sorprendida.

Nate pareció ponerse nervioso.

—No… Soltó la bomba después… Después… —tartamudeó. Aguardé a que continuara, pero se calló—. Eso mejor que te lo cuente Margot —agregó.

Asentí en silencio, aunque estaba llena de curiosidad. ¿Qué habían hecho?

—Nate, no creo que sea mi papel contarte quién…

—Tú dime su nombre, Nikki —soltó con la voz ronca. Me pareció que estaba al borde de las lágrimas—. Solo necesito saber su puñetero nombre.

Ambos sabíamos que no era así de simple. Nada lo era cuando se trataba de Nate y Maggie. Absolutamente nada.

—Creo que no me corresponde a mi decírtelo, Nate —repetí—. Lo siento, pero vas a tener que hablarlo con ella —añadí.

Cuando me levanté para irme a trabajar, vi el dolor que mis palabras acababan de causarle. Pero ¿qué esperaba Nate? Maggie había tomado una buena decisión, al menos eso me repetí a mí misma por dentro.

Conseguí sobrevivir a la mañana gracias a cuatro cafés y una bebida energética que jamás confesaría que me había bebido. Después de las clases de yoga, me pasé a ver a los cachorros de Blackie, que estaban estupendamente, y atendí a algunos animales en la clínica veterinaria. Luego decidí pasarme por la casa de mi tío, aunque más bien fue una orden suya cuando me mandó un mensaje para decirme que quería verme.

Mi relación con mi tío Kadek era buena, siempre y cuando yo hiciera exactamente lo que él quería. Pero, desde que me independicé, había dejado de hacer muchas de las cosas que él esperaba. No entendía que ya no era una niña, eso por descontado. A veces su forma exagerada de sobreprotegerme conseguía todo lo contrario a lo que él pretendía y encima hacía que nos alejáramos el uno del otro.

Entendía perfectamente que tras la muerte de mis padres él se hubiera convertido en mi protector. Al fin y al cabo, él había sido la figura paterna que nunca había podido tener. En resumidas cuentas, era como si fuese mi padre, pero a veces se pasaba tres pueblos y su carácter no era nada fácil de sobrellevar.

Cuando me detuve frente a su casa, era bastante consciente de que había alguna razón especial para que me hubiera convocado allí. Hablando claro, estaba segura de que no era para felicitarme por nada.

—¿Hola? —dije frente a su puerta abierta. Batú ladró como queriendo dejar clara su presencia.

—¿Nicole? —escuché la familiar voz de mi tío desde dentro—. Pasa.

Me había llamado Nicole, eso no podía significar nada bueno.

La casa de mi tío, como cualquier casa balinesa tradicional, se dividía en varias habitaciones que daban a un patio interior. En la pequeña platea que había a la izquierda de la entrada, se encontraba un pequeño templo orientado hacia el volcán. Mi tío estaba agachado frente a su preciado jardín, que cuidaba con mimo. Cuando me acerqué, siguió trabajando sin girarse hacia mí.

—¿Por qué crees que te he llamado? —habló en un tono serio, demasiado incluso para él.

—No lo sé, tío.

Dejó la pequeña pala y se puso de pie para mirarme de frente. Al contrario que yo, mi tío no alcanzaba el metro setenta. Era más bajito y delgado; tenía el pelo oscuro y la piel morena. Era guapo y siempre me pregunté cómo es que nunca había llegado a casarse ni a tener hijos.

—Wayan me ha explicado lo que ocurrió anoche en su casa.

—¿Te explicó que ayudé a su perrita a dar a luz a tres cachorros a las tres de la madrugada? —respondí con una pregunta, pero por dentro blasfemaba contra el maldito Wayan.

Mi tío se calló durante unos segundos y consiguió ponerme nerviosa.

—¿Eso es todo lo que hiciste?

Me mordí el labio por dentro, pensando.

—Un amigo me acompañó.

—¿Qué amigo? —preguntó endureciendo la voz.

—Se llama Alex, es amigo de Nate Olivieri. Ambos estarán en la isla durante unas semanas…

—¿Nate Olivieri? ¿El desgraciado que abandonó a tu amiga Margot? —me interrumpió.

Mierda. Tal vez hubiese sido mejor idea ocultar el detalle de Nate. No era una buena carta de presentación.

—Alex no tiene nada que ver con Nate, tío. Nosotros solo…

—¿Hace cuánto que lo conoces? —me preguntó.

—Llegaron hace unos días… —dudé.

—¿Y ya tienes confianza para llamarlo «Alex»?

—Bueno, yo me presento a todo el mundo como Nikki, no como Nicole…

Mi tío negó con la cabeza y se me quedó mirando unos instantes.

—No ocurrirá, Nicole —dijo tajante, mirándome a los ojos directamente.

—¿A qué te refieres? —contesté. Notaba que empezaba a enfadarme.

—No vas a salir con un británico. No perderás tu tiempo conociendo a alguien que se marchará y te romperá el corazón.

—Tío, ¡solo es un amigo!

—¡¿Con un amigo te besuqueas a oscuras en casas ajenas?!

—No nos besamos…

Me alejé de mi tío y le di la espalda. Era mentira, aunque no en lo referente a besarnos delante de Wayan. Lo habíamos hecho después en la puerta de mi casa, pero no pensaba divulgar mi vida privada delante de nadie. Lo que hacía o dejaba de hacer era asunto mío.

—Permití que salieras con Jeremy porque su vida está en esta isla. Me costó hacerlo, pero entendí lo que veías en él. Una cosa es eso y otra muy diferente es que empieces una relación…

—¿Qué relación, tío? —lo corté y volví a girarme para encararme con él—. No hables sobre algo que no sabes ni entenderías jamás. ¿Te crees que no soy consciente de que Alex se irá en unas semanas? ¿Te crees que quiero perder el tiempo? ¡No hay nada entre nosotros! ¡Solo somos amigos!

Mi tío me escuchó con atención, sin interrumpirme. Luego habló con severidad:

—Que llames amigo a alguien a quien apenas has conocido no me preocupa tanto como que me mientas tan deliberadamente, Nikki.

—Ya soy mayorcita, tío.

—Crees que lo eres, pero no tienes ni idea de a lo que te enfrentas si decides empezar una relación con un extranjero.

—¡¿Por qué te importa tanto?! No sería la primera vez que alguien de aquí se enamora de alguien de fuera. ¡Mira a mi madre!

—¡Y mira cómo terminó! ¡Muerta!

No debería haber puesto a mi madre de ejemplo.

—¡Que sufrieran un accidente aéreo no fue culpa de mi padre!

Mi tío dio un paso adelante, furioso como jamás lo había visto.

—¡Tu padre se empecinó en llevarse a tu madre de aquí y por su culpa ambos murieron!

Di un paso hacia atrás. Ni mi tío ni nadie había hablado mal de mi padre delante de mí nunca. Jamás.

—¿Cómo puedes decir algo así? —pregunté. La voz me fallaba contra mi voluntad.

—Hay muchas cosas que no sabes ni entiendes, Nicole. Yo decidiré cuándo será el momento de explicártelas, pero por ahora solo te digo una cosa: aléjate de ese turista.

—¿Y qué si no lo hago? —repliqué cruzándome de brazos.

Mi tío me miró, respiró hondo y volvió a hablar.

—Tú, mejor que nadie, sabes de lo que soy capaz de hacer para proteger a mi familia. No me hagas llegar a ello, Nicole. Los dos sabemos que no sería justo para él.

No dijo nada más, me dio la espalda y entró en su habitación. Me dejó allí, perpleja, enfadada y… ¿asustada?

16

NIKKI

No acudí al *sunset* aquel día, a pesar de que había muchas probabilidades de que Alex estuviera esperándome. Tenía mucho en lo que pensar. Aunque me hubiese gustado regodearme en mis problemas, sobre las siete de la tarde alguien llamó a mi puerta. Cuando abrí, vi que era Margot. Se lanzó a mis brazos y me abrazó con fuerza, llorando.

—Maggie, ¿qué ocurre? —pregunté acariciándole la espalda para intentar reconfortarla.

Mi mejor amiga se apartó de mi abrazo. Entró en mi casa y se sentó en la cama. Con los ojos llorosos, me pidió que hiciéramos una locura. Me pidió que nos fuéramos. Yo intenté hacerla razonar, pero apenas me dejó decir una palabra cuando empezó a suplicar:

—Por favor, si alguna vez me has considerado tu mejor amiga, por favor, simplemente ven conmigo.

—Pero ¿a dónde vamos? —pregunté, quieta.

—Fuera de aquí, donde sea. Necesito irme. Necesito…

—Huir de tus problemas no va a hacer que desaparezcan —le recordé.

—Lo sé, pero no tengo agallas para hacerles frente. Tengo miedo, Nikki. Todo me aterra y siento que me estoy cayendo en un pozo sin fondo. Necesito ponerlo todo en pausa, necesito alejarme de ello para mirarlo con perspectiva. ¿Lo entiendes?

Claro que la entendía. Todos nos hemos sentido así alguna vez, con ganas de escapar, de salir corriendo, de esconder la cabeza bajo la almohada y cerrar los ojos con fuerza.

—Dime qué ha pasado con Nate, Maggie.

Mi amiga negó con la cabeza y las lágrimas empezaron a caerle por las mejillas. Me daba pena verla así. Maggie era una chica fuerte y alegre. Era una mujer que siempre había tenido energía y unas ganas infinitas de hacer cosas, de reírse, de cometer locuras…

Me acerqué hasta ella, me senté a su lado y le pasé un brazo por los hombros.

—He sido una estúpida —dijo, tapándose la cara con las manos.

—Seguro que no es para tanto.

Maggie me miró. Y lo supe. No había que ser Einstein para saberlo, aunque ella lo confesara en voz alta:

—Nos hemos acostado.

Asentí con la cabeza.

—Cuando me encontré con Nate esta mañana y me preguntó por tu marido, lo supuse.

—¿Sabe quién es?

Negué con la cabeza despacio.

—No, pero lo sabrá pronto —le dije—. Tienes que decírselo, Maggie. No puedes retrasarlo más. Debe saberlo y debería saberlo por ti.

—Yo no le debo ninguna explicación, Nikki, ¡ninguna! —dijo enfadada. Se separó de mí y empezó a caminar nerviosa por la habitación.

—Claro que no, pero ahora está aquí y lo has vuelto a involucrar en tu vida. Cuando se entere no será fácil, Maggie. Es mejor que no le pille por sorpresa.

No quería ni imaginar la cara de Nate al enterarse de con quién se había casado mi mejor amiga. Ardería Troya. Si os soy sincera, no me apetecía para nada que me pillara en medio.

—No debería haberle dejado… No debería haberme acostado con él, pero… Joder, cuando está cerca no soy capaz de pensar.

—Pues no. No deberías haberlo hecho, pero a lo hecho pecho. Ahora solo está en ti hacer las cosas bien. Maggie… —Me miró cuando hice una pequeña pausa—. No seas como él… No hagas daño gratuitamente, porque esto puede dañarlos a los dos.

Mi mejor amiga suspiró, se volvió a sentar a mi lado y apoyó la cabeza en mi hombro.

—¿Por qué eres tan sabia? —me preguntó y me reí.

—Porque consejos vendo pero para mí no tengo.

—No estoy de acuerdo. A ti estas cosas no te pasarían. A ti no te dejarían plantada después de pedirte matrimonio. A ti no te mentirían deliberadamente. A ti nadie te haría daño porque eres… Eres como Campanilla, joder. Eres la niña dulce a la que uno quiere proteger por instinto.

La escuché con atención y estuve de acuerdo en cierta parte de sus argumentos, pero no al cien por cien. Sí, todos quienes me habían conocido habían querido protegerme, aunque yo creía que era más bien sobreprotegerme, no sabía por qué inspiraba fragilidad. Yo no me consideraba alguien débil ni mucho menos, pero sí era cierto que nunca hubiese permitido que me trataran así.

Desde el principio de la relación, había visto a Maggie y a Nate hacerse daño una y otra vez el uno al otro. No entendía por qué lo hacían o qué conseguían con ello… Ahí mi amiga sí tenía razón: yo nunca permitiría que me mintieran adrede o que me abandonaran después de jurarme amor eterno…

En lo que se confundía mi amiga al afirmar aquello con tanta convicción era en que en una relación había dos personas involucradas. Uno jamás puede controlar lo que hará la otra persona o cómo se desarrollarán los acontecimientos. En ese instante, fui muy ingenua creyendo que a mí no me hubiese sucedido, que a mí nadie me podría lastimar… El amor no conoce ni de reglas ni de madurez. En ocasiones, muchas más veces de las que me gustaría admitir, el amor es egoísta.

Creemos por error que tiene derechos que no posee ni poseerá jamás.

Pero, claro, ¿yo qué iba a saber entonces? Solo podía dejar que mi amiga se desahogara y llorase tranquila.

—Solo ne-necesito tiempo para pensar.

—Pero ¿qué es lo que tienes que pensar? Hace una semana estabas enamorada de tu marido, ¿recuerdas?

—Lo quiero... muchísimo, pero... —Maggie negó con la cabeza.

—No lo tires todo por la borda por Nate, cariño —le dije muy en serio. Nate era un buen tío, pero no se merecía a mi amiga.

—¿Y qué hago? ¿Ignoro todo lo que siento cuando lo veo? ¿Cómo puede ser que mi corazón se acelere incluso antes de haberlo visto? Es como si mi cuerpo lo percibiera sin que yo ni siquiera sea consciente de que está ahí.

No sabía muy bien qué contestar a eso, pero solo sabía que no quería que mi amiga siguiera sufriendo.

—¿Cuándo vuelve...?

Maggie se limpió la mejilla con la mano, antes de contestar que en unos días.

—¿Y crees que no estar aquí cuando regrese es buena idea? —intenté hacerla recapacitar.

—Si me ve ahora, lo sabrá. Necesito alejarme un poco para tranquilizarme, pensar con perspectiva y volver a estar entera. Tengo que estarlo cuando lo vuelva a ver.

—¿Y Nate? —pregunté.

Sabía que la historia no acababa ahí. Nate había regresado con el fin de recuperar a mi amiga. No se iba a rendir tan fácilmente.

—Le he dicho que se ha acabado, que ha perdido su oportunidad y que estoy casada.

—No creo que la cosa vaya a quedarse ahí. Todavía les quedan casi tres semanas en la isla.

—Ya lo sé… Pero, por favor, dame solo dos días… Vámonos dos días nada más…

Me puse de pie y empecé a caminar por la habitación. No quería irme, pero tampoco podía ignorar la conversación que había tenido con mi tío unas horas antes. A mí tampoco me vendrían mal dos días para pensar y alejarme de las cosas. Quizá de ese modo conseguiría que mi tío se relajara, pues algo me decía que iba a tener todos sus ojos puestos en mí.

—Está bien —terminé por aceptar.

—¡Gracias, amiga! —dijo al oído, después de lanzarse a mis brazos para estrujarme con fuerza—. ¿Puedo dormir aquí esta noche?

Asentí y, mientras ella se instalaba, fui en busca de mi teléfono. Alex y yo nos habíamos intercambiado los números. Sería la primera vez que le escribiría, pero me llevé una sorpresa cuando cogí el móvil y vi que él ya se había encargado de hablarme media hora antes.

¿Vuelves a escaquearte?

Pensé en mi respuesta antes de enviársela.

Lo siento… Tengo asuntos familiares de los que
no he podido librarme.

En la pantalla apareció automáticamente la palabra «escribiendo».

¿Todo bien?

«Ay, qué mono», pensé.

¿Acaso existe una realidad donde
todo esté bien?

¿Existirá una realidad donde no me contestes
siempre con otra pregunta?

Sonreí como una idiota.

Has descubierto mi superpoder…

—Nikki, ¿te importa si me ducho? —me preguntó mi amiga.

—No, claro —respondí, girándome hacia ella—. Ya sabes dónde están las toallas y mis camisetas de pijama. Coge lo que quieras.

No era la primera vez que Maggie se quedaba a dormir conmigo, por supuesto. Cuando se metió en la ducha me senté en el sofá y cogí el móvil expectante.

¿Quieres que te cuente cuál es
mi superpoder?

Puse los ojos en blanco. «Hombres», pensé, pero entonces siguió hablando y me sorprendió su respuesta.

Voy a conseguir que te subas a un
avión conmigo.

Mi corazón se disparó enloquecido y no en el buen sentido.

No, gracias.

Contesté y dejé el móvil encima de la mesa. Me acababa de cabrear. Lo de volar no era un asunto que me gustase tratar y menos después de la conversación que había tenido con mi tío. El hecho de que Alex fuese piloto era algo que no me gustaba en absoluto y me gustó muchísimo menos que me lo recordara.

—¿Puedo ducharme contigo? —le pregunté a mi amiga, entrando en el baño.

Maggie y yo éramos como hermanas. En la universidad

habíamos compartido ducha en más de una ocasión. También es que Margot era de lo más exhibicionista y me había hecho perder del todo la vergüenza de que me viese desnuda, al menos con ella.

—Sí, pero solo si me dejas usar tu mascarilla cara.

Puse los ojos en blanco. El único capricho que me daba al mes era comprarme productos buenos para el pelo. Cada vez que Margot venía a mi casa, se hacía el tratamiento al completo.

—Eres mala —le dije.

Me quité la ropa y me metí con ella en la ducha. Me dejó paso hasta que yo me quedé debajo del agua. Ella empezó a saquearme mi mascarilla de mango preferida. Empecé a ponerme el champú y cerré los ojos para que no me entrara jabón.

—Oye, no te lo he preguntado, ¿cómo fue tu cita con el inglés?

—Fue… diferente. —Me mantuve con los ojos cerrados.

—¿Diferente como sinónimo de desastroso? —me rebatió.

—Diferente como que me organizó una cena romántica en Old Tree, con camareros incluidos y puesta de sol.

Volví a colocar la cabeza debajo del agua y dejé que el champú cayera por todo mi cuerpo. Negué con la cabeza mientras mi amiga me preguntaba si era una broma.

—¿Todo eso para una primera cita? Vaya… —añadió perpleja—. Debe de estar muy interesado.

—Está interesado en acostarse conmigo —dije abriendo los ojos.

Mi amiga me observó detenidamente y yo volví a cerrarlos con la excusa del agua.

—¿Noto cierto retintín en esa última frase? —me preguntó.

—Para nada... Yo estoy interesada exactamente en lo mismo.

Escuché un golpe seco. Al abrir los ojos, vi el bote de champú en el suelo. Mi amiga se apresuró a recogerlo.

—¡Lo siento, lo siento! —dijo cerrándolo y colocándolo en la repisa de la ducha—. Pero creo que acaba de darme un patatús. ¿Has dicho que tú también estás interesada en solo acostarte con él?

—Juntarme contigo tiene efectos secundarios. —Me encogí de hombros.

—Dios mío... —Margot se llevó las manos a la cara—. Pero ¿pasó algo? ¿Os habéis acostado ya? ¡Como te hayas acostado con él y no me hayas dicho nada hasta ahora, te juro...!

—No pasó nada... La perrita de Wayan se puso de parto y tuvimos que salir pitando hacia allí. Pero después sí que nos besamos.

—¿Solo os besasteis? —Mi amiga pareció desinflarse.

—Fue un beso bonito —dije de manera un poco soñadora.

—¿Con lengua? Dime al menos que fue con lengua. Joder con el inglés, tenía pinta de *fucker*, la verdad...

Me cambié de lado para dejar que mi amiga se enjuagara la cabeza y le lancé una mirada acusatoria.

—Le expliqué que quería conocerlo antes de... Ya sabes...

—Tirártelo.

Puse los ojos en blanco.

—Le dije que era virgen.

Esta vez fue el bote de mi preciada mascarilla lo que se le cayó.

—¡Lo siento, lo siento!

—¡Margot!

—¿Le dijiste que eras virgen? ¡¿Estás loca?!

—¿Por qué voy a estar loca?

—¡Esas cosas no se le dicen a un tío que te quieres follar solo una noche!

—Es que no va a ser algo de una noche... Nos estamos conociendo, somos amigos —dije, aunque no soné muy convencida.

Me estaba metiendo en camisa de once varas y en el fondo lo sabía. Mi amiga negó con la cabeza despacio.

—Nikki, no vayas a cometer el mismo error que yo... No te vayas a enamorar de un *bule*, por Dios.

—¿Cómo voy a enamorarme de él? No te confundas, solo he querido decirte que no va a ser cosa de una sola noche. La idea es divertirnos durante el tiempo que él esté aquí.

—Regla número uno sobre liarse con un turista: no puedes repetir.

Mi amiga seguía negando con la cabeza. Fui a hablar, pero levantó la mano haciéndome callar.

—Regla número dos: no le cuentes nada personal. No hables de tu familia, ni de tus miedos, ni de ninguna de tus intimidades —dijo enumerando las tres cosas con los dedos—. Y regla número tres: nunca, jamás de los jamases, te quedes a dormir con él.

—¿Algo más? —pregunté al ver que no bromeaba.

—Sí —dijo mirándome muy seria—. Lo más importante. Regla número cuatro: nunca te creas nada de lo que te prometa.

Acabamos de ducharnos. Después hicimos la cena mientras decidíamos dónde irnos a la mañana siguiente. Finalmente, optamos por una isla cercana. Sabíamos que nos ayudaría a desconectar y allí también podríamos hacer surf y senderismo.

Tuve que llamar a los tres hoteles para cancelar mis clases. Conté una mentirijilla, pero, como casi nunca faltaba, no me pusieron problema. Hablé con Gus para que se pasara por la clínica veterinaria al menos un par de horas al día y visitara a los cachorros de Wayan. Después de cenar y meternos en la cama, volví a coger el móvil.

Alex me había contestado. Varias veces, con un espacio de cinco y dos minutos entre respuestas. El último mensaje había llegado una hora después.

Prometo que será seguro y que no te ocurrirá nada, solo tienes que confiar en mí.

Nikki, no te habrás enfadado, ¿verdad?

No quería ofenderte, lo siento.

¿Nicole?

Maldije por dentro. Me sentí un poco mal porque me hubiera mandado tantos mensajes seguidos. Pero entonces vi que empezaba a escribir otra vez, debía de haber visto que estaba en línea.

A mi lado Margot, ya se había dormido. Mientras cenábamos, había estado llorando y desahogándose sobre Nate y eso la había dejado agotada.

Voy para tu casa.

Me apresuré en escribirle y a decirle que no hacía falta. Tecleé a la mayor velocidad que me permitían los dedos que no se preocupara, que no estaba enfadada, pero no lo leyó. No volvió a conectarse y, al ver que pasaban los minutos y el mensaje no se marcaba como «leído», entendí que era capaz de presentarse ante mi puerta. ¿Por qué no iba a hacerlo? Estaba de vacaciones, no tenía nada que hacer. En moto, se llegaba en diez minutos. Menos tiempo si ibas con una moto como la suya.

Unas luces se reflejaron en las paredes de mi habitación. Me apresuré a salir de allí y corrí hasta la puerta. Cuando abrí, Batú estaba dándole la bienvenida a Alex y este se estaba quitando el casco y se apeaba de la moto. Bajé los escalones de la entrada y me quedé en el último peldaño.

—¿Qué haces aquí?

—Solo quería asegurarme de que estabas bien. Hoy no has venido a la playa y tu tono en nuestra pequeña conversación me tenía un poco preocupado. Sobre todo cuando has dejado de contestarme.

Mierda, estaba enfadado. Además de increíblemente guapo. Al contrario que yo, que iba descalza y con una camiseta ancha agujereada que usaba de pijama. Él iba perfectamente bien vestido, con unos pantalones de lino largos y una de sus muchas camisas de verano. Le sentaba increíblemente bien, sobre todo desde que había empezado a broncearse.

—Estaba ocupada… Margot está aquí y necesitaba la ayuda de una amiga.

Asintió en silencio mientras se acercaba a donde yo estaba. Sus ojos me recorrieron de arriba abajo.

—Nate me lo ha contado. Yo también he tenido que hacer de paño de lágrimas esta noche.

Pasé el peso de una pierna a otra, nerviosa. Ese chico me ponía de los nervios y yo no podía hacer nada para evitarlo.

—¿Te apetece dar una vuelta conmigo? —me preguntó entonces.

Se detuvo frente a mí, estábamos cerca, pero no todo lo que me hubiera gustado. Tenía la mirada clavada en mis labios. Me apetecía besarlo, necesitaba repetir lo de la noche anterior. Tenía que comprobar que había sido real y no producto de mi imaginación.

—¿Ahora? —pregunté. Era demasiado tarde.

—Hay luna llena —dijo sin más.

—¿No te convertirás en hombre lobo?

—Prometo seguir siendo humano. —Sonrió.

Le devolví la sonrisa y, aunque dudé, acabé aceptando su propuesta. Bajé el último escalón y Alex se quedó observando mis pies descalzos.

—¿No te pones nada?

—No hace falta. —Negué con la cabeza. No pareció muy convencido—. La vida sin zapatos es más feliz, te animo a probarlo algún día —dije yendo hasta su moto.

—¿Recibiste el regalito que te he dejado esta mañana?

Por un instante, no sabía de qué me estaba hablando. Pero entonces caí y solté una exclamación. ¡Se refería al casco! Fui hasta mi moto, levanté el asiento y lo cogí.

—Muy bonito, gracias.

Alex se acercó hasta donde yo estaba y me lo quitó de las manos. Aún tenía la pegatina en la visera.

—¿Aun no lo has usado? —preguntó perplejo.

—¿Eso se quita? —Me hice la tonta—. Ya decía yo que este casco no podía ser tan raro… ¡Claro! Ahora todo encaja —añadí.

Le quité la pegatina y me lo coloqué en la cabeza. Alex me lanzó una mirada envenenada, la cual ignoré. Me subí a su moto y esperé a que él hiciera lo mismo. Montó y me agarré con fuerza a su espalda. Me gustó estar ahí, detrás de él, siendo por una vez la chica a la que llevan en moto. Entonces arrancó y salimos en dirección norte.

Ojalá os pudiera transmitir lo que se siente al ir en moto de noche y en una isla como la mía. Las luces estaban apagadas, no contamos con sistema de iluminación en las carreteras. Bueno, ni siquiera son carreteras propiamente dichas, son caminos de tierra o mal asfaltados. Pero lo que importa es que en lugares así te sientes infinitamente pequeña, pero a la vez enormemente importante.

Temblé de puro nerviosismo al ver el cielo lleno de estrellas mientras sentía el viento en la cara, sumida en la oscuridad y sintiendo el vértigo de ir a noventa kilómetros por hora por la noche, escapándome con alguien que me encantaba. Escondí la cara en su espalda y me llené de su calor a la vez que mis brazos se aferraban a su pecho. Jamás me había sentido tan a gusto ni tan a salvo con alguien. Tampoco nunca me había escapado en mitad de la noche con nadie, debo admitir.

Cruzamos el puente y, después de veinte minutos atravesando zona silvestre, le dije que se detuviera. No había gente alrededor, solo se oían los ruidos de los animales nocturnos.

—¿Aquí? —preguntó.

Noté que se puso un poco alerta al ver que estábamos literalmente en medio de la nada.

—Te enseñaré un lugar bonito para ver las estrellas —dije.

Bajé de la moto y me saqué el casco y lo dejé encima. Él hizo lo mismo.

—¿Por ahí? —preguntó.

Señalaba un camino de tierra, rocas y hierbajos que descendía la colina. Yo sabía que desembocaba en una calita que durante el día es difícil visitar, pues la marea cubre casi toda la arena.

—Vamos —dije, pero su mano cogió la mía para tirar hacia él.

—Súbete a mi espalda, por favor —me pidió mirándome los pies.

—No pasa nada, estoy acostumbrada a andar así por aquí —dije casi riéndome.

Allí era lo más normal del mundo ir descalzo a todas partes. No lo hacía siempre, pero de vez en cuando no me preocupaba… Al contrario que a él, al parecer.

—Por favor —insistió con ese acento tan irresistible que tuve que aceptar.

Se agachó un poco y me subí a su espalda con más ilusión de lo que admitiría jamás en voz alta. No hacía falta que un hombre me llevara, podía ir hasta la cala perfectamente sola, pero me gustaba que se preocupara por mí. Me sujetó por los muslos con fuerza y cariño. La fragancia que desprendía su cuerpo me envolvió cuando coloqué la barbilla sobre su hombro e inhalé despacio.

—Sabes que todo esto lo hago por ti, ¿no? —le pregunté al oído, mientras él empezaba a descender por el sendero.

—¿El qué?

—Dejar que me trates como si fuese de cristal —contesté con una sonrisa.

—Soy británico, no puedo evitarlo —admitió y supe que sonreía—. Y no creo que lo seas.

—Ah, ¿no? —Me hice la sorprendida—. Entonces, ¿cómo crees que soy? —le pregunté realmente interesada.

Alex pegó un saltito para recolocarme y tenerme bien sujeta. Yo tenía el móvil en la mano e iba alumbrando el camino con la linterna.

—Eres… como Moana —dijo entonces.

—¿Has visto la película? —Solté una carcajada.

—Tenía que hacerlo, despertaste mi curiosidad.

Intenté imaginarlo viendo una peli sobre una niña a la que le flipa el mar, con poderes incluidos, pero solo conseguí reírme.

—Entonces, una noche cogiste tu ordenador a pesar de estar en el paraíso y…

—Y me tragué toda la historia, sí.

—Espero que tu intención no sea decirme que soy una princesa, porque te juro que entonces… —empecé a decirle haciéndome la indignada.

—Me recuerdas a ella porque creo que serías capaz de hacer cualquier cosa por la gente que quieres, incluso movilizar un océano entero.

Lo escuché con atención y una pequeña sonrisa se dibujó en mi cara. Eso era muy bonito.

—También porque Moana tiene un pollo como mascota —rompió la magia—. Me cuadraba también con tu personalidad.

Le di un golpecito en la cabeza y nos reímos juntos hasta llegar a nuestro destino. Me bajó con cuidado y ambos nos quedamos observando el océano. Aquella cala era preciosa, de arena blanca y llena de caracolas espectaculares. Los turistas no sabían de su existencia porque nos preocupaba que cogieran las caracolas y se las llevaran, por eso no estaba registrada ni en los mapas de la isla.

—Bienvenido a Secret Beach.

—Muy original —contestó.

Se adentró más, dejando la vegetación atrás. Se detuvo un segundo y extendió su brazo hacia mí, invitándome a avanzar con él. Cogí su mano y empezamos a caminar juntos por la orilla, observando las estrellas, que desde allí se veían más relucientes que nunca. Me gustó ir de su mano, sentir mis dedos entrelazados con los suyos. Los míos tan finos contrastaban con los suyos, gruesos y fuertes.

—No me imagino cómo puede ser vivir aquí todo el año… Con todo esto como si fuera tu patio trasero.

—Supongo que es una vida muy diferente a la tuya, sí.

—No tienes ni idea —dijo levantando un poco la cabeza y observando el cielo—. En Inglaterra es imposible ver las estrellas, siempre está nublado. O casi siempre. Y, al menos en Londres, no hay paz. Todo son ruidos de coches, de gente, de obras…

—¿Vives en Londres? —pregunté.

—Tengo una casa allí, sí, pero, como viajo tanto, apenas la utilizo.

Llegamos a una zona de arena con rocas y nos sentamos allí observando el mar.

—¿Por qué quisiste ser piloto? —le pregunté.

Quería saberlo, aunque otra parte de mí rehuía la información. Me sentía entre la espada y la pared. No podía seguir obviando algo tan importante como su profesión, pero era un tema del que no me gustaba hablar.

—No sé en qué momento exacto lo tuve claro, pero recuerdo que era algo que me obsesionaba. Me flipan desde siempre los aviones, su funcionamiento, volar, mezclarme con las estrellas, las nubes y quién sabe qué cosas más.

—Suena especial —admití.

Alex giró la cara para observarme detenidamente. Pareció sopesar muy despacio sus siguientes palabras.

—Es muy especial, Nikki. Volar te permite conocer todo tipo de lugares y de culturas.

—Seguro que es increíble…, pero no es para mí —dije, encogiéndome de hombros.

Alex pareció pensar muy bien sus siguientes palabras.

—Si fuese yo quien pilotara el avión, ¿subirías?

—No subiría ni aunque lo pilotara el mismísimo Ganesha. —Sonreí.

—¿Qué va a saber Ganesha sobre pilotar un avión? —ironizó devolviéndome la sonrisa.

—No va a pasar, Alex. Nunca me subiré a un avión —dije sin más.

Era algo que había asumido desde muy pequeña. Alex pareció contrariado.

—No puedes no salir nunca de aquí. Hay todo un mundo allí fuera, Nicole. Te encantaría conocerlo.

—Me gusta donde vivo, no necesito nada más —dije con convicción, aunque una parte de mí sabía que eso no era cierto.

—No puedes quedarte aquí para siempre por un miedo irracional. —Alex negó con la cabeza.

—No es un miedo irracional—dije tajante. Me puse de pie y me alejé de él.

—Hay veintidós mil vuelos diarios en todo el mundo, Nikki —me explicó viniendo hacia mí—. Las probabilidades de que algo malo suceda es tan ínfima…

—Mis padres murieron, Alexander.

Se hizo el silencio durante unos segundos.

—Lo sé… y fue una tragedia.

—Murieron cuando yo solo tenía tres años, en 2003. No me hables de estadísticas. No me interesan.

—Solo intento explicarte todo lo que te pierdes…

—¿Por qué te importa tanto? —Me giré hacia él. Alex parpadeó confuso y decidí continuar—: ¿Por qué te importa que odie volar? Yo no voy a salir de aquí, no quiero, soy muy feliz en mi isla.

—No lo decía por eso, yo solo intento que veas...

—Y te lo agradezco, pero no es un tema del que me guste hablar. Te he preguntado por curiosidad. Sé que te dedicas a eso y sería descortés no preguntarte qué te llevó a ser piloto, pero no hay ninguna otra razón para habértelo preguntado. Lo siento.

—No quería perturbarte —se disculpó—. Si no quieres hablar de este asunto, no pasa nada... No hablaremos de ello.

Negué con la cabeza.

—Ni siquiera sé lo que ocurrió —admití y sentí que las lágrimas acudían a mis ojos—. Es un tema tabú en mi familia. Solo sé que el avión cayó y que ni siquiera se encontraron los restos. Los dos murieron y con ellos se fue la vida que debería haber tenido. Es duro pensar que sus últimos minutos los pasaron sufriendo de una forma que no puedo ni imaginar, yo...

Su boca me calló con un beso. Así, sin más. Cerré los ojos y dejé que me besara. Lo hizo durante segundos o incluso minutos y, cuando se separó de mí, mi corazón galopaba de manera exagerada. Su mano me acarició la mejilla mientras me limpiaba las lágrimas.

—No sintieron nada, Nikki. No voy a mentirte diciéndote que no pasaron miedo, pero, nada más caer el avión, se desmayarían y no llegarían a sentir más.

Esa información era completamente nueva.

—¿No?

—No te martirices pensando en eso, Nikki.

Me gustó que me hablara de una forma tan dulce y cercana. Se giró hacia el mar y nos fijamos en cómo la luna se reflejaba en el agua.

—¿Te apetece darte un baño? —le pregunté entonces dejándome llevar por un impulso repentino.

—No llevo bañador —admitió, después de que sus ojos buscaran los míos.

—Yo tampoco, pero ¿qué te lo impide? —Me encogí de hombros, algo nerviosa.

Sin quitarme los ojos de encima, bajó las manos y de un solo movimiento se quitó la camiseta. Mis ojos se clavaron en su increíble torso, era espectacular y estaba bronceado. Obligué a mis pulmones a recibir el aire que me entraba por la boca y despacio…, con una lentitud extrema y sus ojos siguiendo todos mis movimientos, me quité la camiseta que llevaba como pijama.

No llevaba sujetador… solo unas braguitas de color negro. Lo vi tragar saliva al mirar mi cuerpo. Entonces, me armé de valor, di un paso hacia delante y le desabroché el botón del pantalón.

—Solo vamos a bañarnos, ¿verdad? —le pregunté buscando sus ojos.

Alex asintió y se quitó el pantalón. Nos quedamos ambos, el uno frente al otro, en ropa interior.

—Eres preciosa —dijo.

Parecía no poder apartar los ojos de los míos. Aquello me dejó aturdida, pues había esperado que los clavara en mis pechos. Metí los dedos entre mi piel y el elástico que se pegaba a mis caderas. De un solo movimiento, dejé que mis braguitas se deslizaran a la arena. Así me quedé completamente desnuda ante él por primera vez.

Alex dio un paso hacia delante y levantó la mano. Me quitó el coletero y dejó que mi pelo me cayera sobre la espalda y los pechos. Su mano descendió por mi nuca y mi hombro izquierdo. Pasó por mi cintura hasta llegar a mi cadera, la rodeó y me atrajo hacia él.

—Eres preciosa —repitió y me reí.

—Eso ya lo has dicho.

—Solo quería asegurarme de que lo habías oído.

—Lo he oído —confirmé.

Disfruté cuando su boca volvió a buscar la mía. Esta vez lo hizo con más insistencia, quería saborearme de verdad y perdió todo el cuidado que había puesto la noche anterior.

—Una de las cosas que más he deseado desde que pisé esta isla ha sido meterme en el mar con la chica desnuda que me dejó hipnotizado.

—Nunca imaginé que descubrirías quién era. —Lo miré divertida.

—Sería difícil confundirte con otra, Nicole —dijo, infundiendo a sus palabras muchísimo erotismo.

Se me entrecortó la respiración cuando Alex se quitó los calzoncillos y dejó que yo también lo viera completamente desnudo. Me quedé con la mirada fija en un lugar en el que no era decoroso clavarla durante unos segundos de más.

Confirmé una vez más que su altura le hacía justicia… Joder, jamás había visto una erección que yo misma había provocado… Me sentí poderosa. Me sentí mujer.

Cogió mi mano y juntos nos metimos en el agua. Solo con la luna como testigo. Solo con nuestros latidos y el oleaje como banda sonora.

17

ALEX

Tenía desnuda ante mí a la mujer más espectacular que había visto jamás. También tenía una erección que difícilmente se hubiese podido disimular, pero en mi cabeza no solo había pensamientos lujuriosos hacia ella, al revés. Creo que fue la primera vez en mi vida en que follar no fue una prioridad, sino algo que quedaba totalmente relegado a un segundo plano para dejar espacio a todo lo demás.

Nos metimos en el agua, iluminados solo con la luz de la luna. La vi sumergirse por completo y volver a resurgir. Sus pechos apenas quedaban cubiertos por el agua, la cubrían lo justo para que solo pudiera ver el inicio de sus pezones. Esto le otorgaba a la imagen de su desnudez un tinte misterioso y que solo hacía que mis ganas de poseerla fuesen aún mayores.

Yo también me hundí en el océano y sentí un poco de vértigo. Estábamos alejados de toda civilización, en una playa escondida en mitad de la noche. Si algo nos ocurría, nadie sabría jamás qué habíamos estado haciendo. Eso le concedía a aquella velada un tinte fantástico difícil de ignorar. Me sentía como si estuviésemos envueltos en un hechizo que solo nosotros podíamos romper… Pero ¿por qué romperlo cuando me hacía sentir más vivo que nunca?

—Ven aquí —le pedí cuando la vi alejarse demasiado. No quería que se separara mucho de mí, la necesidad de protegerla aumentaba con cada minuto que pasaba con ella.

Nikki se acercó nadando y me colocó las manos en los hombros. La sujeté y la insté a rodearme la cadera con sus piernas.

Me estremecí al sentir su desnudez en mi estómago. Mis manos bajaron casi por instinto hasta cogerla por el culo y apretarla contra mí. Nikki me miró a los ojos y yo le sostuve la mirada, porque no me atrevía a fijarla en otra parte. Quería ir despacio… Ya me lo había dicho, alto y claro.

Antes de que pudiera preguntarle hasta dónde me dejaría llegar, se inclinó hacia mí y posó sus labios sobre los míos. La sujeté con fuerza y dejé que me besara. Fue la primera vez que ella tomó las riendas del beso. Me fascinó su dulzura, su timidez, pero a la vez su obvia necesidad de más. Nuestras respiraciones estaban aceleradas. En cambio, el mar se hallaba en calma y podía incluso oír los latidos desenfrenados de mi compañera, al mismo ritmo que los míos.

No sabía qué ocurriría si iba más allá, pero no podía aguantar más. La tanteé primero, despacio, a ver si me detenía. Como vi que no lo hacía, dejé que mis manos la acariciaran como llevaban queriendo hacerlo desde el mismísimo minuto en que la conocí.

Le aparté el pelo y lo dejé caer sobre su espalda. Fui bajando la mano, acariciándola desde su mejilla por su costado, hasta llegar a su pecho. Me permití observar sus pezones, que se erguían con mi contacto. Mi otra mano aún seguía sujetándola con firmeza por la cintura, pero dio igual. Cuando rocé su pecho izquierdo, el derecho se despertó casi al mismo instante. Mi pulgar acarició su aureola con cuidado para después abarcar toda su voluptuosidad con mi mano derecha, que lo cubrió casi por completo. Desvié mis ojos hacia ella y vi que le costaba mantenerse serena, su mirada vidriosa estaba clavada en la mía.

—¿Te habían acariciado así antes?

Nikki negó con la cabeza despacio. Volví a rozar su pezón con el pulgar y, sin apartar los ojos de ella, la pellizqué con suavidad para ver como reaccionaba. Cerró los ojos extasiada.

—Mírame —le exigí sabiendo que la dulzura en mi voz había desaparecido para dejar paso a la lujuria y algo más.

Lo hizo y sentí mi polla vibrar al ver que me había obedecido casi de inmediato.

—Quiero tocarte —dije, aunque sonó como una petición—. ¿Me dejas hacerlo? —insistí al ver que se quedaba callada.

Nikki respiraba aceleradamente, su piel erizada me necesitaba y ella en el fondo lo sabía.

La vi dudar y sentí que moriría si decía que no.

Necesitaba sentir su piel, necesitaba hacerla vibrar.

Finalmente asintió, lentamente, dejando entrever que detrás de esa decisión había mucho más que el simple hecho de desearme o de querer disfrutar conmigo.

Y lo entendí.

Debía recordar y no olvidar jamás que veníamos de mundos completamente diferentes y que lo que era normal o cotidiano para mí, para ella no lo era y al revés.

Volví a besarla, sus brazos me rodearon el cuello y mis manos subieron por su espalda desnuda. Quería oírla gemir… Quería hacerla sentir muchísimas cosas.

Cuando llegué hasta su nuca, enterré los dedos en su pelo, a la vez que mi otra mano volvía a bajar sin ninguna prisa. Esta vez fui acariciando su otro pecho, apretándolo contra mi palma. Con las dos manos la sujeté por la cintura y la levanté hasta que salió del agua y tuve sus pechos a la altura de mi boca. Saboreé primero uno y, después, el otro. Tenía unos pechos preciosos, redondos y turgentes, y me sorprendió lo mucho que me ponía lamerlos.

Nikki echó la cabeza para atrás y seguí besándola, acariciando sus pezones con mi lengua, succionando y mordiendo, hasta que necesité pasar al siguiente nivel. Por un momento, deseé sacarla del agua, tumbarla en la arena y dejarme llevar por mis deseos más primitivos. La lujuria me instaba a colarme entre sus piernas para saborearla por completo, pero sería incómodo sin tener una toalla en la que recostarnos. Además, sabía que ella se sentiría menos expuesta estando así, bajo el agua, solo iluminados por las estrellas. Tampoco quería romper aquel hechizo en el que estábamos inmersos.

La bajé ligeramente hasta que sus pechos volvieron a quedar sumergidos casi por completo. Dejé que mi mano se colara entre los dos hasta llegar a su entrepierna. Cerré los ojos cuando mis dedos llegaron a su hendidura y casi sin esfuerzo alguno entraron ayudados por su evidente excitación. Me excitó tantísimo notarla tan mojada… Estaba húmeda por mí y por mis caricias.

Se tensó ligeramente, apoyándose en mis hombros cuando mis dedos entraron hasta el fondo. Empecé a moverlos hacia dentro y hacia fuera. Susurró mi nombre con la voz entrecortada cuando la coloqué en una postura que me permitiera moverme más rápido. Su espalda se apoyó entonces contra mi pecho y sentí su trasero apretarse contra mi erección, a la vez que seguía penetrándola con mis dedos.

La sujeté con fuerza y me permití seguir un ritmo bastante intenso con mi otra mano. Deseaba llevarla al orgasmo como jamás había deseado nada en toda mi vida. Quería ser el primero en hacerla temblar, gemir y gritar de placer. Noté que su cuerpo se contraía y su respiración se aceleraba. Toda ella me avisaba de que estaba cerca…

—Déjate llevar, Nicole —le susurré al oído.

Le besé el cuello y le acaricié con mi lengua su piel sensible. Su mano derecha se colocó sobre la mía, que no dejaba de moverse para darle placer. Fue un intento de hacerme parar y a la vez instarme a seguir.

Repitió mi nombre y dejó caer la cabeza en mi hombro. Estaba aguantando los gemidos. Temblaba contra mi cuerpo y me apretaba los dedos con tanta fuerza que casi tuve que dejar de moverlos.

—Dios mío… —jadeó, con la respiración tan acelerada como yo.

—Muy bien, nena —le susurré al oído.

Recuperó la respiración. Saqué mis dedos de su interior y, sin dudarlo un segundo, me los llevé a los labios. Sabían a mar y a ella. Cerré los ojos un instante, intentando controlar mi propia excitación.

Nikki se separó de mí y se giró. Otra vez, quedamos el uno frente al otro. Nunca olvidaré esa imagen de Nikki después de un orgasmo. Tenía la mirada brillante. Estaba feliz y extasiada. Le apetecía más.

—Ha sido increíble —dijo.

A pesar de la poca luz que nos iluminaba, pude ver que se sonrojaba ligeramente. La atraje hacia mí colocando mi mano en su nuca.

—Sí que lo ha sido, sí —dije.

Deseaba con todas mis fuerzas introducirme en su interior, pero sabía que no podía ni sería justo pedírselo. No aún, al menos.

—¿Qué te pasa? —me preguntó entonces—. Estás tenso.

Me reí. No pude no hacerlo.

—Dame tu mano —le dije. Se la cogí y me la llevé a mi erección—. Esto es lo que está tenso.

Sus dedos rodearon mi polla y esta tembló ligeramente ante su contacto. Sin decirle yo nada, la mano de Nikki se movió hacia arriba y abajo, al principio con cautela, después con soltura, presionando lo justo y adquiriendo un ritmo casi perfecto.

—¿Te gusta? —me preguntó.

Entonces me di cuenta de que había cerrado los ojos. Con mi mano sobre la suya la insté a ir más deprisa.

—Tú me gustas, Nicole —le dije, mirándola a los ojos mientras sus dedos continuaban dándome placer—. Me gustas demasiado…

Nikki siguió tocándome a la vez que su boca imitaba lo que yo había hecho con ella hacía un instante. Se acercó todo lo que pudo y me besó el cuello tenso despacio, con una dulzura que jamás había tenido el placer de sentir con otra mujer.

No tardé en correrme y tuve que coger su mano para que se detuviera. La subió entonces por mi torso y se pegó a mi cuerpo, hasta que comprendí que estaba abrazándome. Tardé un instante en devolverle el abrazo porque no había esperado un gesto tan entrañable como ese después de haber compartido aquello.

Echando la vista atrás puedo darme cuenta de lo hecho polvo que estaba. Me había sentido raro solo porque una mujer quisiera abrazarme después de intercambiar algo tan íntimo como dar y dejar que te dieran placer. Con el tiempo entendí tantísimas cosas… y a la vez me pregunto cómo no fui capaz de verlo y de leer unas líneas tan claras y adivinar fácilmente a dónde nos llevaban.

Supongo que el ser humano es así. Se cree fuerte y capaz de hacer que ciertas cosas le resbalen a decisión propia. No entendemos que en realidad el sexo, el amor, el cariño, el placer o el calor de otra persona nos dejan huella, aunque sea tan ínfima que a veces cueste verla.

Nicole iba a dejarme la mayor huella que alguien puede dejar jamás en otra persona. Esa clase de marcas que quedan grabadas con sangre en lo más importante que poseemos como seres humanos, una huella que no se borra con nada y nos cambia para siempre.

Nikki dejaría su rastro en un lugar que yo creía que ya no poseía. En mi oscuro y férreo corazón.

18

NIKKI

Salimos del agua y Alex me cubrió con una sudadera que llevaba en su moto. Me quedaba enorme, pero estaba calentita y olía a él, un aroma que me parecía exquisito. Fue dulce y atento conmigo durante todo el trayecto de vuelta a casa. Cogió con fuerza mis manos, que lo abrazaban por detrás. Dejó que casi lo estrangulara en busca de calor, mientras intentaba combatir el viento de la velocidad que me congelaba los huesos al estar mojada por el mar.

No quería cambiar absolutamente ni un detalle de aquella velada inesperada. No me arrepentía de nada ni me notaba culpable por lo que habíamos hecho. Al contrario, me sentía feliz y más unida a él que nunca.

Por eso, cuando detuvo la moto en mi casa y me bajé con cuidado, sentí una alarma en mi interior al ver su mirada. Había algo en él que era diferente. Podía leer en sus ojos que una lucha interior empezaba a surgir. No tuve ni idea en aquel momento en lo que se podía llegar a convertir.

Me acompañó hasta las escaleras. Batú dormitaba junto a ellas y solo se dignó a mover la cola como gesto de bienvenida. Eran casi las cinco de la mañana, no iba a tenérselo en cuenta. Me giré hacia mi acompañante antes de empezar a subir los peldaños.

—Gracias por esta noche… Ha sido increíblemente especial —dije. Sonrió con dulzura como respuesta. Fui a quitarme la sudadera, pero me detuvo.

—Quédatela —dijo—. Así tendrás un recuerdo de mí.

Sonreí y luego lo miré a los ojos.

—¿Ocurre algo, Alex? —pregunté algo insegura. Sus ojos esquivaron los míos durante un instante efímero.

—Es tarde, solo eso —respondió. Me cogió de la barbilla con los dedos y me besó en los labios con ternura—. Descansa y gracias a ti por esta noche. Ha sido mejor de lo que jamás hubiese imaginado.

Esas palabras fueron suficientes para llenarme de felicidad, ilusión y ganas de volver a verlo. Y eso que aún ni siquiera se había ido. Entonces me acordé de algo.

—Alex —lo detuve cuando hizo el amago de volver a su moto—. Estaré fuera unos días.

Estuve atenta a su reacción, pero se mantuvo imperturbable.

—¿Y eso? —preguntó.

—Margot necesita irse y desconectar antes de enfrentarse a… —Lo dejé en el aire.

—Entiendo —dijo dándome la razón.

Se hizo un silencio momentáneo y, cuando fui a hablar, él me interrumpió.

—¿Cuántos días estarás fuera? —preguntó.

—Un par de días, seguramente.

Lo sopesó. Aunque sabía que nunca lo admitiría, intuí que no le hizo ni pizca de gracia. Aun así, cubrió los pasos que nos separaban para volver a besarme. Cerré los ojos y me lamenté cuando se separó de mí antes de lo que me hubiese gustado.

—Tened cuidado —dijo como toda respuesta.

Me quedé mirando cómo se marchaba con una sensación extraña en el pecho. No quise darle demasiadas vueltas y subí las escaleras. Cuando entré en la habitación, automáticamente la luz al lado de mi cama se encendió. Margot se incorporó hasta quedar sentada en el colchón.

—¡¿Dónde estabas?!

Me llevé las manos al corazón.

—¡Dios, Maggie, me has asustado!

Cambió de posición y se quedó sentada sobre sus rodillas, me contemplaba con los ojos muy abiertos.

—¡¿Estabas con Alex?! —preguntó.

Dudé un segundo. Me planteé mentirle y decirle que había sido una urgencia veterinaria, pero al final confesé la verdad.

—Acaba de marcharse, sí.

Mi amiga miró su reloj de pulsera y sus ojos volvieron a abrirse exageradamente.

—Dios mío… Dios mío… ¿Ha pasado lo que creo que ha pasado?

Fui hasta el baño para lavarme los pies, los tenía negros al haber ido descalza. Ella salió disparada de la cama y vino hasta donde yo estaba.

—¿A qué esperas? ¡Cuéntamelo!

—No hemos… —empecé diciendo—. No lo hemos hecho como tal.

—Entonces… —Mi amiga pestañeó varias veces—. ¿Qué habéis hecho hasta las cinco de la mañana? ¿Mirar las estrellas?

—Algo parecido. —Sonreí.

—Este tío empieza a caerme mal —dijo, cruzándose de brazos. Mi amiga parecía decepcionada—. Pensaba que iba a ser el que te llevaría por el camino de la lujuria y la fornicación y en vez de eso…

—¿De verdad acabas de usar la palabra «fornicación»?

—Soy mejor hablada de lo que tú te crees. —Se encogió de hombros.

Me reí, terminé de lavarme los pies y pasé a secármelos con la toalla.

—Pasó… Pasó algo.

Mi amiga había empezado a girarse para ir a la cama, pero volvió casi corriendo a mi lado.

—¡¿Qué pasó?! ¡Ya sabía yo que ese dios griego no podía ser tan lento!

Puse los ojos en blanco y me ruboricé al rememorar lo que habíamos hecho. Lo que yo había hecho… En mi vida había tocado a un hombre de esa forma. Jamás había dado placer ni había permitido que me lo dieran a mí.

—Nos tocamos —dije.

Intenté zafarme de describirlo todo con detalles. Mi amiga aguardó a que continuara, pero como no lo hice...

—Os tocasteis... —repitió—. ¿Os tocasteis las mejillas? ¿Os tocasteis el pelo? ¿Los pies? ¿Qué os tocasteis? O, mejor dicho, ¿qué te toco él?

—Ay, Maggie, ¿vas a hacer que te lo cuente todo con detalles? ¡Me da corte!

—¡Desembucha ahora mismo!

—¿Otra vez esa palabra? —Me reí.

—¡No te desvíes!

Juntas fuimos hasta la cama y nos sentamos.

—Ha sido increíble —empecé diciendo. Hasta yo pude oír lo soñadora que sonó mi voz—. Nunca imaginé que se podía sentir tanto... Que pudiese ser tan intenso.

—Si saben tocarte, puede serlo, sí.

La miré.

—Él sabe... Y tanto que sabe, Mags. Su manera de acariciarme, de besarme, de hacerme sentir tan delicada a su lado...

—¿Te corriste? —preguntó. La miré ruborizándome aún más—. ¿Lo consiguió a la primera? Caray, chica, qué suertuda.

—¿Eso no es lo común? —La miré extrañada.

—Lo más común es que se centren en ellos.

—Pues Alex se tomó todo el tiempo del mundo.

—Eso es bueno, y ¿qué más pasó?

—Pues… le devolví el favor.

—¿Has hecho tu primera mamada? —Mi amiga sonrió divertida.

Frené lo que iba a decir y la miré.

—No… Lo toqué como él me tocó a mí… Debajo del agua.

—¿Lo hicisteis debajo del agua? —Mi amiga se sorprendió.

—Estábamos contemplando las estrellas —confesé, sonriendo divertida. Margot rio conmigo.

—¿Quién lo diría? Estás hecha toda una romántica.

—Fue especial… —dije con la mirada algo perdida, rememorándolo todo.

No me di cuenta de que se había hecho un silencio repentino hasta que Maggie no volvió a hablar.

—Nikki… Sabes que todo esto es pasajero, ¿verdad?

—¿Qué? —contesté volviendo a la realidad.

Mi amiga me escrutaba de una forma extraña.

—Que es temporal. Solo durará lo que este tío se digne a quedarse aquí. No debes olvidar eso.

Sabía perfectamente que era algo temporal. Era consciente de que nos quedaban exactamente veintiún días por delante y que luego no lo volvería a ver. Pero, cuando mi amiga lo dijo en voz alta y fue otra persona la que lo puso sobre la mesa…, sentí algo que hasta entonces no había sentido jamás. Era vértigo. Empecé a notarlo en la barriga y se fue extendiendo por todo mi cuerpo.

Lo nuestro era algo efímero. Con el tiempo comprendí que por eso Alex había estado raro al volver. Al contrario que yo, que había necesitado de mi amiga para comprender la realidad, él había llegado a esa misma conclusión él solo.

Lo nuestro era pasajero…, tanto que nada más empezar ya tenía fecha de caducidad.

Nos levantamos mucho más temprano de lo que me hubiese gustado, teniendo en cuenta que nos habíamos acostado después de las cinco de la mañana. La buena noticia era que Gus y Eko se apuntaron a venir con nosotras.

—¡Nos vamos de excursión! —gritó Eko.

Estábamos en la orilla del mar esperando, junto con un montón de turistas rojos como tomates, a que viniese el barco que nos llevaría a la isla contigua a la nuestra.

—¿Lo tenéis todo? —preguntó Gus. Era el mayor del grupo y el más responsable, por eso parecía ignorar la felicidad de su novio.

—Todo todo —dije.

Sujeté mejor la mochila que colgaba a mi espalda y lo único que traía como equipaje. Margot, por el contrario, venía con una maleta de ruedecitas. Puse los ojos en blanco.

—¿Todo eso para dos días? —le pregunté.

—¿Dos días? —preguntó Eko, mirándome sin enten-der—. ¿No nos íbamos una semana?

Vi que Margot lo fulminaba con sus ojos verdes.

—Nosotros nos hemos pedido una semana —estuvo de acuerdo Gus.

—¡Yo no puedo irme una semana! —le dije a mi amiga, mirándola enfadada.

—Tú quédate el tiempo que quieras, ¿vale? Puedes volver cuando te apetezca.

Su respuesta no me convenció, pero lo dejé correr. Sabía lo que estaban haciendo. Luego insistirían en embaucarme y me haría chantaje emocional para que me quedara con ellos.

Era cierto que no me cogía vacaciones desde que podía hacer memoria, pero la imagen de Alex se materializó en mi cabeza. Mis ganas de volver ya eran preocupantes teniendo en cuenta que no nos habíamos ni marchado.

El barco llegó y subimos a bordo. Esa clase de barcos no solían estar en muy buen estado y te hacían sentir como si fueras una sardina enlatada, pero sí que es verdad que eran rápidos. En cuarenta y cinco minutos llegamos al destino, pero, al bajar, Margot se giró hacia la derecha y empezó a vomitar.

—Empezamos bien —dijo Eko, cogiéndole el pelo por detrás.

Margot siempre se mareaba. Estuvimos un rato hasta que se sintió mejor y nos subimos a la camioneta que nos llevaría a nuestras habitaciones. Los cuatro estábamos bastante pelados, por lo que habíamos alquilado una cabaña. Estaba un poco derruida, pero tenía unas vistas increíbles a los arrozales y a la selva.

Nuestra isla en particular no se centraba en la recolecta del arroz, no teníamos suficientes campos para eso. En ella se cultivaban todo tipo de algas y se vendían a buen precio a empresas extranjeras. Si ibas a los lugares de cosecha, podías ver las parcelas perfectamente definidas bajo el agua cristalina del océano y los autóctonos recolectándolas por la mañana o cuando la marea estaba lo bastante baja. Todos iban siempre ataviados con sus correspondientes gorros de paja para protegerse del sol. Por eso nuestros cultivos no tenían nada que ver con los que estábamos viendo en aquel instante.

Aquel día nos centramos en alquilar unas motos, comprar algo de comida y cerveza y dar una vuelta por la isla, parando donde nos apetecía a hacer un pícnic improvisado. Cuando nos quisimos dar cuenta, ya eran las seis y media de la tarde y el sol casi había desaparecido por el horizonte. Nuestra cabaña tenía una terraza con una mesita y unas sillas. Nos sentamos allí para disfrutar de la compañía y del *sunset*. El entorno era ideal para relajarnos con una Bintang fresquita.

—Hacía mucho que no hacíamos una escapada juntos —dijo Gus, acomodándose en la silla y fijando la vista en la puesta de sol.

—Demasiado —coincidió Margot.

Aunque nuestra amiga tuviese una sonrisa constante en el rostro, no engañaba a nadie. Estaba destrozada, este viaje era un reflejo de ello. No tardaríamos en sacar el tema, si alguien tenía el valor de preguntarle. Pero me preocupaba que haber venido hasta aquí no estuviese ayudando a Maggie, sino todo lo contrario.

Se hizo el silencio, interrumpido solo por el trino de los pájaros. Durante unos minutos, los cuatro nos concentramos en observar el paisaje y nos sumimos en nuestros propios pensamientos. Eso era algo que se aprendía al vivir allí. Los turistas, por ejemplo, tenían la necesidad de ocupar todos los silencios con palabras, a veces parecía que les asustaba no tener nada que decir. En cambio, yo me oía a mí misma sin necesidad de escuchar mi voz. El yoga me había hecho aprender a integrarme con los sonidos de la naturaleza y disfrutar en armonía de una buena compañía sin necesidad de nada más.

Pasados unos minutos, coincidiendo con la puesta definitiva del astro rey, Gus y Eko se miraron de una manera un tanto extraña. Yo fui la primera en darme cuenta. Al fijarme en ellos y fruncir el ceño, Maggie se percató.

—¿Qué ocurre? —pregunté.

Observé a mis dos amigos con detenimiento. Eko miró a Gus con una sonrisa y este se sonrojó.

—¿Qué pasa? —preguntó entonces Maggie.

—¿Se lo digo yo? —preguntó Eko.

Gus asintió y Eko se giró hacia nosotras. Sus ojos brillaban de felicidad y eso despertó mi curiosidad de verdad.

—¡Nos vamos a casar! —exclamó con entusiasmo. A su lado Gus sonrió con toda la cara.

—¡¿Qué?! —exclamamos Maggie y yo al tiempo que nos poníamos de pie.

—¡Nos casamos!

Margot y yo nos miramos. Una gran sonrisa apareció en nuestra cara seguida de unos saltos de alegría que nuestros amigos no dudaron en imitar. Los cuatro empezamos a brincar y a gritar. Por un instante, temí por la estabilidad de la cabaña, pero no importaba. ¡Gus y Eko iban a casarse!

Todos sabíamos lo que habían tenido que luchar para poder estar juntos, sobre todo por Gus y su religión musulmana. Lo habían dejado todo con tal de estar juntos y ¡ahora iban a casarse!

Los abracé con fuerza, emocionada. Por fin el amor triunfaba. Cuando me fijé en Margot, vi que las lágrimas caían por su rostro. Los tres la abrazamos con fuerza hasta que se le escapó una risita un tanto histérica.

—Estoy bien, dejadme —dijo mirándonos y secándose las lágrimas con las manos—. Estoy feliz, solo eso. Ahora solo quedará Nikki por pasar por el altar —dijo contemplándome con una sonrisa.

Me reí como respuesta. Yo era la más joven del grupo y aún estaba muy lejos de casarme. ¡Si ni siquiera tenía novio! Pero entonces pensé en Alex automáticamente, claro. Me sorprendió imaginarnos a ambos casados. La imagen me abrumó tanto que la borré enseguida de la cabeza.

—Enhorabuena, chicos, os lo merecéis —dije muy feliz por mis amigos.

Eko se giró hacia a Gus, que le devolvió la mirada. Le cogió la cara entre las manos y le plantó un besazo de tornillo. Nosotras lo recibimos con aplausos y gritos. Cuando se separaron, los cuatro volvimos a brindar y nos sentamos de nuevo en nuestras respectivas sillas.

—¿Y cuándo va a ser la boda? —preguntó Margot—. Tengo que ir viendo qué pedazo de vestido me voy a poner.

—Eso, ¿dónde os queréis casar? Podríamos organizar una boda balinesa frente al mar. ¡Sería una pasada! —dije, ya me lo imaginaba todo en mi cabeza.

Eko y Gus intercambiaron una mirada un tanto extraña.

—¿Qué ocurre? —preguntó Maggie.

—Veréis… —empezó diciendo Eko y ambos se centraron de repente en mí.

—No me diréis ahora que no estoy invitada, ¿no? —dije riéndome.

Ellos sonrieron vagamente y eso me preocupó.

—¿No estoy invitada? —solté entonces.

—¡¿Cómo no vas a estar invitada?!

—¡Yo qué sé, no me quitáis el ojo de encima y es raro!

—Verás… —empezó diciendo Gus, que tomó la palabra—. La cosa es que nos gustaría casarnos en España. Eko tiene a su familia allí. Como al fin y al cabo la mía no quiere saber nada de mí ni de ninguna boda… Nos hace ilusión casarnos en un entorno familiar y, por supuesto, con amigos, así que tiene que ser allí. Entendemos que un vuelo a España es bastante caro, pero os prometemos que merecerá la pena.

Maggie clavó su mirada en mí, expectante. Todos me contemplaron, porque sabían mi reticencia absoluta a subirme a un avión. Me entraron unas ganas terribles de llorar.

De esas tan profundas que remueven todo por dentro y solo puedes librarte de esa sensación llorando y dejándolo salir.

Quería a mis amigos con todo mi corazón. Nada me haría más feliz que verlos jurarse amor eterno, pero no podía subirme a un avión. Forcé una sonrisa. El resultado tuvo que ser pésimo, porque los tres me miraron apenados. Sabían lo que diría a continuación.

—No hay nada en este mundo que me haga más feliz que asistir a vuestra boda, chicos, pero no puedo… Simplemente no puedo.

Me levanté de la mesa y me alejé de ellos. Me sentí mal por arruinarles el momento. Me invadía la tristeza por ser tan cobarde y no poder superar mis miedos. Pero lo peor de todo fue comprobar allí, en ese instante, que jamás saldría de Bali.

Hasta ese momento, nunca me había importado. No había tenido la necesidad de alejarme de mi tierra, pero primero había conocido a Alex y sus palabras habían sembrado en mí la duda. Luego, con la noticia de la boda… Sentí pena por percibir mi hogar como una jaula, pero eso es lo que era. Una jaula construida por mis miedos.

19

ALEX

Hacía dos días que no la veía. Habíamos intercambiado algún que otro mensaje, pero ella estaba ocupada con sus amigos y yo estaba resolviendo los asuntos de casa. Por mucho que quisiera escapar de los problemas, solo podía hacerlo hasta cierto punto. Mi madre me había llamado insistentemente, hasta que había tenido que cogerle el teléfono.

—¿Cuándo vuelves, Alexander? —Fue lo primero que preguntó.

Me llevé la mano a las sienes para apretármelas, ya que mi dolor de cabeza era persistente últimamente.

—Estaré allí el 1 de septiembre.

—¿Cómo se te ocurre marcharte tanto tiempo? ¡Con todo lo que deberías estar haciendo y preparando!

—Mamá, no sé en qué momento has creído que este tema es asunto tuyo, pero...

—¡Pues claro que es asunto mío! ¡Eres mi hijo y ella...!

—Basta —la corté antes de que pudiera seguir—. Me has llamado para saber cuándo regreso y acabo de decírtelo. ¿Hay algo más que desees saber?

Se hizo un silencio momentáneo.

—Tu padre quiere verte en cuanto llegues a Londres —dijo entonces.

—Pues dile a papá que hay cosas más importantes que tendré que hacer nada más pisar la ciudad.

—No entiendo por qué quieres hacer todo esto solo. Nosotros podemos ayudarte, podemos…

—Te lo agradezco, mamá, pero haberme obligado a gestionar la empresa es suficiente por el momento. El resto de mi vida sigue siendo asunto mío.

Escuché una especie de sollozo al otro lado de la línea. Me entraron muchas ganas de colgar y acabar con aquella conversación. Pero entonces volvería a llamar y esto se convertiría en el cuento de nunca acabar.

—¿Cómo puedes decir eso? —dijo llorando—. ¡Que te hemos obligado! ¿Qué hubieses hecho tú?

—Tranquilízate, mamá —le pedí para intentar reconciliarme con ella, pero por dentro juraba y perjuraba—. Solo te estoy pidiendo que me dejes el espacio que sabes que necesito.

—Todo está patas arriba y tú te marchas un mes. Lo dejas todo a medias…

—Yo no he dejado nada a medias. He hecho lo mejor para mí y lo mejor para ella.

—¡¿Cómo va a ser lo mejor?! —exclamó, casi estaba perdiendo la compostura—. Lo mejor para ella es estar contigo, en tu casa.

—No puedes meterte en mi vida. —No iba a volver a tener aquella conversación—. Mamá, lo siento, pero no voy a permitírtelo. El 1 de septiembre regreso a Londres. Entonces nos podremos sentar todos, mediar y pactar lo que os dé la gana. Ahora, si me disculpas, tengo cosas que hacer.

Colgué y apagué el teléfono. Jamás había permitido que nadie me dijera lo que tenía que hacer. Nunca había hecho algo que no quisiera hacer y menos a favor de otras personas… Hasta entonces, claro.

Me pasé el resto de la tarde en el mar. Nate no quiso venir conmigo. Desde que me había contado lo de Maggie se había encerrado en su habitación y no había querido hablar ni ver a nadie. Pensé en Malcolm, nuestro amigo, él era mucho mejor que yo en eso de animar a los demás… A mí se me daba realmente mal.

Surfeé hasta que se fue el sol y cuando volví a la habitación decidí enviarle un mensaje a Nikki.

No era la clase de tío al que le gustase mucho hablar por medio de mensajes, pero con ella no me había quedado otro remedio. En el fondo, tampoco se me había hecho pesado o frustrante.

Cuando había chateado con otras mujeres, habían acabado volviéndose demandantes con el tiempo. Me consideraba un hombre bastante independiente. Hacía y deshacía a mi antojo como para tener que estar dando explicaciones sobre por qué no había contestado un mensaje o por qué no daba los buenos días o las buenas noches.

En cambio, con Nicole… sentía la necesidad de saber de ella a pesar de que la última vez que habíamos estado juntos me había ido a casa bastante rayado y a una parte de mí le jodía que se hubiese ido justo después de haber intimado como lo habíamos hecho. No lo admitiría jamás, pero, joder, echaba de menos la posibilidad de encontrármela por sorpresa o de saber que estábamos a cinco minutos en moto el uno del otro.

Leí mi último mensaje. Hasta yo mismo puse los ojos en blanco.

Buenos días, Nicole
Un amigo tuyo ha decidido que soy su nuevo dueño,
no me deja solo ni para ir al baño.

Envié una foto de Batú acostado a los pies de mi cama.

Desde que su dueña se había ido, no se había separado de mí. No me importaba, me gustaban los animales. En casa tenía un dóberman llamado Camilo. Me lo había regalado mi ex cuando solo era un cachorro y había estado conmigo desde entonces. Recuerdo que al principio no me hizo gracia y con el tiempo terminé entendiendo por qué. El cachorro era la excusa para que ella tuviera razones para seguir en mi vida de una manera o de otra.

Vi que Nikki se conectaba y empezaba a escribir.

Lo siento mucho, no debería estar molestándote.

Un no sé qué en su lacónica respuesta me dijo que algo no iba bien. Algunos dirán que la conexión que ya empezaba a formarse entre ambos hizo que yo supiera en ese instante que le ocurría algo. No me lo pensé ni dos veces, cogí el teléfono y la llamé por primera vez desde que habíamos intercambiado los teléfonos.

Sabía que tenía el móvil con ella y supe también que dudó en contestarme o no. Y, sorprendentemente, eso me provocó cierto malestar. Colgué y abrí el chat. Seguía en línea.

¿No me contestas?

Tardó unos segundos de más, la palabra «escribiendo» apareció y desapareció durante unos instantes.

Lo siento… No estoy teniendo un buen día.

Sabía que no me equivocaba. Pregunté con verdadera curiosidad qué le sucedía y, al ver que no respondía, agregué:

Vamos, Nikki, puedes contármelo;
tal vez pueda ayudarte.

Es un tema peliagudo.

No tenía ni idea de a qué se refería. Esperé a ver si se animaba y entonces vi que empezaba a escribir. Tardó unos segundos.

Dos de mis mejores amigos, Gus y Eko, van a casarse, y estoy tan feliz por ellos, no te lo imaginas Me hace tantísima ilusión acompañarlos en un día tan especial… Pero nos han dicho que van a casarse en España… Eko es de allí, claro.

Leí su mensaje un par de veces. Al principio, no entendí el problema hasta que caí a qué se estaba refiriendo.

Tu miedo al avión.

Mi maldito miedo al avión.

Su corrección me hizo sonreír, aunque no me hacía gracia. Me frustraba muchísimo que tuviese miedo a algo que yo amaba y realizaba con destreza. Me jodía que no se atreviera a subirse a uno de los medios de transporte más seguros del mundo. Pensé muy bien qué decirle, sabía que era un tema espinoso para ella. Ya me lo había dejado entrever en más de una ocasión.

Contéstame a una pregunta.

¿Tu verdadero miedo reside en subirte a un avión
o en alejarte de lo único que conoces?

Tardó casi un minuto en responder.

Da igual de donde venga el miedo, el caso
es que está ahí y no puedo ignorarlo.

Los miedos se superan remando
a favor, no en contra.

¿Qué quieres decir con eso?

Quiero decir que si luchas por evitarlo
jamás vas a superarlo.

Tal vez no quiera hacerlo.

Era cabezota, empezaba a darme cuenta. Pero yo también, así que intenté llegar a ella por otra parte, aunque no sabía muy bien cómo hacerlo.

¿Y si tuvieras un antídoto a tu miedo?

¿A qué te refieres?

Imagina que tuvieses miedo a las arañas…
Si te pusiera un repelente por encima
que te garantizase que ninguna puede
acercarse a ti jamás, ¿lo usarías?

Tardó unos segundos.

Supongo que sí…
Si de verdad tuviese la certeza de que funcionaría.

Pues tengo una gran noticia para ti:
yo puedo ser ese antídoto que necesitas.

Conté hasta diez hasta que me llegó su respuesta.

No te entiendo.

Si vienes conmigo, te garantizo
que no te pasará nada.

¿Ir contigo a dónde?

Yo puedo llevarte a España.

Estaba metiéndome en camisa de once varas, lo sabía, pero nada iba a frenarme si podía ayudarla a perder su fobia a los aviones. Cuando digo nada, me refiero a nada ni a nadie, ni siquiera ella misma.

Gracias por el ofrecimiento, pero creo
que voy a dejarlo pasar.

Cogí el teléfono y marqué su número.

Esta vez me contestó, aunque lo hizo cuando ya casi había desistido.

—Vas a venir conmigo —dije sin más.

—Tú no vuelas desde Indonesia —dijo ella, aunque jamás le había hablado de cuáles eran mis rutas aéreas.

Sentí esperanza al ver que no me había dicho un no rotundo, solo una excusa.

—Yo vuelo desde donde me plazca —contesté sin más.

—Debe ser muy divertido ser tú, entonces —contestó desviándose del tema.

—Lo digo en serio, Nicole.

—No voy a subirme a un avión, Alex. Ya lo hemos hablado —dijo, aunque esta vez con mucha más pena que las veces que habíamos tocado el tema.

—Soy uno de los pilotos con más horas de vuelo jamás adquiridas antes de los treinta años. Puedo pilotar un avión con los ojos cerrados y te garantizo que no te ocurrirá nada si vienes conmigo.

—¿A España? —preguntó entonces.

—¿Qué? —pregunté.

—¿Estás diciéndome que lo arreglarías todo para llevarme a España en un avión pilotado por ti?

Con todo el lío, me había olvidado de la supuesta boda

en España. Ya la había visualizado viajando conmigo a Londres.

—Eso es exactamente lo que he dicho —contesté, ignorando lo mucho que me había gustado imaginarla en mi ciudad conmigo.

—¿Y el avión qué? ¿Lo robas? —me preguntó sarcástica. Por el tono de su voz, comprendí que estaba divirtiéndose con esto. No me estaba tomando en serio.

—Yo piloto aviones privados, Nikki —la informé.

Se hizo el silencio al otro lado de la línea.

—No lo sabía —terminó diciendo.

—Hay muchas cosas que aún no sabes de mí.

Cuando lo dije, me salió en un tono que no me hubiese gustado darle a aquella conversación, pero se me escapó y lo tiñó todo de una seriedad innecesaria.

—Y esas cosas que no sé de ti… ¿Vas a querer contármelas? —me preguntó.

Ahí es donde empezó a formarse aquel dilema… ¿Me callaba o le contaba toda la verdad? Pero… ¿para qué si no iba a volverla a ver?

—Te contaré todo lo que quieras saber —le contesté, con la seguridad de que no me preguntaría lo que no quisiera que me preguntara.

—Yo solo quiero saber lo que quieras contarme, Alex. No voy a forzarte a nada, no tengo razones para hacerlo. Lo bueno de que lo nuestro tenga fecha de caducidad es que ambos podemos ser quien queramos ser sin miedo a decepcionar, porque sabemos que tiene final —agregó. Sus palabras removieron algo en mi interior. Su respuesta me dejó un tanto aturdido.

—¿Estás diciéndome que no estás siendo tú misma conmigo? —pregunté.

—Contigo soy quien siempre he querido ser —contestó tras unos segundos de espera.

Me quedé pensando en sus palabras y entendí perfectamente lo que quería decir. A mí también me ocurría lo mismo al estar allí aislado del mundo y de mi entorno en aquella isla, valga la redundancia. Con ella era otra persona diferente. Era alguien cálido, divertido y totalmente distinto a lo que era en mi propia realidad. Supongo que del mismo modo estaba claro que yo a ella le había traído prácticas muy distintas a las que estaba acostumbrada.

—Me cuesta imaginar que no hayas sido tú misma hasta ahora. Eres la persona más auténtica que he conocido en mi vida —dije sintiendo cada palabra.

—Y tú eres el enigma, más complejo con el que he tenido el placer de coincidir —me contestó con calidez.

—Así que soy un enigma ¿eh? —Sonreí.

—Uno bien grande.

—Pues cuando quieras, te dejo resolverlo —dije cambiando el tono de mi voz. No pude evitar insinuarme.

Me la imaginé tirada en la cama, con el teléfono en la mano y sonrojándose.

—Estoy deseando hacerlo —contestó. En su voz también pude notar un cambio de registro sutil, pero ahí estaba.

—Si hablásemos de deseo, Nicole, te aseguro que no hay nadie en esta isla que pueda superar las ganas que te tengo.

—No sabía que era una competición.

—Sí, pero ya está más que ganada.

Sabía que sonreía, no hacía falta estar viéndola.

—Tengo que irme —dijo y noté la pena en su voz.

—¿Cuándo vuelves?

—Al final me quedo un poco más de lo previsto… Gus y Eko quieren celebrar por todo lo alto que están prometidos y me da cosa ser la única que se va…

—¿De cuánto tiempo estamos hablando? —pregunté. Pensaba que no quedaba mucho para volvernos a ver y mi voz adquirió un tono mucho menos amigable, joder, quería verla.

—El miércoles por la noche estaré de vuelta.

Tres días más… Cuando volviese, solo nos quedarían dos semanas para estar juntos.

—¿Alex? —preguntó al notar que me había quedado callado, sumido en mis propios pensamientos.

—No pasa nada, Nicole —contesté—. Disfruta con tus amigos. Nos veremos cuando llegues.

—¿Te ha molestado?

—Tranquila.

Se volvió a hacer un silencio.

—Gracias por llamarme, por preocuparte por mí y por ofrecerme un avión privado —añadió divertida—. Eres un encanto.

Me reí. No pude evitarlo. Ella me preguntó entonces que por qué reaccionaba así.

—Mi familia y mis amigos pagarían por oír a alguien decir eso de mí —contesté.

—¿Por qué? ¡Eres encantador!

—Lo soy contigo, que es distinto.

—¿Solo conmigo? —preguntó.

—Solo contigo. —Sonreí.

Nos quedamos callados y las ganas de vernos aumentaron hasta hacerse casi insoportables.

—Gracias, Alex, y buenas noches.

—Buenas noches, preciosa.

Colgué el teléfono y, tras unos instantes dubitativos, cogí el portátil. Abrí el buscador y tecleé las siguientes palabras: «Accidente aéreo 2003». Necesitaba saber algo más de ese accidente, averiguar exactamente qué ocurrió y por qué. Solo así podría explicarle a Nikki por qué a ella no iba a pasarle lo mismo si se decidía a volar.

De los accidentes que encontré en el año que me había dicho Nicole, ninguno había sido con destino Inglaterra. Entre ellos había un accidente aéreo militar, un Yak 42 en donde murieron 62 militares que viajaban de vuelta a España después de una misión de paz de cuatro meses en Afganistán.

Revisé los accidentes y busqué minuciosamente la información relevante de cada uno de ellos. No tenía suficientes datos como para saber en cuál de ellos habría muerto la familia de Nicole, pero aun así quise repasarlos todos. Quería comprobar si encontraba algo que me dejara entrever si había podido ser el accidente donde murieron los padres de la mujer que no era capaz ni de plantearse la posibilidad de volar.

Tenía un colega que trabajaba en la Oficina de Registro de Colisiones Aéreas, con sede en Ginebra. No dudé en levantar el teléfono y hacer la llamada correspondiente. En Bali eran las diez de la noche, pero había cinco horas de diferencia horaria, por lo que no me preocupó llamarlo a deshoras. Me lo cogió al tercer tono.

—Lenox, ¿a qué debo este honor?

—¿Qué tal estás, Carter?

—Pues peor que tú, seguro. ¿Me ha llegado la noticia de que estás por Indonesia?

—He venido de vacaciones unas semanas, sí —contesté intentando no ser descortés, pues quería ir directamente al grano.

—¿El antiguo Alex Lenox ha vuelto?

—¿Por qué todos no dejáis de decir lo mismo?

—Tío, porque hace dos años que desapareciste y te volviste casi un hombre hecho y derecho.

—¿Tengo que recordarte lo que pasó hace dos años? —contesté con voz gélida.

Se hizo un silencio.

—Llevas razón tío, lo siento —dijo, cambiando el tono de voz—. ¿En qué puedo ayudarte?

Me asomé al balcón de mi habitación y fijé la vista en el océano.

—Necesito que me encuentres los datos de un accidente aéreo con destino Inglaterra sucedido en 2003. He buscado en internet, pero no me sale la noticia de ninguno con ese destino. ¿Te importa echar un vistazo a ver qué encuentras?

—¿Tienes algún dato más aparte de que fuese con destino Inglaterra?

—Es lo único que sé, pero si averiguo algo más, te llamo.

—¿Era vuelo comercial o privado? —me preguntó.

Iba a decir que lo primero, pero me detuve un instante. No sabía nada de la familia de Nicole ni de sus padres. No sabía ni los nombres. ¿Podía haber sido un avión privado el que se estrelló en vez de uno comercial? En el caso de que hubiese sido así, tenía sentido que no apareciese en las noticias. Los accidentes de aviones privados interesaban menos que los comerciales. Por desgracia, en el mundo en el que vivimos, llama más la atención poner un titular de ochenta muertos que de cuatro. No me había planteado esa opción porque solo había que ver en las condiciones en que vivía Nikki como para imaginar que sus padres tampoco habían tenido mucho dinero. Pero entonces caí en que todo podía ser…

—Busca ambos. No creo que haya sido un avión privado, pero al menos para descartar.

—En cuanto tenga algo, te llamo.

Colgué y volví a mi habitación. No dejaba de preguntarme: «¿En qué clase de accidente murieron los padres de Nicole?».

20

NATE

Me tiré días en mi habitación sin salir. La mujer de mi vida se había casado y no llegaba a hacerme a la idea... Solo de pensarlo sentía ganas de vomitar, aunque ¿qué esperaba? Bueno, para empezar no habría creído que se casaría en el transcurso de menos de un año, pero estaba claro que no podía pretender que siguiera esperándome. Sobre todo después de haberla abandonado.

Sabía por Alex que Maggie regresaba de su viaje aquella tarde, así que me mentalicé para volver a verla. Salí de la cama, me duché y me vestí como alguien decente, aunque yo no lo fuera en absoluto.

Tenía que hacerla cambiar de opinión, a pesar de que en mi mente no dejaba de oír una voz que decía una y otra vez: «Es demasiado tarde, está casada». Pero nunca lo es para luchar por la persona que amas.

Quedé con Alex para almorzar en una terraza y así despejarme un poco. Hacía tres días que no lo veía. Mi mejor amigo se había acercado a la habitación, pero esa vez fui yo quien le había pedido que se fuera.

—Es hora de que sigas adelante, Nate —me dijo mientras una camarera nos servía dos filetes de ternera con patatas asadas y espárragos a la brasa.

—No puedo —le dije de manera rotunda.

Mi amigo me devolvió la mirada impasible.

—Está casada —dijo. Esas palabras se me clavaron en lo más hondo de mi corazón.

—Puede dejar de estarlo.

—Nate, venga ya, ¿vas a meterte en medio de un matrimonio? ¿Quieres romper algo que sin lugar a duda es más serio que nada de lo que tú y ella hayáis tenido jamás?

—No tienes ni idea de lo que nosotros tuvimos.

—«Tuvimos», en pasado.

—¿Para esto me has hecho venir? —Lo fulminé con la mirada—. ¿Para joderme más de lo que ya lo estoy?

—Te he hecho venir porque no puedes seguir encerrado en tu habitación. Me hiciste venir contigo, me obligaste porque me prometiste unas vacaciones relajantes.

Lo miré con condescendencia, aunque en el fondo me sentía un poco culpable.

—Has estado muy entretenido, no me das ninguna pena.

Alex cogió la copa de vino y se la llevó a los labios. Siempre había admirado su templanza para controlar los sentimientos y pensamientos. Podía estar muriéndose por dentro que por fuera parecería un témpano de hielo. A mí, al contrario, se me leía a la perfección todo lo que sentía y pensaba. Era un libro abierto.

—Y mi entretenimiento llega hoy acompañada de tu ex. A no ser que pretendas esconderte en la habitación hasta el día que tengamos que irnos, te aconsejo que empieces a recomponerte. No hay nada que las chicas odien más que un tío borracho que llora por las esquinas.

—Eres un cabrón. —Miré a mi amigo fijamente.

—Solo intento protegerte. —Alex sonrió de lado.

—¿De quién?

—De ti mismo, imbécil. Si todavía te queda algo de sensatez en la cabeza, sabrás que Margot no puede verte así. Tiene que verte sereno y fuerte. Debes demostrarle que has cambiado, que ya no eres el adolescente que volvía cada año a vivir un amor de verano pasajero.

Sus palabras captaron mi atención.

—¿No acabas de decirme que no me meta en el medio de un matrimonio?

—¿Desde cuándo tú has hecho caso a algo de lo que yo te he dicho?

Lo medité muy seriamente.

—Solo cuando me conviene.

—Solo cuando te conviene.

—Entonces ¿vas a ayudarme?

Alex volvió a beber de su copa de vino y se la terminó. Llamó al sumiller y esperó a que se la rellenaran. Bebió y volvió a prestarme atención.

—Yo solo puedo hacer un veinte por ciento… El resto está en ti.

—¿Crees que puedo recuperarla?

—Creo que es la primera vez en mi vida que veo que quieres a alguien más que a ti mismo. —Mi amigo me miró a los ojos—. Así que sí… Creo que puedes conseguir lo que te propongas, siempre y cuando no caigas en la mediocridad y la desesperación. Todo lleva su tiempo, Nate. Recuperar a Maggie no se consigue en dos días… Ni en las dos semanas que te quedan aquí.

Tenía razón… Toda la razón.

—¿Estás diciéndome que me quede?

—Estoy diciéndote que luches por lo quieres y lo que quieres vive aquí.

Bebí de mi copa y sopesé todas mis opciones. Podía hacerlo… El trabajo no sería problema. Podía alargar mi estancia, luchar por Maggie y recuperar lo que más quería. Sí, había posibilidades.

—¿Y tú qué harás?

—¿A qué te refieres? —Alex me miró con el ceño fruncido.

—¿Volverás a Inglaterra?

Su semblante cambió, una sombra apareció quitando cualquier ápice de felicidad.

—No tengo opción. Mi viaje acaba en dos semanas.

Miré a mi amigo y sentí lástima por él. Nada es peor para alguien cuadriculado que te descuadren tu vida sin previo aviso. Alex Lenox lo había tenido todo medido al milímetro. Cada paso que había dado había sido premeditado y estudiado para conseguir la vida que siempre había querido y ahora…

A veces uno tiene que pensarse mejor dónde mete la polla. Podría habérselo dicho, pero yo, al contrario que él…, no podía ser tan cruel.

Estuvimos unos minutos callados, disfrutando de la comida. Si te ponían un filete de ternera delante de los ojos, todo lo demás podía esperar. Pero esta vez Alex me sorprendió dejando su filete a medias. Se echó un segundo hacia atrás para preguntarme algo que indudablemente lo tenía preocupado.

—Cuando venías a visitar a Margot, ¿llegaste a tener relación con Nikki?

—Al principio nos hicimos amigos… —No dudé en responder con sinceridad—. Ya sabes, era mi primera vez en la isla y Maggie y yo no tardamos en liarnos. Nikki siempre estaba con ella, por lo que los tres hicimos buenas migas. Después de todas mis cagadas, Nikki se distanció bastante y casi siempre que se dirigía a mí era con el ceño fruncido.

—No me extraña —dijo Alex. Sonrió de lado.

—A mí tampoco —estuve de acuerdo.

—¿Te llegó a contar algo sobre sus padres?

—Sabes que murieron en un accidente de avión, ¿verdad?

Miré a mi amigo con más atención. Alex asintió sin quitarme los ojos de encima.

—Es un tema peliagudo, pero sí, me lo ha contado. —Hizo una pausa—. Me gustaría saber qué ocurrió.

—Pues que el piloto la jodería, tío…

—Ya… Pero, no sé, hay algo en todo esto que no me cuadra. He llamado a Carter.

—¿A ese cabrón?

Carter y yo nunca nos habíamos llevado bien. Habíamos coincidido en la escuela de aviación y él al final había determinado tirar por lo burocrático, porque era un cagado.

—Ha estado buscando información sobre un posible registro de vuelo con destino a Inglaterra que tuviese un accidente en 2003, y no ha encontrado nada.

—Qué raro… Debería estar registrado.

—Eso mismo pensé yo… A no ser que fuera un vuelo privado.

Miré a mi amigo.

—¿Privado?

—¿Qué otra razón podría haber para que no estuviese registrado en alguna parte?

Lo sopesé.

—¿Has probado con otras fechas, un año arriba o un año abajo?

Alex se me quedó mirando.

—No creo que Nikki se confunda con el año en que murieron sus padres, ¿no?

—Imagino que no…

Se quedó pensando y vi entonces que el tema le preocupaba de verdad. Me quedé observándolo ensimismado en sus pensamientos. Ahí fue cuando empecé a comprender que tal vez Nikki no era simplemente una diversión momentánea para él.

Aquella idea se instaló en mi cerebro. A medida que pasaron los días fui dándome cuenta, antes siquiera que mi mejor amigo lo supiera, de que Alex Lenox se estaba enamorando.

Aquella realidad cayó sobre mí como un jarro de agua helada. Alex no podía enamorarse… Era el peor momento posible para eso, mucho menos de alguien que vivía a miles de kilómetros de distancia.

Me pregunté entonces si haber regresado a aquella isla y haberlo arrastrado conmigo había sido buena idea. Con el tiempo definitivamente comprendería que no… Había sido un error con más consecuencias de las que en ese momento podía vislumbrar.

21

NIKKI

Los siguientes días pasaron volando. A pesar de que me moría de ganas por volver a mi isla y ver a Alex, esos cinco días con mis amigos y lejos del trabajo me habían venido estupendamente. Habíamos hecho de todo: rutas de senderismo, submarinismo, un poco de surf... También habíamos bailado, reído y trasnochado. Y había llegado el momento de regresar a casa.

Eko y Gus parecían más enamorados que nunca y Maggie era muy buena actriz. Fingía que estaba genial, pero, a medida que se acercaban los días para regresar a la isla, su estado de ánimo había ido ensombreciéndose levemente.

Después de cargar las maletas y pasarnos casi una hora en un barco que parecía que iba a partirse por la mitad debido a lo picado del mar, pusimos pie en tierra firme. No le había dicho a Alex la hora a la que llegaba. No sabía si iría a recibirme al puerto o no, pero no quería hacerme ilusiones ni llevarme decepciones. Todavía no sabía qué clase de hombre era

Alex Lenox, el que te espera con un ramo de flores en la estación, el que te pide que le avises cuando llegues a casa sana y salva, o simplemente el que no dice nada.

—Ha sido divertido, ¿verdad? —preguntó Gus con una sonrisa cuando llegó el momento de separarnos.

—¡Mucho! —exclamó Maggie, sonriendo como un acto reflejo.

Nos miramos unos a otros en silencio.

—Venga… Nos vemos en Mola Mola en una hora, no lleguéis tarde —dijo Eko, que era lo que todos queríamos, al fin y al cabo.

Sonreímos y nos dispersamos cada uno hacia su próxima dirección. No quedaba mucho para el atardecer. Como hasta el día siguiente no tenía que trabajar, me apetecía una cerveza en la playa.

Obviamente nada más llegar a casa cogí el móvil y le escribí.

> Ya estoy por aquí.
> Si te apetece, vamos a juntarnos todos
> en el sunset, donde siempre.

Tardó en contestarme. Cuando lo hizo, en vez de escribirme un mensaje, me llamó. Lo cogí mientras abría la puerta de mi piso.

—Cómo se nota que eres milenial —le contesté riéndome.

Abrí la puerta y dejé la mochila en el suelo. Me quité los zapatos a puntapiés y fui hasta la cocina para servirme un vaso de agua fría.

—¿A qué te refieres? —me preguntó.

—A que prefieres hablar por teléfono en vez de contestar mensajes —le expliqué, colocándome el teléfono entre el hombro y la oreja para poder manejarme en la cocina.

—Me gusta oír tu voz. No tiene nada que ver con ser milenial, centenial o lo que seáis las generaciones nuevas…

—Ahora hablas como un señor mayor —me reí, tomándole el pelo.

—Bueno, es que soy bastante más mayor que tú.

—Veintinueve no es ser tan mayor —repliqué dejándome caer en el sofá y recuperando el teléfono con la mano derecha.

—En unos meses cumplo treinta. Seguro que esa percepción tuya cambia —me dijo.

Me incorporé un poco en el sofá.

—¿Cuándo?

—En diciembre —admitió con algo de pereza.

—¡Lo celebrarás ¿no?! —dije sin ser muy capaz de imaginármelo en un ambiente tan festivo y siendo el centro de atención.

—No te emociones, no quiero hacer nada especial.

—¿Cómo que no? ¡Cumples treinta! —dije emocionada—. Dios, cumples treinta —agregué al caer en la cuenta.

Se rio al otro lado de la línea y eso me sacó una sonrisa.

—¿A que ya no te parezco tan joven? —preguntó.

—Los treinta son los nuevos veinte —dije feliz.

Me gustaba hablar con él. Era agradable haber llegado a casa y poder estar riéndome al teléfono. Estaba emocionada por saber que iba a verlo aquella noche.

—¿Te apetece que te recoja y nos vamos juntos a la playa? —me preguntó—. Puedo llevarte a Batú, ya que sigue aquí conmigo.

—Qué sinvergüenza… Me has robado al perro.

—Tiene buen gusto.

—Como su dueña —repliqué.

—Como su dueña —estuvo de acuerdo él.

—Dame diez minutos para ducharme y cambiarme de ropa —le pedí.

Nos despedimos y me apresuré en meterme en la ducha. Quería estar limpia y guapa para cuando él llegara. No tardé mucho en arreglarme, ya que el pelo lo tenía limpio. Me sequé y busqué entre mi ropa hasta encontrar algo bonito que ponerme. Me puse un top y un pantalón de elefante color negro. No quería que pareciera que me había arreglado en exceso. Además, mis amigos siempre me habían dicho que ese pantalón me hacía un culo de escándalo. Me hice un moño con un palillo que usaba para eso y me ricé las pestañas con rímel. Cuando estaba admirando el resultado en el espejo, llamaron a la puerta.

Casi corrí con el corazón desbocado, pero cuando abrí no me encontré con Alex, sino con mi tío Kadek. Mi sonrisa se me congeló en la cara hasta desaparecer. La cambié por una más pequeña y forzada.

—Tío… ¿Qué haces aquí? No esperaba tu visita.

—¿Esperabas a alguien? —me preguntó muy serio. Me miró de arriba abajo, frunciendo el ceño.

Me fijé en que no venía solo. Detrás de él estaban sus dos compañeros, Nyoman y Tiko.

—Acabo de llegar a la isla, había quedado con unos amigos en la playa —contesté.

Yo también me puse seria. Que estuviesen ellos allí no podía significar nada bueno. Menos cuando Alex estaba a punto de llegar.

—¿Con qué amigos, Nicole? —me preguntó.

No sabía qué decirle, pero tampoco hizo falta pensar ninguna mentira. Como había previsto, justo en ese instante apareció la moto de Alex con Batú corriendo detrás. Mi tío siguió la dirección de mi mirada hasta que el inglés detuvo la moto. Se quitó el casco y se quedó observando a los tres hombres de aspecto rudo que estaban en la puerta de mi casa.

—¿Todo bien, Nikki? —preguntó.

Se bajó de la moto e hizo el amago de venir hacia mí, pero Nyoman y Tiko se movieron al mismo tiempo para cortarle el paso. Batú ladró, gruñendo enfadado. Nunca se había llevado bien con los «amigos» de mi tío.

—¿Qué hacéis? —les contestó Alex. Se puso a la defensiva de inmediato.

—Alex…

—Así que tú eres Alexander —dijo mi tío acercándose a él despacio y hablando en un inglés bastante rudimentario.

Bajé los escalones para acercarme a ellos, pero sin adelantar a mi tío.

—¿Y tú quién coño eres? —le contestó Alex fulminándolo con la mirada.

—Soy el tío de Nicole.

A Alex aquella respuesta lo pilló desprevenido. Sus ojos volaron de mi tío a mí.

—¿Eso es cierto, Nikki?

Asentí en silencio, sin saber muy bien qué hacer ni decir. No sabía qué pretendía mi tío yendo allí con sus dos amigotes, pero solo podía rezar para que no hubiese venido para lo que yo imaginaba.

—Claro que es cierto —le dijo mi tío, adelantando a sus amigos y colocándose más cerca de Alex. Este se mantuvo quieto, impertérrito—. ¿Por qué iba a mentirte?

—Tío… —empecé a decir, pero levantó la mano y me mandó callar.

—No te quiero cerca de mi sobrina —dijo sin tapujos.

Alex pareció sorprenderse un instante, pero se recuperó casi al mismo tiempo.

—¿Desde cuándo una mujer adulta necesita la aprobación de su tío para salir con alguien?

—Desde que en esta isla se hace lo que yo digo —le contestó.

Alex siguió sin quitarles los ojos de encima.

—¿Y qué va a hacer? ¿Obligarla a que no me vea? ¿Darme una paliza? —le preguntó este mirando a los dos hombres que había un poco más atrás.

Mi tío dio un paso hacia delante.

—No te equivoques —dijo muy serio, tampoco le quitaba los ojos de encima a Alex—. Mi papel aquí es asegurarme de que ningún residente corre peligro alguno. Mi cometido en esta isla es mantener el orden y velar por la seguridad de quienes deciden elegir este lugar como destino vacacional.

—Pues me alegro de no representar ningún problema, entonces —contestó Alex sosegado.

—Los turistas siempre sois un problema.

Me adelanté para colocarme entre ambos y detener lo que fuera que pudiese suceder.

—Alex no causará problemas, tío, ya te lo he dicho.

Ni siquiera se dignó a mirarme cuando siguió hablando.

—Espero que mi sobrina no se equivoque contigo, Alexander Lenox. No me gustaría tener que tomar medidas y pedirte cordialmente que dejes este lugar.

—¡Basta ya, tío! —le interpelé enfadada—. ¡Alex no ha hecho nada!

—Por ahora —contestó frío.

—¡No puedes venir aquí a amenazarlo!

—Tu amigo debe entender las reglas que rigen este lugar —me dijo como toda explicación. Volvió a dirigirse a Alex—:

Como te he dicho antes, no te quiero cerca de ella, pero, como bien has dicho tú, es adulta y puede hacer lo que quiera. Lo único que he venido a explicarte es que no me des razones para tener que echarte. Estaré esperando a que la cagues para hacerlo sin dudarlo, ¿lo has entendido?

Alex estaba consternado.

—Aprecio mucho a su sobrina, señor. Nunca le haría daño si es eso lo que le preocupa.

—Si la apreciaras de verdad, te mantendrías alejado de ella.

Ambos se quedaron mirando fijamente unos segundos de más, como si estuviesen diciéndose muchas cosas. Me enfadó tanto que exploté.

—¡Esto no es lo mismo que pasó con mamá, tío! ¡Yo no voy a irme a ninguna parte!

—¡Claro que no!

Nunca lo había visto tan furioso ni enfadado conmigo, pero incluso así no pudo ocultar el pánico que asomó a sus ojos cuando hablé de irme de la isla.

—¡Pues entonces no te inmiscuyas en algo que no te concierne!

—Todo lo que tenga que ver contigo me concierne —replicó y volvió a girarse hacia a Alex—. Quedas advertido, muchacho. Ah, y una cosa más… Cuidado con lo que buscas, puede que no te guste descubrir la respuesta.

Por suerte, se marcharon sin hacer ni decir nada más. Había temido que llegaran a las manos. Cuando se hubieron marchado, Alex se acercó a mí con cautela. Dejó un espacio prudencial entre los dos y me preguntó:

—¿Estás bien?

Asentí en silencio, aunque todavía sentía el malestar en el cuerpo. Nos observamos un instante. Él seguía sin acercarse a mí y yo deseaba que lo hiciera.

—¿Qué tal tus pequeñas vacaciones? —me preguntó un tanto seco.

—Muy divertidas —contesté observándolo con curiosidad.

Estaba tenso y algo en su expresión me decía que lo que acababa de ocurrir no le había hecho ni puñetera gracia... Eso o le sucedía algo conmigo.

—¿Qué ocurre, Alex? —pregunté preocupada y dolida por su distanciamiento repentino.

Miró hacia otro lado un segundo. Cuando me devolvió la mirada, parecía más sereno.

—Nada... Han sido cinco días muy largos, eso es todo.

Se me escapó una pequeña sonrisa.

—¿Me has echado de menos? —pregunté dando un paso tímido en su dirección.

Alex sonrió con los ojos, aunque su semblante siguió igual de serio que hacía unos instantes.

—¿Y tú? ¿Me has echado de menos?

Su mano se coló en mi cintura y me atrajo ligeramente hacia él.

—No sé si debería ser tan sincera… Enseñarte mis cartas tan abiertamente hará que me quede sin ventaja, pero sí, te he echado de menos cada día.

Sus dedos levantaron mi barbilla para buscarme con los ojos.

—No hay ventaja entre nosotros, Nikki. Estamos en el mismo punto de salida.

Entendí exactamente lo que había querido decir. La isla era un punto muerto, una especie de tregua. Era un lugar sin reglas donde podíamos ser quienes de verdad éramos o, al menos, quienes nos gustaría ser. Me abrazó y yo levanté los brazos para rodear su espalda y apoyar mi cara en su pecho. Respiré su aroma y corroboré lo mucho que lo había echado de menos.

—No vuelvas a marcharte, por favor —me pidió al oído—. Nos queda muy poco tiempo juntos y me gustaría aprovechar cada instante.

Me aparté y levanté la cara. Busqué algo que no supe que necesitaba hasta que me lo dio. Posó sus labios sobre los míos y me besó como si le hiciese falta para respirar. Al menos así fue como yo lo sentí.

—No lo haré —dije—. Mi tiempo es tuyo a partir de este instante.

Sonrió por primera vez desde que habíamos vuelto a vernos.

—Te tomo la palabra —dijo.

Me quedé mirando sus ojos. Eran preciosos a la vez que me intrigaban como nunca nada lo había llegado a hacer.

Entonces me acordé de lo último que le había dicho mi tío. Para mí no había tenido ningún sentido, pero quizá para él sí lo tenía.

—¿Qué ha querido decir mi tío con eso de que tengas cuidado con lo que buscas? —pregunté.

—No tengo ni idea. —Alex me miró sin cambiar su expresión.

Dudé de si me estaba diciendo la verdad, pero entonces recordé que el paranoico era mi tío, no Alex.

—Ya no me apetece ir a la playa… —dije; sentía la necesidad de esconderme en algún sitio y no salir.

—Pues no vayamos —respondió sin más.

—Tampoco quiero quedarme aquí —me quejé.

Me sentía como si tuviera diez años y estuviese teniendo un berrinche infantil. Alex sonrió.

—Podemos ir a mi villa —dijo entonces—. Puedo prepararte algo de cenar, abrir una botella de vino y, si te apetece, vemos una película.

El plan sonaba estupendo…, pero ir a su villa implicaba muchas otras cosas más.

—Veo que no te has tomado nada en serio la amenaza de mi tío —dije sonriendo, pero a la vez temía por él.

Alex no sabía nada. No tenía idea de quién era mi tío ni el papel que desempeñaba en aquella isla.

—¿Debería tomármela en serio? —quiso saber.

Debería haberle dicho que sí, pero fui egoísta. Al menos, quería serlo.

—Debería contarte algunas cosas…

—Pues entonces mejor hacerlo con una copa de vino delante. ¿Tienes tu casco? —me preguntó.

Asentí, esta vez sin ponerle los ojos en blanco. Comprendí que si iba en moto con Alex Lenox iba a tener que hacerlo como él quería y el casco era algo que no se debatía. Me detuve unos instantes a saludar a Batú. Había estado esperando pacientemente a que le hiciera caso moviendo la cola sin parar. Me solté el pelo, cogí el casco y me subí en la moto de Alex, que aguardaba con paciencia.

El sol se ponía ya por el horizonte y, cuando llegamos a su villa, apenas quedaban tramos anaranjados coloreando el cielo. Sabía que Maggie estaría en la playa con Eko y Gus, por lo que no me preocupé de encontrármela allí. Lo que sí hice fue fijarme en que los recepcionistas se quedaban mirándome con curiosidad cuando Alex me escoltó hasta su habitación. Solo pude rezar para que aquello no llegara a oídos de mi tío.

Había estado en su habitación solo en una ocasión, la vez que lo había pillado tocándose en la ducha. Sabía lo increíbles que eran aquellas villas, pues las había visto construir desde sus cimientos. Aun así, cada vez que entraba en una me volvían a impresionar las impresionantes vistas, los hermosos muebles elegantes y la enorme cama con dosel y mosquitera blanca.

Era una villa de ensueño, con una pequeña cocina y un salón cómodo. Entendía perfectamente que muchas parejas se decidieran por lugares como aquel para pasar su luna de miel.

—Siempre me maravillo por lo bonito que es esto —dije observándolo todo.

—Me sorprende que sea así —confesó, dejando el casco y las llaves de la moto encima de una mesilla que había junto al sofá—. Al fin y al cabo, tú vives aquí.

—Ya, bueno… Supongo que mi realidad dista mucho de todo este lujo. Esto es para los turistas. Nosotros no disfrutamos de ello…

Alex me escuchó con atención a la vez que se apoyaba sobre el respaldo del sofá y tiraba de mí para colocarme entre sus piernas. Mi nariz quedó casi a la misma altura que la suya.

—Debe de ser bastante frustrante saber que existe todo esto y no poder disfrutarlo, ¿no? —me preguntó.

Me encogí de hombros.

—Algún día ahorraré lo suficiente para recorrerme todo Bali como una turista —dije sonriendo—. Dormiré en cabañas, me meceré en esos columpios increíbles que hay sobre arrozales, me bañaré en las mejores playas y me daré un masaje balinés de dos horas y media.

Sonrió en respuesta y asintió, estaba de acuerdo conmigo.

—Por supuesto que lo harás —dijo—, porque te mereces todo eso y más.

Nos volvimos a besar hasta que Batú nos interrumpió. Ambos nos giramos hacia él, se había tumbado en un rincón de la villa.

—Ahí se ha pasado los cinco días desde que te fuiste.

—Le has gustado. —Sonreí.

—Comprensible —dijo con superioridad, pero sonriéndome con picardía.

Alex volvió a besarme. Sus manos bajaron por mi cintura y me apretaron el culo. De un solo movimiento, me levantó en el aire y me obligó a rodearle las caderas con mis piernas. Ese hombre me ponía caliente en menos de un segundo. Una sola mirada suya me bastaba para echarme a temblar.

Siguió besándome. Con los ojos cerrados, dejé que mi cuerpo se concentrara en sentir y mi mente dejase de pensar. Solo quería disfrutar de los días que me quedaban con él. Algo en mi interior me decía que no era común sentir lo que yo sentía con Alex. Aquella atracción no era lo normal. Imaginaba que la mayoría de las personas jamás llegaban a sentir esa conexión y afinidad por nadie.

Su mano se separó de mi culo hasta subir por mi cintura y apretarme el pecho con fuerza.

—Me vuelve loco que nunca lleves sujetador —dijo en mi oído. Luego se llevó mi lóbulo a la boca y lo mordió despacito.

—¿Por qué iba a ponerme sujetador? Son incómodos.

—Una lógica aplastante.

Me reí.

—¿No ibas a hacerme de comer? —pregunté.

—Tienes razón —dijo. Me llevó en volandas hasta la encimera de la cocina y me hizo sentarme allí—. ¿Qué te apetece cenar?

—¿Qué sabes cocinar? —Lo miré con suspicacia.

—Me indigna ese tono condescendiente, señorita.

—¿Puedo cocinar yo?

Me miró y se rio.

—Creo que acabamos de romper moldes, ¿qué pareja se pelea por querer hacerle la cena al otro?

Que se refiriera a los dos como «pareja» casi consigue que me dé un vuelco el corazón. Sin embargo, la voz de mi consciencia me dijo: «No te hagas ilusiones, Nikki». Debía hacerle caso. No éramos pareja y no podía olvidarlo.

Creo que Alex se dio cuenta de mi reacción y a qué se debía, pero decidió hacer como si nada.

—Puedo prepararte unos espaguetis —dijo alejándose y abriendo la nevera.

Puse los ojos en blanco.

—Deja que te haga un *nasi goreng* casero, el mejor que hayas probado en tu vida.

Alex cerró la nevera, levantó las manos como si se rindiera y aceptó mi propuesta. Bajé de la encimera y me acerqué a la nevera.

—Vaya, tienes de todo —dije al abrir la puerta y ver la cantidad de comida que había allí.

—Me gusta tener la nevera llena.

—Entonces, sí es cierto que te gusta cocinar…

—Algún día te haré esos espaguetis y tendrás que retirar esa mirada que me has lanzado hace un minuto.

Me reí.

—Te tomo la palabra.

Estuve un rato cocinando. Alex me ayudó y observó lo que hacía en todo momento. Abrió una botella de vino blanco y me fue haciendo preguntas sobre la receta a medida que iba avanzando. Le expliqué la importancia de utilizar chalotas en vez de cebolla común. Alucinó cuando me vio cortar cinco dientes de ajo en trocitos pequeños. Tampoco sabía muy bien qué era el *tempeh* y se lo expliqué tras prometerle que le encantaría. Me divertía explicarle cosas típicas de mi cultura y me encantaba ver que me prestaba toda su atención.

Cuando terminé de cocinarlo, llevamos los platos a la mesita baja del salón. Alex encendió dos velitas y nos sentamos en el suelo, el uno frente al otro. Bueno, yo me senté y estuve un rato riéndome de él por su poca flexibilidad.

—De verdad, te vendría muy bien venir a yoga conmigo.

—Algún día —dijo de pasada, cuando por fin consiguió una postura cómoda.

Yo estaba sentada con las piernas cruzadas, y la espalda recta. En cambio, él había tenido que utilizar el sofá como respaldo para la espalda.

—Deja de reírte de mí —me ordenó muy serio, pero no pude evitar explotar y soltar una carcajada.

—Lo siento, ya paro —dije intentando controlarme.

—Huele bien y tiene una pinta estupenda —cambió de tema, antes de coger el tenedor y probar mi arroz.

No me había dejado ponerle apenas picante, por eso lo había cocinado todo en diferentes sartenes. A mí sí me puse dos chilis enteros cortados a trozos. Empezamos a comer y sonreí cuando vi que de verdad le gustaba.

—Está increíble —confirmó, bebiendo vino y observándome comerme lo mío—. No puedo creerme que le hayas puesto dos chiles enteros y seas capaz de comértelo sin que se te suban los colores.

—¡No es para tanto! Pruébalo.

—No, gracias.

Negué con la cabeza. Turistas… No sabían apreciar el buen sabor de la comida picante.

A medida que avanzaba la velada, fuimos agotando los temas fáciles: qué tal había sido la escapada con mis amigos, lo que había estado haciendo él en mi ausencia… Hasta que ya no se pudo ignorar lo que había ocurrido con su tío.

—Tienes que explicarme qué ha pasado hace unas horas con tu tío, Nicole.

Cogí la copa y terminé de bebérmela.

—Mi tío Kadek es simplemente… muy protector.

Alex me sujetó la barbilla con los dedos y me acarició la mejilla con el pulgar. Qué guapísimo estaba.

—Eso lo entiendo perfectamente. Si fueses mía, también sería igual de prevenido o más. Pero creo que hay algo que no me cuentas.

Clavé la mirada en la suya. «Si fueses mía», había dicho… Esa frase me acababa de dejar atontada. No la había pronunciado con posesividad. No quería decir que fuera suya como un objeto, sino todo lo contrario. Sus palabras habían estado llenas de anhelo. Era reflejo del deseo que tenía de poder afirmar que era alguien para él. Lo entendía así porque yo también quería que él fuera alguien para mí. Tal vez deseaba que fuera algo superior a una simple definición de noviazgo. En ese instante, la idea de ser suya y que él fuera mío empezó a cobrar fuerza en mi cabeza y en mi corazón. Desde ahí, iría creciendo hasta ocupar toda mi mente. No era consciente todavía de lo mucho que me estaba enamorando de él.

—Mi tío teme que me enamore de un extranjero y deje la isla. Teme perderme como perdió a mi madre.

Alex me escuchó con atención.

—¿Quién es tu tío, Nikki? ¿Tiene alguna autoridad en la isla? Su forma de dirigirse a mí esta noche ha dejado muy claro que no es solo un tío enfadado porque su sobrina salga con la persona inadecuada.

No quería tocar ese tema… Tampoco era una cosa de la que soliera hablar con cualquiera, pues era algo que sabíamos los que vivíamos aquí. Pero ¿cómo le explicaba que la amenaza de mi tío no había sido simplemente eso?

—Mi tío forma parte de una especie de «policía» local. No sé cómo explicártelo para que lo entiendas. En islas tan pequeñas como esta, suele haber un grupo de personas con cierto poder, digamos que están al mando. Aquí lo llamamos *banjar*.

Me miró con atención, pero frunció el ceño enseguida. Seguí explicando cuál era su función.

—Se encargan de mantener el orden. Se aseguran de

que los turistas no la líen y hacen cumplir la ley, al fin y al cabo.

Había mucho más que eso. Mi tío no era mala persona, sino que las cosas aquí se hacían de una forma distinta. Siempre había sido así, pero no era fácil explicárselo a alguien que no estuviese acostumbrado.

—¿Es legal lo que hacen? —preguntó.

No me sorprendió que Alex diera en el clavo tan rápido. Me parecía un hombre listo, aunque yo aún no llegaba a comprender lo inteligente que era.

—El gobierno central no se mete. El sistema funciona y, mientras lo haga, no van a intervenir.

Alex parecía tener muchas cosas que decir, pero no lo hizo y en el fondo lo agradecí.

—¿Y de verdad tu tío tiene potestad para echarme de la isla?

Respiré hondo.

—La tiene…, pero hablaré con él. No puede aprovecharse de su situación para expulsarte de aquí.

—No sé, Nikki… Creo que hay mucho más que no me estás contando. —Alex se llevó la copa a los labios.

—De verdad que no… —Negué con la cabeza.

—Si vamos a ir en contra de la puñetera mafia de la isla, necesito saber más de ti y de lo que pasó. No encuentro lógico que tu tío adquiera esta postura tan radical y errática contra mí.

No me gustó que se refiriera al *banjar* como a una mafia,

pero lo dejé correr. Lo demás que dijo captó más mi atención.

—¿A qué te refieres con que no lo encuentras lógico? Solo se preocupa por mí, nada más.

Alex me miró de una forma que no me gustó, como si él supiera más que yo.

—Creo que hay algo más… Tengo la sensación de que solo te han contado una parte de la historia.

Ignoré las alarmas de mi subconsciente, como llevaba haciendo toda mi vida.

—Pues te equivocas —dije en un tono bastante seco.

Alex suspiró, cogió la botella de vino y rellenó las copas.

—¿Puedo preguntarte cuál es tu apellido? —preguntó entonces. Que lo hiciera me pilló desprevenida.

—Ya te he dicho que aquí los apellidos no exis…

—El apellido de tu padre, Nicole —me interrumpió—. Era inglés, ¿verdad?

Claro que mi padre había sido inglés. Y claro que tenía apellido, solo que yo nunca lo había utilizado…

—Brown —dije con el corazón encogido—. Mi padre se llamaba Jacob Brown.

Alex asintió pensativo y no entendí por qué.

—Nicole Brown —dijo con una pequeña sonrisa—. Suena a recién salida de la Universidad de Oxford.

Su pequeña broma pareció quitarle importancia a la seriedad con la que yo había contestado.

—No me gusta hablar de mis padres, Alex…

—Lo entiendo, solo quiero conocerte mejor.

Eso me ablandó el corazón. Yo sentía lo mismo, quería saberlo todo de él y conocer hasta el más ínfimo detalle, por insignificante que fuera. Me interesaba descubrir si era la clase de hombre que dormía en pijama o en calzoncillos, por ejemplo. Quería saberlo absolutamente todo.

Justo mientras lo pensaba, pareció leerme la mente y me dijo exactamente eso, que quería saberlo todo. Me atrajo hacia él y volvió a besarme. Fue un beso dulce, diferente a los demás que habíamos compartido.

Terminamos de cenar y juntos recogimos los platos y los llevamos a la cocina. No volvió a preguntarme nada más y lo agradecí. Sin embargo, en el fondo yo quería hacer lo mismo que él y preguntarle mil cosas: sobre su familia, sobre su vida en Inglaterra, sobre cualquier detalle sin importancia que lo incluyera. Pero me contuve e intenté convencerme a mí misma de que cuanto menos supiera, mejor iba a ser para mí y para mi corazón.

—Ha sido una cena estupenda, Nikki.

Me abordó en la cocina y me colocó un mechón de pelo detrás de la oreja. Sus dedos se quedaron allí y me rozaron el lóbulo con una caricia suave y lenta. Toda la piel se me puso de gallina.

—¿Has visto cómo reacciona tu piel a mis caricias? —preguntó y ambos bajamos la mirada para ver mi piel erizada.

—Me da vergüenza —admití.

—A mí me vuelve loco —dijo.

Entonces se acabaron las palabras. Empezamos a besarnos y solo hicieron falta nuestras manos y nuestras bocas para comunicarnos. No me di cuenta de lo que necesitaba ese tipo de contacto hasta que lo tuve. No fui consciente de todo lo que me había estado perdiendo hasta que me hizo suya. Tampoco sabía entonces lo mucho que aquella noche iba a cambiar nuestras vidas.

Mi corazón lo había elegido a él por mucho que no quisiera admitirlo, por mucho que quisiese ser como mi amiga, por muchas etiquetas que lo adornaran… Para mí, Alex Lenox era mi hombre y mi alma lo sabía incluso antes de que yo uniera todas las piezas del puzle en mi cabeza.

La pregunta entonces era… ¿me elegiría Alex a mí?

22

ALEX

Jamás había sentido algo tan fuerte por nadie. Aquella sensación de querer complacerla, acariciarla, besarla y cuidarla me había sobrecogido por su repentina aparición. Tal vez se había ido forjando en mi interior poco a poco y se había hecho evidente justo en ese instante. Me conmovía que me hubiese elegido a mí sobre todos los demás. Me llenaba de una sensación indescriptiblemente increíble.

Fijé mis ojos en ella y admiré cada detalle: sus bonitos ojos verdosos, sus labios gruesos, sus dientes rectos, su nariz respingona. Esta última era tan pequeña que me sacaba una sonrisa.

¿Por qué no tenía a treinta hombres a sus pies? ¿Por qué no estaba ya más que comprometida? No lo entendía, pero yo era el afortunado.

Esa noche era para mí, aunque sabía que los días se iban acabando y se acercaba la fecha de caducidad. Supongo que, precisamente por eso, mi subconsciente me alentó a disfrutar de cada segundo que compartimos aquella noche. Era un regalo que desaparecería cuando menos me lo esperase.

Llegamos a la cama entre besos que no nos dejaban ni respirar. Me detuve un segundo para cogerle la cara entre mis manos y mirarla con deseo. Quería que viera lo que despertaba en mí. También me recordé a mí mismo que debía ir con cuidado y controlar esa parte mía que a veces podía ser peligrosa. No porque fuera a hacer nada malo, pero no sería la primera vez que mi manera de follar abrumaba a quien decidía elegirme como amante.

Era dominante en la cama, no me iban los rollos de BDSM ni nada por el estilo, pero me gustaba llevar la voz cantante, y que se hiciera lo que yo dispusiera, aunque siempre asegurándome de hacer disfrutar a mi pareja.

Nikki me devolvió una mirada cargada de lujuria mezclada con inocencia. Fue un cóctel explosivo y atrayente a partes iguales.

—Quiero hacerlo despacio —me pidió entonces.

No sé si vio algo en mis ojos o en mi forma de besarla y acariciarla. Hacérselo así era lo último que deseaba, pero frené todos mis instintos y asentí con la cabeza.

Poco a poco, fui bajándole los pantalones hasta quitarle una pernera y después la otra. Ante mis ojos quedó su entrepierna cubierta por un tanga rosa que me hizo sonreír. Sus manos se sujetaban a mis hombros para no caerse. Cuando levanté la cabeza para buscar sus ojos, vi que ella también me sonreía.

—Siento no tener lencería fina de esa que seguro que te gusta tanto —dijo encogiéndose de hombros.

—¿De dónde sacas que me gusta la lencería fina? —pregunté sin moverme de aquella posición, arrodillado ante ella.

—Suposiciones que estoy segura que son correctas —dijo. En efecto, no se equivocaba.

—Me encantaría verte con ropa interior de seda, no lo voy a negar, pero ¿sabes qué? Ahora mismo podrías estar cubierta de harapos y nada me pondría más que el simple hecho de tenerte medio desnuda delante de mí.

Le gustó mi respuesta. Me instó a erguirme ante ella para rodearme el cuello con sus brazos y besarme con entusiasmo.

—Quiero gustarte tal y como soy —me dijo entonces, separándose un poco de mis labios.

—Eso ya lo has conseguido. No te cambiaría ni un solo pelo de la cabeza, Nikki —dije, y era completamente cierto.

Me gustaba todo de ella, desde su constante alegría y su sonrisa permanente, hasta su empecinamiento por ir descalza por la calle.

Su mano subió por mi cabeza, me acarició el pelo y lo despeinó hacia atrás.

—Tengo muchas ganas de pasar esta noche contigo, Alex Lenox —me dijo con una dulzura infinita, pero al mismo tiempo consiguió que sus palabras sonaran de lo más sugerentes y excitantes.

—¿Me estás alentando a seguir?

Sin separar sus ojos de mi cara, sus manos bajaron hasta quitarme la camiseta por la cabeza.

—Si no lo haces, voy a tener que empezar sola.

Esa frase fue suficiente. La levanté y la apoyé en la cama. Me coloqué de lado, con la cabeza apoyada en la mano y la otra libre para poder jugar y acariciarla a mi antojo.

Empecé metiendo mi mano bajo su top. Como no llevaba sujetador, mis dedos no tardaron en acomodarse sobre su pecho. Lo apreté con delicadeza observando en todo momento el efecto que mi contacto tenía en toda ella: su cara, sus ojos, su forma de morderse el labio… Levanté la tela hasta dejar los dos pechos al descubierto, sin parar de acariciarlos. Bajé la cabeza hasta llevar mi boca al encuentro de su rosado pezón. Se puso duro de inmediato y lo acaricié con la lengua una y otra vez. Al final me dejé llevar un poco y lo mordí con cuidado. El suspiro entrecortado que soltó su dueña me bastó como respuesta.

Deslicé mi otra mano hasta el encuentro de sus piernas y empecé a acariciarla por encima de la tela rosada. Mi boca subió por su cuello y por su oreja, mientras mis dedos jugaban con su parte más sensible. No me detuve hasta sentir que la tela se humedecía.

Pronunció mi nombre como una súplica, en un tono de voz muy bajo. Apenas fue un susurro que cortó el silencio de la habitación, que llevaba ya unos minutos llenándose de sonidos de besos y respiraciones agitadas.

—Eso es, nena… —dije. Metía la mano por debajo de la

tela y me encontré con lo que todo hombre espera tras tocar a una mujer—. ¿Notas cómo tu cuerpo responde? Eso es que estás lista. Estás preparada para mí.

No me dijo nada. Solo cerró los ojos cuando dejé que mis dedos se deslizaran casi sin esfuerzo en su interior. Estaba más apretada que cualquier mujer con la que hubiera tenido el gusto de compartir cama.

Empecé despacio y vi que le gustaba. Sus caderas empezaron a moverse y supe lo que necesitaba. Aumenté el ritmo y le bajé las bragas con la otra mano para tener mejor acceso.

La tenía completamente desnuda debajo de mí. Su cuerpo era suave, tenía curvas donde debía haberlas y un vientre plano, fuerte debido al ejercicio, al igual que sus piernas largas y torneadas. Se me hizo la boca agua. Me coloqué entre sus piernas y me abrí paso con los hombros.

—¿Qué… qué vas a hacer? —me preguntó.

Se incorporó un poco. Con la palma de mi mano abierta, empujé su cuerpo de nuevo a la posición en la que estaba: tumbado sobre la cama.

—Algo que llevo queriendo hacer desde que te vi desnuda desde ese balcón… Voy a probarte.

Hizo el amago de cerrar las piernas, pero, en cuanto bajé la boca y posé los labios sobre ella, cualquier atisbo de vergüenza pareció desaparecer.

Me gustaba follar, como a cualquier hombre, y disfrutaba con la penetración, como todos. Pero los preliminares eran mi parte favorita del sexo. No había nada que me calentara más que sentir la humedad de una mujer en mi boca. Y la de Nikki me hacía salivar.

Estuve un buen rato. No me detuve hasta que, con la ayuda de mis dedos y mi boca, conseguí lo que buscaba. Nikki tembló debajo de mí. Contuvo un grito por la vergüenza, pero aun así me regaló un orgasmo increíble.

—Por todos los dioses… —dijo cubriéndose los ojos con el brazo.

—No, Nicole, por todos los dioses no.

Se quitó el brazo de la cara y se fijó en mí. Me había incorporado y me estaba quitando los pantalones delante de ella. Me bajé los calzoncillos después y me quedé completamente desnudo ante ella. Sus ojos bajaron por todo mi cuerpo hasta llegar ahí… y ya no se movieron del lugar.

—¿Te gusta lo que ves? —pregunté.

—Creo que ahora comprendo por qué tienes tanta seguridad en ti mismo.

Solté una carcajada.

—No me resumas en algo tan superficial, Nicole —contesté.

Cogí un condón de mi cartera y me lo coloqué sin demora. Necesitaba estar dentro de ella.

—¿Ahora es cuando me haces el amor? —me preguntó con las mejillas sonrosadas y la cara extasiada.

—No, cariño, lo de antes era hacerte el amor —dije sin quitarle los ojos de encima, con una sonrisa en la cara—. Ahora voy a follarte.

23

NIKKI

Sus palabras consiguieron que mi estómago se contrajese. Dios mío, aquel hombre parecía sacado de un anuncio de Calvin Klein. No podía dejar de mirarlo. Todo él era algo digno de admiración, desde sus abdominales increíblemente definidos, sus brazos torneados, su pelo despeinado y el miembro que se erguía entre sus piernas.

Estaba tan excitada que los nervios habían desaparecido casi por completo. Me había regalado el mejor orgasmo de mi vida. Me daba vergüenza pensar en la forma en que se había enterrado entre mis piernas y lo que había hecho con su boca, pero quería tenerlo todos los días de mi vida. Era como si hasta el último pelo de su cabeza estuviese diseñado para volverme loca de excitación.

Cogió algo de su cartera, al principio no entendí qué hacía hasta que vi que se colocaba algo sobre su miembro. Claro, había que tener cuidado. Lo último que quería era quedarme embarazada o pillar una enfermedad de transmisión sexual.

Por un instante, todas las creencias que habían intentado inculcarme desde pequeña aparecieron para torturarme, pero las ahuyenté deprisa. Nada que fuese tan increíblemente placentero podía ser algo malo, ¿verdad?

No aparté los ojos de él hasta que no se colocó encima de mí. Mis ojos lo buscaron y agradecí que me devolviera la mirada. Necesitaba volver a sentirme conectada con él. Jamás había creído posible sentir esos niveles de conexión con alguien y menos con un hombre.

Después de que me dijera que ya me había hecho el amor y había llegado el momento de follar, ninguno de los dos añadió nada. Dejé que me guiara con sus manos enormes, que me tocaban como si fuese de porcelana. A ratos sentía como si quisiera comprobar si era capaz de romperme, pero se contenía en el último instante.

Se abrió paso entre mis piernas y sentí su erección rozar mi entrada con cuidado. Me excitó demasiado ver que se dominaba por mí. Veía en sus ojos que le costaba ir despacio, pero también que me deseaba con muchísima intensidad.

Cuando me penetró, sentí un dolor agudo que me cortó la respiración. Sus dedos me levantaron la barbilla hasta que su boca encontró la mía. No volvió a moverse hasta que no notó que volví a relajarme bajo su cuerpo. Cerré los ojos intentando acostumbrarme.

—Mírame —me exigió con voz grave, contenida, excitada.

Acaté su orden. Lo hubiese hecho en cualquier momento, en cualquier instante, en cualquier circunstancia solo por cómo me lo pidió.

—Ni imaginas la de cosas que quiero hacerte —dijo, moviéndose otra vez—. Las ganas que tengo de hacerte gritar y de escucharte gemir bajo mi boca…

A medida que hablaba, mi cuerpo se fue relajando y empezó a acoplarse a sus movimientos. Dejé de sentir solo dolor y poco a poco empecé a sentir también el placer. Era una sensación extraña. Una parte de mí deseaba que parara, pero otra solo quería que siguiera y no se detuviera jamás.

Me cogió las piernas y me las levantó para obligarme a rodearle las caderas con ellas. En esa postura, él quedaba un poco más erguido. Sus pectorales estaban al alcance de mis manos y su cuerpo, a la vista de mis ojos.

—Ven aquí —dijo.

Con un movimiento rápido, hizo que de repente estuviera sentada sobre sus piernas, mirándonos cara a cara, perpendiculares a la cama. Lo sentí aún más adentro y cerré los ojos de nuevo. Mientras me acostumbraba, empezaba a disfrutar de aquella invasión dentro de mí.

—Bésame, Nicole —me pidió.

Cerré los ojos y nos fundimos en un beso ardiente cargado de deseo. Nos dejó a ambos sin respiración. Su boca se inclinó para besar mi pecho y se ayudó con la mano para volver a introducir mi pezón en su boca. No pude evitar gemir.

—¿Te gusta? Claro que te gusta —preguntó y se respondió a sí mismo al ver cómo reaccionaba mi piel ante su contacto—. Te encanta, pero esto no es nada comparado con lo que podemos llegar a hacer juntos.

No podía más… Eran demasiados estímulos, ambos estábamos sudando, respirando aceleradamente. Notaba la tensión en los músculos de la espalda de Alex. Se estaba conteniendo, estaba aguantando sus ganas de acabar. Me incliné sobre su nuca y acerqué mi boca a su oído.

—Córrete para mí, Alex —dije. Me olvidé de mi vergüenza y de todo lo que no fuera él.

Su mano subió por mi nuca y se enroscó en mi pelo. Cuando tiró de mi cabeza hacia atrás y sus ojos chocaron con los míos, sentí que todo su cuerpo se dejaba llevar.

Si antes había creído que no había nada más sexy que Alexander Lenox desnudo, ya podía afirmar con certeza que no había nada más sexy que él llegando al orgasmo.

Caímos hacia atrás y nos quedamos así hasta que nuestras respiraciones recuperaron su ritmo normal. Alex salió de mi interior con cuidado, me pidió que no me moviera de la cama y desapareció por las puertas del cuarto de baño. Aproveché ese instante para cubrirme con la manta de su cama. Cuando volvió, seguía completamente desnudo y frunció el ceño al mirarme.

—¿Por qué demonios te cubres con eso? —dijo.

Hizo el amago de tirar de la manta, pero la cogí con determinación para impedírselo.

—Tengo frío —mentí.

De repente, sentí vergüenza. Alex vino hacia mí y se colocó a mi lado en la cama. Desconocía qué venía después de aquello, pero me tranquilizó ver que su intención no era decirme que me fuera ni volver a vestirse. Yo nunca había tenido relaciones con nadie antes, pero, según Maggie, el momento de después de hacerlo era el peor. Uno no sabía muy bien qué hacer o qué quería el otro. Para Margot, la diversión acababa en el instante en el que ella llegaba al orgasmo. Después de eso, solo deseaba vestirse y adiós muy buenas.

Yo no quería eso. No sentía para nada esa necesidad de esfumarme. Yo quería acurrucarme con Alex y que me abrazara, pero temí que no lo hiciera.

—Ven —me pidió, apoyando el brazo extendido sobre la almohada.

Me aovillé sobre su pecho y él me abrazó. Luego nos cubrió a ambos con la manta.

—Ha sido increíble, Alex —dije.

Tenía los ojos cerrados, me sentía relajada y extasiada. De alguna manera, percibía una conexión aún más fuerte que la que ya había sentido antes de acostarnos.

—Tú eres increíble —dijo, acariciándome el pelo con sus largos dedos.

Me dije a mí misma que solo cerraría los ojos un instante para recuperar fuerzas. No era mi intención quedarme a dormir. No sabía si él quería que pasara allí la noche, ni siquiera sabía si yo misma lo deseaba. Dormir con alguien era algo íntimo, tal vez incluso más íntimo que las relaciones sexuales, pero eran muchas cosas: sus dedos en mi pelo, el cansancio de mi cuerpo, todas las emociones que había sentido en tan poco tiempo… Se me cerraron los ojos y me dormí escuchando los latidos de corazón. ¿Cómo iba a saber yo que aquella melodía se convertiría en mi nana preferida?

Cuando abrí los ojos a la mañana siguiente, no sabía muy bien dónde estaba. Por un segundó esperé que fuera mi habitación o la que había compartido con mis amigos unas noches antes. Pero, cuando caí en la cuenta de dónde estaba, mi corazón ya se había acelerado y había alcanzado velocidades imposibles para un órgano vital.

Me llevé inconscientemente la mano al pecho. Cuando giré la cabeza, lo vi. Ahí estaba, dormido bocarriba. Tenía un brazo apoyado en la almohada, por encima de la cabeza, y el otro rodeaba mi cintura, apretándome contra él.

Lo primero que hice de forma instintiva fue aspirar su aroma varonil. Dios, qué bien olía. Me había acostado y había dormido con Alex Lenox… ¡Mi primera vez y había sido con él!

Miré mi reloj de pulsera con cuidado de no despertarlo y me di cuenta de que mi clase de yoga empezaba en veinte minutos. Tenía que marcharme. No podía llegar tarde después de haberme pedido vacaciones de un día para otro.

Me zafé del agarre de Alex con cuidado y salí de la cama.

Me metí en el baño, me lavé la cara y me enjuagué la boca con agua fría. Luego, maldiciendo en voz baja, comprendí que no tenía la ropa de deporte que necesitaba.

Mis ojos volaron por el baño desesperados. No había nada que me sirviera.

Salí al dormitorio e hice lo mismo. En una esquina había una silla con ropa encima. Fui hacia allí y revolví entre las prendas. Vi unos pantalones cortos de deporte color azul marino. Iban a quedarme enormes, sobre todo de ancho y largo, pero no tenía otra opción. Me los puse en un pispás y me pasé el top que había llevado la noche anterior por la cabeza. Este sí podía pasar por uno deportivo, aunque en realidad no, pero me dije que sí para convencerme.

Con eso debía bastarme. Cogí el resto de mis cosas y con sigilo salí de la habitación y de la villa. Por suerte, aquella mañana las clases las impartía en el gimnasio de un hotel que estaba a diez minutos andando de donde me encontraba. Pude ir sin necesidad de la moto, que se había quedado en mi casa, a más de media hora andando de allí.

Qué estúpida fui no anticipándome a lo que podía pasar. Había sido bastante predecible que la noche de ayer podía acabar como lo hizo… Con los dos desnudos, uno encima del otro…

«Mierda, concéntrate, Nicole», me reprendí a mí misma.

Llegué a mi clase un minuto tarde, pero las chicas charlaban amigablemente y aprovechaban para estirar sobre las esterillas colocadas en el suelo.

—Buenos días, siento mucho el retraso —dije adentrándome hasta mi lugar.

Me quité los zapatos y cogí una esterilla del rincón. Normalmente, me gustaba llevar la mía, pero aquella mañana iba a tener que ser todo un «sálvese quien pueda».

—Empezaremos con unos minutos de meditación. Sentaos sobre las esterillas, respirad hondo y relajaos. Sentid que vuestro cuerpo y vuestra mente se unen formando un todo.

Las chicas hicieron lo que les pedí. Puse la música de relajación con el mando a distancia e hice lo mismo que mis alumnas. Yo necesitaba más que nadie una sesión de meditación, sobre todo porque mi cuerpo seguía igual de acelerado que el día anterior. Mi mente tampoco paraba quieta, recordando lo ocurrido la pasada noche.

Dediqué más minutos de lo normal a aquella parte de la clase y luego continué, más calmada, e hicimos unos cuantos saludos al sol. Con todas las asistentes en la postura del perro bocabajo, me las ingenié como pude para seguir la lección y realizar movimientos con aquellas mallas. Se me caían hacia delante y casi me dejaban el culo al aire cada vez que hacía una postura bocabajo. Había sido una pésima idea robarle aquellos pantalones a Alex, pero ya era tarde para arrepentirme.

Llevaba más de la mitad de la clase cuando casi desisto de hacer yo misma las posturas. Iba a pasar a ponerme de pie para corregir a las alumnas una a una cuando lo vi. Allí estaba, de pie junto a la puerta, mirándome. Una sonrisa increíblemente sensual se dibujaba en su rostro. En cambio, yo debía de tener unas pintas ridículas y él estaba hecho un pincel. Hasta le había dado tiempo a ducharse.

—Ahora quiero que os coloquéis en la postura del niño y respiréis hondo varias veces, dejad descansar los músculos... —Intenté seguir con la clase, pero sentía que las mejillas se me coloreaban y el corazón volvía a acelerarse de forma exagerada.

Maldije por dentro, me había costado más de veinte minutos conseguir serenarme e iba a tener que volver a empezar. Ni de coña podría relajarme teniendo a ese hombre mirándome de aquella manera...

Me acerqué a él sin hacer ruido. Quería preguntarle qué demonios hacía allí, pero no me dio tiempo. Me cogió por la nuca y me plantó un beso de tornillo, de esos que te dejan sin pensamientos ni nada en el cerebro. Cuando se apartó, tardé unos segundos de más en volver a la realidad.

—Bonito conjunto —dijo mirando mis pantalones, bueno, sus pantalones en realidad.

Yo también lo hice.

—Los cogí prestados sin permiso. Lo siento, no era mi intención... —volvió a callarme con un beso rápido.

—A ti te quedan mejor, tranquila —dijo en voz baja, para no molestar a las alumnas—. ¿Cómo has venido? ¿Andando?

Asentí en silencio.

—¿Por qué no me has despertado? Te habría traído.

—No quería molestarte… Parecías muy a gusto.

Su sonrisa se tornó dulce.

—La próxima, despiértame…

Asentí devolviéndole la sonrisa.

—¿Puedo esperar a que acabe tu clase? Me gustaría invitarte a un café.

Miré el reloj. La clase acababa en quince minutos y luego tenía un descanso de una hora y media. Sí, le dije que podía tomarme un café sin problema. Nerviosa, me fijé en que le echaba otro vistazo a mi *outfit*, a la clase y luego se marchaba a esperarme fuera. Solté todo el aire que estaba conteniendo.

—Profesora, ¿podemos cambiar de postura? —me preguntó entonces una chica no mucho más joven que yo.

—Claro, claro… Ahora pasaremos a la postura del gato…

Seguí con la clase hasta el final. Cuando acabé, me preparé para tomar un café con el hombre más sexy que había conocido jamás.

24

ALEX

Mientras esperaba a que Nikki acabara su clase de yoga, aproveché para llamar a Carter. No me importaba despertarlo. Lo que había ocurrido la tarde anterior con el tío de Nicole solo había conseguido que tuviera más ganas de averiguar qué demonios había ocurrido con ese accidente de avión. Aunque había sido capaz de disimular delante de Nikki, lo último que me había dicho su tío me había puesto en guardia. Incluso me planteaba la posibilidad de que me hubiesen hackeado el ordenador o la conexión a internet. No había otra explicación para que un desconocido supiese lo que había estado intentando averiguar, ¿no? Además, todo eso solo confirmaba mis sospechas de que detrás de aquello había algo que no terminaba de cuadrar.

—¿Diga? —preguntó Carter medio dormido.

—Soy Lenox.

—¡Son las tres de la mañana!

—Necesito que añadas este nombre a la búsqueda: Jacob Brown. Averigua si estuvo en algún accidente aéreo desde 2002 a 2004.

—Mañana... —empezó diciendo.

—Lo necesito para ya. —Me puse muy serio—. ¿Te recuerdo que me debes tu puesto de trabajo?

Se hizo un silencio.

—Está bien —dijo y oí que se incorporaba de la cama—. Te llamo en cuanto tenga algo, pero no prometo nada...

Corté el teléfono en el instante en el que Nikki salió de la sala donde había estado dando la clase. No pude evitar que una sonrisa asomara a mis labios en cuanto la volví a ver vestida con mi ropa.

—¿Ya has acabado?

—¿Vas a seguir riéndote de mí?

—Solo unos minutos más... —bromeé.

Me acerqué y la besé. No podía evitar hacerlo, era como una adicción muy dulce. Cuando me separé de ella, reparé en que la había invitado a tomar un café, pero no sabía muy bien dónde llevarla cerca de allí.

—¿Conoces un buen sitio para desayunar? —le pregunté mientras nos acercábamos a mi moto y le tendía su casco. La miré complacido cuando se lo puso sin rechistar ni poner los ojos en blanco.

—Yo te indico —dijo.

Aunque ya no la veía, supe que estaba sonriendo solo por cómo se oía su voz bajo el casco. Éramos como unos críos el día de Navidad. No me había sentido así de feliz desde hacía… Yo qué sé, había perdido la cuenta.

Nos subimos a la moto y fuimos hasta a un lugar que no tenía muy buena pinta. En realidad, parecía un antro.

—¿Aquí? —pregunté con el ceño fruncido.

—Confía en mí —dijo.

Por fuera, el local era como una casa de alguien de allí, había incluso gallinas dando vueltas. Casi le dije que era mejor ir a otro sitio. Pensándolo bien, no me fiaba de ella, pero cerré la boca y la seguí. Cruzamos un pasillo destartalado abarrotado de cajas, animales y muebles, y acabamos saliendo a una playa con mesas frente al mar. Las vistas eran increíbles. Parecía que era una especie de restaurante oculto de la vista de los demás.

—¿Estás segura de que aquí se desayuna bien?

Yo había imaginado algo diferente, un poco más elegante, con manteles en la mesa y platos limpios. Ese tipo de cosas típicas de un restaurante. Nikki me miró y me puso los ojos en blanco.

—A veces se me olvida lo pijo que puedes llegar a ser —afirmó.

Yo tampoco iba a negarlo. No me gustaba la palabra «pijo», pero, si la usaba para referirse a alguien que se había criado en una gran casa con todo tipo de comodidades y lujos, había recibido una educación en los mejores colegios de Inglaterra y le gustaban las cosas de categoría, entonces, sí, podíamos decir que era algo pijo.

Pedimos el desayuno y, cuando nos lo trajeron, tuve que admitir que todo tenía una pinta estupenda.

—A veces las apariencias engañan —me dijo llevándose la taza de café a los labios que me moría de ganas de volver a besar.

—¿Tienes mucho trabajo hoy? —pregunté deseando que me dijese que no.

—Mmm, deja que piense… —dijo, depositando la taza de nuevo en la mesa—. Tengo dos clases más de yoga, luego tengo que hacer mi ronda y visitar a los animales que necesitan revisión o medicación. Antes del *sunset*, debo sustituir a una masajista en el spa, se ha puesto enferma y me han llamado a mí para sustituirla. Si hay suerte, no vendrá nadie; si no la hay, me tocará hacer un masaje a algún desconocido.

La escuché con incredulidad, aunque ya me había dicho que tenía por lo menos cuatro o cinco trabajos.

—¿Cuándo descansas, Nicole?

—Pues… ya lo haré cuando esté muerta —dijo sonriendo.

—No tiene gracia.

—Lo cierto es que no, pero la vida es así —añadió encogiéndose de hombros.

No le dije nada porque no podía cambiar su situación. Extendí la mano y cogí la suya.

—¿Qué tal estás después de…? Ya sabes —terminé diciendo.

Quería saber cómo se sentía y qué pensaba, si se arrepentía de algo… Dios no quisiera que se hubiese arrepentido, pero sabía que, cuando dos culturas tan distintas chocaban entre sí, podía ocurrir de todo. Como cosas que no es posible controlar, por ejemplo, que un familiar quisiese echarme a patadas de una isla con tal de mantenerme alejado de su sobrina.

—Estoy bien… Muy bien —dijo sonriendo.

—¿Tan bien como para repetir esta noche? —le pregunté.

Dios, deseaba volver a llevármela a la cama. Había muchísimas cosas que teníamos que hacer antes de que me marchara… y los días pasaban deprisa.

—No sé a qué hora acabaré.

—Da igual, avísame y te recojo.

Nikki pareció contenta con mi respuesta, aunque yo estaba molesto por tener que compartirla con su trabajo. Obviamente, no era culpa suya, pero quería aprovechar más el tiempo que nos quedaba juntos…

Desayunamos deprisa porque ella tenía que volver a sus clases. Cuando la volví a dejar en el hotel, antes de que se fuera, la atraje por la cintura y nos fundimos en un profundo beso.

—Te veo esta noche —dije poniéndome el casco.

—Te veo esta noche —repitió y se metió dentro.

Después de desayunar y, antes de llevarla a su clase, habíamos pasado por su casa para que se cambiara de ropa. Llevaba unos *leggins* rosas que le quedaban de infarto y un top de deporte a juego. No pude evitar mirarle el culo hasta que desapareció por la puerta.

Pasé el resto del día solo. No era algo que me molestase, sino todo lo contrario. Desde que habíamos llegado, había pasado mucho tiempo con Nate y, quitando los ratos con Nikki, sentía la necesidad de estar con mis propios pensamientos. Tenía demasiadas cosas que asimilar y aceptar. Aunque estuviese disfrutando de mi estancia en la isla más de lo que jamás hubiese imaginado, no podía ignorar lo que me esperaba en casa cuando volviera.

Los últimos años habían sido muy difíciles. Había terminado aceptando mis obligaciones como hijo de quien era y, justo cuando creía volver a tenerlo todo bajo control, había llegado aquella llamada.

Por un instante, me pregunté si debía contarle algo de todo aquello a Nikki, pero deseché la idea de inmediato. Mi historia con ella acabaría pronto. Ni siquiera entendí muy bien de dónde había surgido ese pensamiento de sincerarme con alguien con quien solo estaba divirtiéndome.

No os voy a mentir, me asustó pensarlo. Significaba que ella empezaba a abrirse camino hacia un lugar en el que ni siquiera yo era consciente de que pudiera dejar entrar a nadie. ¡Y eso que solo nos habíamos acostado una vez! ¿Qué tenía ella para hacerla tan distinta al resto de las mujeres que había conocido?

La imagen de su sonrisa se materializó en mi mente. Os juro que sentí que ni siquiera yo me reconocía a mí mismo.

Seguí recorriendo la isla con la moto y pensé en él... En lo mucho que hubiese disfrutado de haber podido venir conmigo a este lugar. A veces la vida puede ser muy jodida...

Regresé a la villa pasadas las cinco. Me sentía más triste y solo que nunca. Me duché para quitarme la sal del mar. Cuando me vestí, se me ocurrió una idea muy atrayente, algo que me levantó el ánimo de manera considerable. Fui a la recepción y agradecí encontrarme allí con Maggie. En ese instante hablaba con alguien por teléfono.

—Nos vemos mañana, entonces —estaba diciendo. Su mirada me localizó frente a la recepción. Aguardé a que terminara de hablar—. Yo también te quiero —la escuché despedirse y colgó. Me miró forzando una sonrisa—. ¿Necesitas algo, Alex?

Me acerqué a ella.

—¿Por casualidad sabrías decirme dónde queda el spa donde trabaja hoy Nikki?

La sonrisa de Maggie se hizo aún más pronunciada e intenté no poner los ojos en blanco.

—Podría indicártelo, sí... —me dijo cogiendo un bolígrafo. Empezó a moverlo entre los dedos, pensativa—. Pero antes me gustaría decirte algo.

Esperé en silencio frente a ella. Su sonrisa desapareció.

—Como le hagas daño a mi mejor amiga, te perseguiré y te clavaré este bolígrafo en un lugar que ya he comprobado que duele muchísimo, créeme. —Cuando terminó su amenaza, volvió a sonreír.

Pestañeé varias veces y después solté una carcajada.

—Lo tendré en cuenta, gracias —dije mientras ella seguía con sus ojos azules clavados en los míos.

—¿Te ríes? —preguntó.

—Por no llorar, nada más —respondí, intentando contener una sonrisa—. Es bonito ver que todos en esta isla os preocupáis por Nikki.

—Porque es maravillosa y se merece a alguien que esté a su altura.

—¿Y tú crees que yo no estoy a su altura? —pregunté divertido con la situación.

—Me conformo con que no le hagas daño, solo eso. Los dos sabemos que no serás su chico definitivo, pero al menos has hecho que empiece a disfrutar de los pequeños placeres que tiene la vida.

La sonrisa se me congeló en la cara y terminó por desaparecer. Maggie parecía observar cada uno de mis movimientos. Su última frase se me quedó incrustada en el cerebro durante unos instantes. Era cierto que yo no iba a ser el definitivo.

De repente, sentí que estaba preparándola para el hombre con el que al final decidiría quedarse. Me di cuenta de que todo lo que hiciésemos sería una especie de aprendizaje que luego podría llevar a la práctica con quien de verdad se la mereciera.

La imagen de Nikki con otro acudió a mi cabeza por primera vez desde que habíamos empezado a tener algo. Me invadió un sentimiento que jamás había experimentado con anterioridad. Eran celos, encima hacia alguien que ni siquiera existía todavía, al menos no existía en la vida de Nikki.

—Aquí tienes las instrucciones para llegar —me dijo entonces Maggie interrumpiendo el hilo de mis pensamientos. Me tendió un papel con las indicaciones—. Se llama Spring.

Cogí el papel y me alejé de la recepción con una sensación de cabreo y malestar. Aquellos sentimientos borraron cualquier rastro del poco buen humor que me quedaba.

25

NIKKI

Hacer masajes es algo con lo que cualquier balinés se siente familiarizado, sobre todo porque por cultura lo hemos hecho desde siempre. Es una práctica que viene bien cuando se trabaja en los cultivos recolectando algas, cargando con mercancía o en cualquier tarea doméstica. Son trabajos duros que dejan los músculos destrozados, así que es común que las familias se hagan masajes los unos a los otros. Es como nos ayudamos a superar las duras jornadas laborales.

Mi abuela Kuta hace unos masajes increíbles, por ejemplo. A veces, cuando voy a visitarla, la miro con ojos de cordero degollado a ver si cuela y me regala un ratito con sus manos mágicas. De ella aprendí todo lo que sabía, pero siendo sincera… no era mi trabajo favorito.

Me daba igual si me repudiaban, pero odiaba aquel empleo, sobre todo la parte de impregnarme las manos con aceites y pasarme una hora tocando cuerpos ajenos. Simplemente no me gustaba, pero se me daba bastante bien. Bueno, eso siempre me habían dicho quienes habían tenido la suerte de que se los diera.

No eran muchas las veces que me tocaba trabajar en el spa, pero pagaban muy bien, pues era el mejor de la isla. Se encontraba en una de las zonas más caras, rodeado de los restaurantes y bares más chic. Por supuesto, también tenía unas vistas al mar que quitaban el aliento. Solo me llamaban para hacer alguna sustitución. Tampoco iba morirme por hacer un masaje muy de vez en cuando y el dinero me venía muy pero que muy bien.

Teníamos que llevar un uniforme blanco. Era una especie de quimono e íbamos todas peinadas igual, con un moño de bailarina. Había tardado un rato en hacérmelo, ya que debíamos ir arregladas desde casa. Antes de llegar, también me detuve en la tienda a comprar algo de comida para llenar la nevera, pues desde que volví de nuestra pequeña escapada no había podido hacerlo.

Cuando llegué, saludé a las chicas y pregunté si tenía alguna reserva. Si había suerte, nadie iría en mis horas y cobraría solo por estar allí de brazos cruzados.

—Por ahora no —me dijo una de mis compañeras.

Sonreí por dentro mientras iba a la parte de atrás y me ponía el uniforme, pero, nada más salir, mi buen humor desapareció al fijarme en quién acababa de entrar.

—Buenos tardes, señor, ¿en qué podemos servirle? —le preguntó una de las chicas al maldito de Jeremy, mi ex. Me sonreía desde donde estaba delante del mostrador.

—Me gustaría darme un masaje de una hora… si es posible con Nicole; he probado sus masajes antes y son increíbles.

Me quedé allí plantada sin dar crédito a lo que oía. ¿De qué coño iba? Sabía perfectamente que odiaba hacer masajes. De hecho, solo había accedido una vez a hacerle uno porque se puso tan pesado que no me quedó más remedio.

—Perfecto, señor —contestó por mí mi compañera—. En cinco minutos tendremos la sala lista, aquí tiene los tipos de masajes que ofrecemos. Tome asiento, ¿le apetece un té?

Jeremy asintió con una sonrisa prepotente en la cara. No terminé de entender qué demonios buscaba con todo aquello. Me acerqué hasta donde acababa de sentarse.

—¿Qué pretendes, Jeremy? —le dije en voz baja para que no pudieran oírnos mis compañeras.

—¿No es obvio? Quiero un masaje —dijo sonriéndome desde su asiento.

—Pues pide que te lo dé otra —dije cruzándome de brazos—. ¿Crees que tengo ganas de esto después de lo del otro día?

Jeremy se puso de pie y tuve que dar un paso hacia atrás. Miré hacia mis compañeras y agradecí que ninguna estuviese haciéndonos caso.

—El otro día dije cosas que no debía… —dijo intentando llegar a mí sin conseguirlo.

—En realidad, fuiste sincero por primera vez desde que

nos conocimos —argumenté; mi cuerpo seguía manteniendo aquella postura defensiva.

—Te he visto por ahí con ese inglés —dijo entonces. Utilizó el mismo tono celoso que ponía cuando salíamos juntos—. ¿Qué va a pensar todo el mundo, Nikki? La gente habla…

Sentí que me ruborizaba, pero intenté disimularlo.

—Me importa un bledo lo que diga la gente de mí, que se metan en sus asuntos.

—Conmigo apenas me dejabas pasar de la primera base y ¡¿ahora llega este tío y te abres de piernas a la primera de cambio?!

Miré a ambos lados sin poderme creer lo que acababa de decir. Tenía miedo de que nos hubiesen oído.

—Vete de aquí, Jeremy, o elige a otra para que te dé un masaje. Yo no pienso hacértelo.

—No quiero a otra, te quiero a ti —dijo.

Fui a hablar y entonces lo sentí. No me preguntéis cómo ni por qué, pero sentí su presencia al instante.

—¿Por qué siempre Nikki te está pidiendo que te largues? —dijo la voz de Alex a mis espaldas.

Todo mi cuerpo reaccionó al sonido de su voz. Me giré hacia él. Qué guapo estaba… Parecía que se acababa de duchar, porque me llegó un exquisito aroma a cítricos y a menta. Eso sí, estaba mucho más serio de lo que lo había llegado a ver jamás. No me devolvió la mirada cuando me giré hacia él, sino que sus ojos permanecieron fijos en los de Jeremy.

—Si quieres te indico dónde está la puerta —prosiguió en el mismo tono gélido.

Vi cómo Jeremy se tensaba y temí que nada bueno saliese de ese encuentro.

—¿Ocurre algo? —interrumpió entonces la encargada del spa.

—No… —empecé yo, pero Jeremy se adelantó.

—Creo que no es muy profesional que sus masajistas se traigan sus asuntos personales al trabajo, señora —dijo el muy hijo de…

La encargada, una americana que se llamaba Judith y tenía muy malas pulgas, me miró como si quisiese fulminarme.

—Siento muchísimo que piense eso, señor. Nuestras masajistas se caracterizan por ser muy profesionales. ¿Cuál ha sido el problema exactamente?

—¿Por qué no se lo explicas? —dijo Jeremy girándose hacia Alex.

—El problema lo vas a tener tú cuando te parta la cara por imbécil —contestó Alex, perdiendo por completo la compostura.

—¡Señor! —lo increpó Judith abriendo mucho los ojos.

—Alex, tranquilo —le pedí, cogiéndolo del brazo y hablándole en voz baja.

Ni siquiera se movió.

—¿Cuánto cuesta un masaje? ¿Cien dólares? Le pago la jornada completa de Nicole.

Judith abrió los ojos sin dar crédito a lo que escuchaba, al mismo tiempo que Jeremy soltaba una carcajada.

—Un novio celoso y violento, pero con mucha pasta… —dijo—. Ahora entiendo lo que has visto en él.

En medio segundo, Alex lo tenía cogido por la camiseta. Era más alto que él y mucho más fuerte. De hecho, lo levantó un poco del suelo.

—Desaparece de mi vista —le dijo hablándole de cerca.

Judith empezó a gritar que se calmaran, varias masajistas acudieron sin saber muy bien qué hacer y yo me paré ahí quieta. Me había quedado de piedra. Estaba alucinando con lo que ocurría delante de mis ojos y no me creía las cosas que acababa de decir Jeremy. ¿En qué momento había pasado a odiarme tanto?

—¿O qué? —preguntó Jeremy con una sonrisa que le ocupaba toda la cara.

No fue Alex el primero en levantar el puño, sino el imbécil de mi ex. Se creyó capaz de pillar al otro de improvisto. Obviamente, Alex esquivó el golpe, lo soltó y lo empujó.

—Lárgate —le dijo completamente fuera de sus casillas.

Dios mío, agradecí que no le partiera la cara. Estaba intentando controlarse, lo notaba por la tensión de su cuerpo. Sin embargo, el muy imbécil de Jeremy no se lo estaba poniendo nada fácil. Supe que debía hacer algo. Tendría que intervenir si no quería que aquello terminara peor de lo que ya estaba siendo. Me coloqué delante de Alex.

—Por favor, Alex, tienes que irte —le pedí. Fue ahí cuando conseguí captar su atención.

—¿Irme? —me contestó perplejo.

—Por favor, puedo solucionar esto sola.

—Le voy a pedir que se marche, señor. —Judith repitió mi petición.

Alex no me quitó los ojos de encima. Por primera vez, creí ver un poco a través del muro que siempre tenía levantado en mi presencia. Le había dolido que le pidiera que se marchara. Estaba muy enfadado, pero no podía hacer otra cosa en ese instante. No quería que aquellos dos terminaran a golpes.

Alex no dijo nada más. Sé que le costó dejarme allí con Jeremy, pero al final hizo lo que le pedí. Se dio media vuelta y se marchó. Cuando dejó el local, tuve que enfrentarme a mi jefa. Me llamó a su despacho, mientras que al maldito Jeremy se le atendía como a un rey.

—Me da igual lo que tengas que decirme —empezó Judith—, no me interesa en absoluto, pero ¡que sea la última vez que traes a tus novios a que monten una escenita de celos en este establecimiento!

No dije nada. Me callé, como bien me habían enseñado a hacer cuando se trataba de trabajo. No podía perder ese empleo ni tampoco que se corriera la voz de que era una trabajadora problemática. Aguanté el rapapolvo con la mirada gacha y deseando largarme con Alex.

—Le darás el masaje a ese hombre. Cuando termines, cumplirás con el resto de tu horario sin decir ni una palabra.

Es una vergüenza lo que ha sucedido hoy aquí y espero por el bien de todos que no vuelva a ocurrir.

—Sí, señora —acaté sus órdenes y fui a la sala donde Jeremy me esperaba.

Respiré hondo para tranquilizarme y abrí la puerta. Ahí estaba él, sentado en la camilla sin camiseta y sonriéndome divertido.

—Túmbate bocabajo —casi le gruñí.

«Tranquilízate, Nikki», me tuve que decir a mí misma.

—Claro, cariño —dijo haciéndome caso.

—No me llames así.

—Antes te gustaba —dijo.

Me acerqué al lugar donde se guardaban los aceites. Lo ignoré mientras cogía el que para mi gusto olía peor y me lo unté en las manos. Aunque lo odiaba con todas mis fuerzas, empecé a masajearle la espalda.

—Qué bonito volver a sentir tus manos en mi piel, Nikki… —dijo soltando un suspiro como de placer fingido.

De repente, sentí ganas de vomitar. Tuve que seguir haciendo mi trabajo mientras el muy cabrón soltaba comentarios fuera de lugar. Hice todo lo que pude por ignorarlo, no dije ni una sola palabra y él siguió sin cansarse. Fue la hora más larga de mi vida.

Cuando le dije que ya había acabado, se incorporó y se sentó en la camilla. Se quedó observándome mientras yo me enjuagaba las manos.

—Cómo me engañaste vendiéndote como una chica puritana que buscaba amor antes que sexo —comentó entonces con una sonrisa burlona en la cara.

No aguanté más.

—A lo mejor te dije todo eso porque la sola idea de que me tocaras me daba ganas de vomitar, ¿lo habías llegado a pensar? A lo mejor ver que hay hombres como Alex, que me excita con solo mirarme, me hizo darme cuenta de que merece la pena olvidarme del amor para centrarme en lo carnal.

Fue lo peor que pude decirle. Con lo celoso que era, haberle puesto la imagen de Alex y yo acostándonos le cortocircuitó el cerebro. De la peor manera posible, además. No lo vi venir porque se movió deprisa. Me cogió por el cuello y me empujó contra la pared. Mi corazón se aceleró al instante. Mis manos rodearon las suyas intentando que me soltara.

—Ese cabrón tiene los días contados en esta isla.

—¡Suéltame!

Dudó un segundo. Por un instante, parecía que no hubiese sabido cómo había llegado a sujetarme de esa forma. Me soltó y yo me alejé de él todo lo posible, lo miraba sin dar crédito a lo que acababa de suceder.

—Cuando mi tío se entere de esto…

Jeremy sonrió, aunque en sus ojos vi cierta duda antes de hablar.

—¿El mismo tío que me ha pedido que te tenga vigilada porque no se fía ni un pelo de ese inglés? ¿Ese mismo tío?

—Lárgate de aquí, Jeremy —escupí con los dientes apretados.

Se marchó y entonces por fin pude soltar el aire que había estado conteniendo. Dios, necesitaba largarme de allí.

Las siguientes dos horas se me hicieron eternas, pero por suerte no vino nadie más. Cuando fue la hora de cerrar, cogí mis cosas y salí precipitadamente de allí.

Alex estaba esperándome. ¿Se había quedado? Sentí que se me humedecían los ojos. Corrí hasta donde estaba y él me abrió los brazos, dejando que me enterrara en él. No supe lo mal que lo había pasado hasta que no me sentí a salvo pegada a su cuerpo.

—¿Estás bien? —me preguntó.

Asentí y él me cogió la cara para mirarme a los ojos.

—¿Te ha hecho algo?

Dudé un segundo si debía contárselo o no. Negué con la cabeza.

—Solo se ha comportado como el cretino que es durante todo el rato.

Alex apretó la mandíbula con fuerza, estaba furioso.

—No deberías haberle hecho el masaje, Nikki. Entiendo que necesites el dinero, pero forzarte a ti misma a esa situación…

—No podía negarme, Alex. Si lo hubiera hecho, podría haber perdido el trabajo.

—¡Ya tienes otros cuatro empleos, Nicole! —me gritó alejándose de mí.

Lo miré. Al principio me quedé un poco aturdida, era la primera vez que me gritaba. Aun así, intenté ponerme en su lugar.

—No creo que lo entiendas, pero cualquier empleo que me surja es bien recibido. Necesito el dinero y también que se hable bien de mí en la isla, Alex. Aquí los cotilleos vuelan. Si la gente empieza a hablar mal de mí, podría quedarme sin ningún trabajo, ¿lo entiendes?

—No…, no lo entiendo, lo siento. ¿Dónde queda tu calidad de vida? Trabajas literalmente de sol a sol… Lo haces para poder ayudar a los animales de la isla, eso lo respeto, pero ¿y tú? ¿Quién cuida de ti, joder?

Lo vi verdaderamente preocupado por mí y eso me enterneció. Hacía tiempo que nadie se fijaba en mí lo suficiente como para que yo le importara más allá de un interés puramente sexual. Me encogí de hombros.

—Soy muy consciente de cuál es mi situación, Alex… Nunca he pretendido nada más. Es mi realidad y, aunque te cueste creerlo, soy feliz así.

Negó con la cabeza y miró hacia otro lado. Me acerqué a él despacio y lo volví a abrazar. Tardó unos segundos de más en devolverme el gesto. Yo cerré los ojos apoyada contra su pecho, llenándome de su olor.

—¿Te apetece venir a mi casa? —le pregunté echando la cabeza hacia atrás.

Me observó en silencio durante unos instantes.

—Ya era hora de que me lo ofrecieras —dijo con una sonrisa asomando por la comisura de su boca.

Subimos en su moto y cruzamos juntos la isla. Todavía había gente cenando en los restaurantes o *warungs* de la carretera principal, pero lo dejamos todo atrás hasta llegar a mi pequeña morada.

Exceptuando a mi tío, a Gus y a Eko, nunca había dejado entrar a un hombre en mi casa. Cuando subimos las escaleras y abrí la puerta…, me sentí extraña. Encendí las luces y le indiqué dónde podía dejar el casco. Alex pareció observar cada detalle con atención.

—Esperaba que fueras más ordenada —dijo sonriendo.

Se centró en el montón de ropa que había sobre una silla y en algunos platos que aún no había tenido tiempo de lavar… Al menos la cama estaba hecha, pero lo cierto era que había cosas mías por todas partes. Por un instante, me dio vergüenza pensar que podía sacar una impresión equivocada de mí.

—Suelo ser ordenada, pero no tengo mucho tiempo para limpiar… Cuando llego a casa, estoy tan cansada que como algo rápido, me ducho y me voy a dormir.

Alex se giró hacia mí. Me pareció enorme en aquel espacio tan reducido. Era extraño tenerlo allí. Su energía ocupaba toda la estancia y sentí un cosquilleo en el estómago al recordar lo que habíamos hecho la noche anterior y que seguramente repetiríamos esta vez en mi casa.

—¿Cómo de cansada estás hoy? —me preguntó.

Se acercó sigilosamente hasta donde yo estaba, apoyada contra la mesa de la cocina.

—Bastante —le contesté sonriendo.

Me cogió por la cintura y me levantó hasta sentarme sobre la mesada. Esta crujió un poco, pero pareció aguantar. Sus manos subieron hasta mis hombros y me los masajearon levemente. Cerré los ojos casi sin darme cuenta.

—¿Qué te parecería si esta vez el masaje te lo dan a ti? —me preguntó entonces.

—¿Lo dices en serio? —Abrí los ojos.

Alex asintió divertido por el tono de ilusión en mi voz.

—Cuando quiero puedo ser todo un galán inglés que antepone las necesidades de su chica a cualquier otra cosa. ¿Qué te creías? —me dijo divertido, aunque aparentando seriedad.

Me estremecí cuando dijo «su chica», pero no me hice ilusiones.

—¿Entonces ahora soy tu chica? —le pregunté siguiéndole la broma.

—Durante lo que dure este noviazgo fugaz, lo eres, sí.

Sonreí tanto que me dolió hasta la cara.

Alex se rio.

—¿Tienes aceite o algo? —dijo mirando a su alrededor.

Puse los ojos en blanco.

—Cualquier balinés que se precie tiene aceites aromáticos en su casa, Alex —repuse.

Bajé de la mesa y abrí un cajón de una mesita del salón. Alex cogió la botellita de aceite que le tendí.

—Aceite de geranio —leyó abriendo el frasco y acercándoselo a la nariz—. Huele muy bien.

—Y es perfecto para un masaje relajante.

Alex se guardó la botellita en el bolsillo trasero del pantalón y me acercó a él.

—Enséñeme dónde está su habitación, señorita —dijo. Vi que aquello le hacía ilusión.

—Por aquí —le indiqué.

Lo cogí de la mano y tiré de él hasta mi cama. Sus ojos recorrieron la estancia y su mirada pareció cambiar a una que ya empezaba a conocer bien.

—Muy bonito, ahora tiene usted que quitarse toda la ropa, señorita —repitió viniendo hacia mí.

Elevé las cejas de manera inquisitiva.

—No sé en qué tipo de masaje está pensando usted, señor —le seguí el juego, divertida.

—Estoy pensando en un masaje a lo Alexander Lenox —contestó.

Sus manos tiraron de mi camiseta hacia arriba y me la sacaron por la cabeza. Miró un poco desilusionado el sujetador deportivo que llevaba debajo de la ropa.

—¿Hay algo que no le guste, señor? —pregunté riéndome.

—Me estaba usted malacostumbrando, solo eso —dijo.

Tiró del cinturón de mis pantalones y dejó que cayeran hacia abajo cuando quedaron sueltos. Me quedé en ropa interior delante de él.

—En el masaje a lo Alex Lenox, la prioridad es el disfrute de la clienta… En todos los sentidos de la palabra —dijo.

Me miró con los ojos oscureciéndose por momentos, a la vez que su mano derecha me desabrochaba el sujetador. Me lo quité y me quedé con mis pechos descubiertos frente a él. Su boca no tardó en agacharse y meterse el pezón en la boca. Cerré los ojos cuando sentí un tirón en el estómago. Su boca subió hasta besarme el cuello y me mordió ligeramente el hombro. Me sujeté a él cuando empecé a notar que me flaqueaban las rodillas.

—No me distraiga, señorita —dijo dando un paso hacia atrás—. Lo primero es lo primero —dijo sacando la botellita de aceite de su bolsillo—. Si me autoriza, pasaré a quitarle la ropa interior para permitirle alcanzar un mayor disfrute.

Sus dedos se introdujeron por el elástico de mis braguitas y me las deslizaron hasta los pies. Me levantó una pierna y después la otra, hasta que quedé completamente desnuda ante él. Sus labios no pudieron resistirse. Mientras sus manos abrazaban mi culo, su boca besó mi entrada, aunque solo fue un beso fugaz.

Cuando se alejó y volvió a ponerse de pie, sentí que la temperatura de la habitación se elevaba hasta alcanzar los cuarenta grados. O al menos esa fue mi percepción. Sus ojos me recorrieron todo el cuerpo. Lo vi tragar saliva y también que su entrepierna se marcaba más de la cuenta. Él también estaba sufriendo con esto… y me gustó saberlo.

—Túmbate bocabajo —me ordenó.

Todo en él pareció cambiar. Su voz ronca y que hubiera dejado de llamarme de usted decía que el juego quedaba a un lado y la cosa se ponía seria. ¿Por qué ese cambio de registro me excitó aún más?

Acaté sus órdenes. Me tumbé sobre las sábanas blancas, tal y como él me pidió que hiciera. Sentí que se sentaba a mi lado y abría la botellita de aceite. Sus manos no tardaron en empezar a masajearme la espalda. Se dedicó plenamente a destensar toda mi musculatura. Me sorprendió. No lo hacía nada mal.

Sus manos eran enormes y ejercían la presión justa y necesaria. No me hacía daño y me ayudaba con las contracturas que sabía que tenía. Cerré los ojos para dejarme llevar. La fragancia del geranio inundó todos mis sentidos y mi cuerpo se relajó por completo, de la cabeza a los pies. Suspiré extasiada y disfrutando más de lo que hubiese imaginado.

Había necesitado eso más de lo que había creído en un principio. No sé cuánto tiempo estuvo centrado en descontracturarme, pero en cierto punto su masaje cambió. Comenzó a tocarme de otra forma…

Abrí los ojos un poco. Salí del trance relajante y empecé a sentir algo completamente distinto. Sus manos untadas en aceite bajaron hasta mi trasero y empezó a masajeármelo, apretando a veces con fuerza. En cierto momento, las deslizó por un lugar que jamás tocaría nadie durante un masaje relajante, al menos no en un establecimiento decente. Pero ese hombre no tenía nada de decente.

—Ahora que ya estás más relajada —empezó a explicar—, voy a enseñarte mi especialidad en este campo. —Entonces sentí sus dientes morderme el cachete izquierdo—. Me vuelve loco tu culo, no sabes la de cosas que le haría —dijo.

Sus palabras hicieron que me ruborizara al instante. Su mano se coló por debajo de mi estómago y me obligó a elevar las piernas, hasta quedarme de rodillas. Volvió a untarse con aceite y esta vez el masaje pasó a realizarse en otra parte muy diferente de mi cuerpo.

Cerré los ojos y solté un suspiro entrecortado. Sus manos parecían estar en todas partes, pero no llegaban nunca a donde yo de verdad las necesitaba. Me torturó durante muchísimos minutos hasta que ya no pude aguantar más. Me giré y me puse bocarriba. Lo fulminé con la mirada.

—Te veo inquieta… —dijo con una sonrisa diabólicamente sexy.

—Esto ya no es relajante, es una tortura —admití.

Me puse de rodillas y le ordené que se quitara la camiseta. Sonriendo, lo hizo. Pude verle el torso desnudo y me quedé embobada con él y su atractivo. Me mordí el labio sin ser consciente de que lo hacía, hasta que su mano tiró hacia abajo y sus labios se apoderaron de los míos. Me comió la boca literalmente, con un beso que dejaba a las claras que había estado conteniéndose.

—Quiero seguir torturándote, Nikki —me confesó.

Se alejó de mí, sin quitarme los ojos de encima, y volvió a abrir el botecito de aceite. Dejó caer unas gotas sobre mis pechos y cerró la botella. Esta vez sus manos pasaron a masajearme completamente aquella parte de mi anatomía que tanto parecía gustarle. Dejó que su boca interviniera. Me empujó hacia atrás hasta que quedé recostada sobre la cama.

Sus labios me besaron, me mordieron y me chuparon allí donde más les apeteció.

Todo estaba siendo distinto a la noche anterior. Ya no era nuevo y desconocido. Aunque solo lo habíamos hecho una vez, era como si mi cuerpo tuviera memoria. Mis dedos parecían conocer su cuerpo mejor que el mío y la vergüenza había desaparecido completamente.

Me sentí como en casa, como jamás había llegado a sentirme en aquel lugar. Creo que fue debido a que aún no había llegado a conocerme a mí misma por completo. Esa faceta que tenía con él y todo lo que me hacía sentir era nuevo para mí, pero a la vez era como si hubiese sido un animal dormido que por fin salía de su hibernación.

Mis manos viajaron hasta su pantalón y empezaron a desabrochárselo para quitárselo. No me detuvo. Llevaba aguantándose mucho tiempo. Se levantó de la cama para ayudarme y quedó completamente desnudo ante mí.

—Por favor… —le pedí.

No sabía qué suplicaba o necesitaba, pero era consciente de que él respondería enseguida a mis deseos, aun sin saber cuáles eran. Me fijé en que cogía un preservativo y se lo ponía sobre su erección.

Me ayudó a colocarme como él quería, a cuatro patas sobre la cama. No me gustó no poder verlo en esa postura, pero me penetró antes de que pudiera quejarme.

—¿No me habías dicho que querías que hiciera yoga? Pues vamos a ello.

Solté un grito de placer.

—¿Te gusta? —me preguntó.

Se inclinó para poder hablarme cerca del oído. Volvió a moverse y no pude decir nada. Me empujó con la mano hasta que mi cabeza quedó apoyada en las almohadas. Así estaba más cómoda y él empezó a moverse. A partir de ahí, ya no pude pensar con claridad.

Me dejé llevar. En realidad, fue como si mi mente se apagara y mi cuerpo al completo tomase el control. Dejé que hiciera lo que quisiese conmigo. Me gustó cederle el control de esa forma y descubrí que a él eso le volvía loco.

Fue un poco duro en ciertos momentos, pero me gustó que me compensara con una caricia, un beso o una pregunta para saber si iba por el buen camino. Comprendí que estaba intentando enseñarme cómo era él en la cama, lo que le gustaba y lo que no, pero no dejó de preocuparse por que disfrutásemos los dos.

Esa noche conecté con él de mil formas distintas. Fuimos amantes de verdad, ya habíamos creado un vínculo y una conexión que difícilmente podíamos ignorar. Me llevó al éxtasis en dos ocasiones, demostrándome de lo que mi cuerpo era capaz cuando se lo trataba con mimo y dedicación.

Cuando terminamos, estábamos los dos sudando y oliendo a geranio. Alex me atrajo hacia él y yo me acurruqué junto a su cuerpo.

—¿Qué tal el masaje a lo Alex Lenox, señorita? —preguntó.

Me reí.

—Siempre y cuando lo tenga reservado para mí, todo bien, señor Lenox.

No fui consciente de lo que había dicho hasta que escuché mis palabras en voz alta. Se hizo un silencio momentáneo entre los dos.

Alex nos hizo girar hasta que quedó encima de mí, con las palmas de su mano a ambos lados de mi cabeza, sujetándose en alto para no aplastarme.

—Lo siento… No he querido decir… —empecé a excusarme.

Alex negó con la cabeza.

—No, Nikki… —dijo con el ceño fruncido—. No me pidas disculpas.

—Tú puedes hacer lo que quieras, Alex.

Pero al decirlo supe que me estaba mintiendo a mí misma. Sabía que lo nuestro era pasajero, pero también que no quería que se viese con otras mientras quedaba conmigo. Alex me miró con el ceño fruncido y se separó de mí hasta sentarse en el borde de la cama.

—¿Me estás diciendo que no seamos exclusivos?

Por un instante, temí decir la verdad. Yo sabía perfectamente a lo que venían muchos turistas. También conocía las reglas que Maggie me había dicho que no debía olvidar, pero las había roto nada más empezar.

—Alex, yo no soy nadie para pedirte que me guardes exclusividad.

Algo en su mirada cambió. De repente lo sentí a miles de kilómetros de allí.

—Me gustaría ducharme. —Cambió de tema en un abrir y cerrar de ojos.

Parpadeé confusa al principio.

—Claro… El baño está ahí —dije señalando la puerta.

Alex se levantó de la cama y fue hacia allí. Cerró y me quedé sin entender nada. ¿Lo habían ofendido mis palabras? Pero, si era así, entonces significaba que él pensaba como yo, y tampoco se había atrevido a decirlo en voz alta, ¿no?

Me quedé contemplando la puerta del baño un rato hasta que me armé de valor, crucé la habitación y entré. Sabía que se estaba duchando porque el ruido del agua se oía desde el dormitorio. Lo confirmé cuando lo vi bajo la ducha, completamente mojado.

Me miró y fui con timidez hasta él. Dio un paso a un lado para dejar que el agua cayera sobre mi cabeza. Me eché el pelo hacia atrás y lo miré. Nos contemplamos en silencio unos segundos, hasta que sus manos se colocaron en mis mejillas.

—No quiero que nadie más te toque, Nikki —dijo muy serio—. Al menos durante el tiempo que dure lo nuestro.

¿Por qué sentí como si me desgarraran el alma al pensar que solo nos quedaban menos de dos semanas?

—Yo quiero lo mismo. Lo que he dicho antes… era porque creía que era lo que tú querías.

Alex negó con la cabeza.

—Aunque hubiese sido así…, no mientas respecto a esto, Nikki. Cuando se trata de sexo y relaciones, debes ser sincera con lo que quieres.

—Lo sé…

Me besó bajo el agua y nos duchamos juntos por primera vez, alimentando esa intimidad que no dejaba de crecer entre los dos. Aquella noche, también le dejé quedarse a dormir. Total, ¿qué importaban ya las reglas si parecíamos ser expertos en romperlas?

26

ALEX

Al día siguiente, Nikki se marchó temprano a trabajar. La dejé para que diera su primera clase de yoga y me fui a mi hotel a descansar, ya que no había podido dormir mucho. Tenerla entre mis brazos desnuda era una distracción bastante tentadora y el sueño parecía quedar relegado al olvido.

Me dio cosa por ella, pues debía trabajar todo el día, pero tampoco opuso mucha resistencia cuando en mitad de la noche volví a buscarla con la cabeza enterrada entre sus piernas. Me estaba volviendo adicto a ella y estaba dejando de lado todas mis normas y reglas respecto a las chicas con las que pasar el rato. Nikki era diferente y rematadamente especial. Sabía que la estaba cagando al implicarme tanto con ella, pero no podía evitarlo.

Dormí un par de horas en mi habitación y, cuando me desperté a mediodía, me fijé en que tenía varios mensajes. Uno de ellos era de Nate.

Te veo en la playa en diez minutos.

Tampoco tenía nada mejor que hacer. Me puse el bañador, me pasé una camiseta blanca por la cabeza y fui hasta nuestro punto preferido para hacer surf. Cuando llegué, lo vi sentado en la arena sobre su tabla, esperándome.

—Ya estoy aquí —dije a modo de saludo.

Me fijé en que Nate tenía la vista fija en el mar con tal intensidad que me hizo girarme para ver qué le perturbaba. Había varias personas haciendo surf.

—¿Qué pasa? —pregunté.

Nate siguió con los ojos clavados en aquella dirección.

—Es él —dijo sin más.

—¿Es quién? —pregunté.

—Él, el nuevo novio de Maggie. Está allí, con ella. Están haciendo surf.

—Es su marido, Nate. Llamarlo de otra forma no va a cambiar quién es en realidad.

Ahí sí que levantó la cabeza para mirarme.

—A veces puedes ser muy cruel.

Puse los ojos en blanco.

—¿Piensas quedarte ahí sentado mirándolos con ojos de cordero degollado?

—¿Y qué quieres que haga?

—Pues métete en el agua y pasa de ellos, ¿te acuerdas de lo que hablamos?

Nate suspiró y volvió a fijar la vista en el océano.

—Indiferencia.

—Exacto.

—No sé si podré hacerlo.

—Lo harás.

No esperé a que dijese nada más. Me quité la camiseta y me quedé solo con el bañador. Cogí mi tabla, que estaba junto a la suya, y me detuve a pasarle cera. Luego empecé a caminar hacia el agua. Sentí a mi amigo detrás casi al instante.

La idea de aquel viaje era surfear, disfrutar y relajarnos. Algo me decía a mí que no regresaríamos con la mente despejada y renovada, sino todo lo contrario. No podía quitarme de la cabeza varias cosas, entre ellas la amenaza del tío de Nicole y la sensación de que me estaba perdiendo algo importante. Me preocupaba por ella. Era tan feliz, alegre e increíblemente buena que no quería que nada ni nadie le hiciese daño. En cambio, la forma en la que su tío nos había hablado…

Faltaban piezas de un puzle que no sabía que estaba intentando montar. Eso sin contar con que cada minuto que pasábamos juntos mis sentimientos parecían querer multiplicarse.

Me metí en el agua y empecé a nadar. Aquel día había bastantes nubes, el agua estaba caliente y no hacía falta neopreno. Sentí a Nate detrás de mí. Cuando nos fuimos acercando hasta el punto donde estaban las buenas olas nos encontramos con bastantes personas esperando su turno. Había varios locales también, eran unos máquinas, se notaba que llevaban haciendo aquello desde que eran críos. Un poco más allá, no muy lejos de nosotros, la cabellera pelirroja de Margot destacaba sobre el azul celeste del mar. A su lado había un tío delgado y fibroso, no llevaba neopreno y tenía el pelo oscuro corto. Ambos hablaban mientras aguardaban a que llegara una buena ola.

—Necesito saber quién es... Ver por quién me ha sustituido —dijo Nate a mi lado.

—Nate, no te ha sustituido. —No pude evitar poner los ojos en blanco—. Ha seguido con su vida y...

El tío que había junto a Maggie se giró lo suficiente como para que pudiésemos verlo. Se hizo un silencio solo interrumpido por el ruido del mar. No podía ser verdad.

Antes de que pudiera asimilar lo que estaban viendo mis ojos, o incluso de poder hacer nada por detener a Nate, este ya estaba remando hacia allí.

27

NATE

Tuve que cerrar los ojos y volverlos a abrir para entender lo que estaba viendo. Casi grito que alguien me pellizcara. No podía ser. Lo que estaba viendo tenía que ser un error. El hombre que estaba junto a Maggie no podía ser Malcolm. Era imposible que fuera mi mejor amigo, nuestro tercer mosquetero. Había desaparecido diciendo que estaba viajando por el mundo y no lo veíamos desde…

«Qué hijo de puta», pensé.

Empecé a remar en aquella dirección como si algo o alguien se apoderara de mi cuerpo.

No había vuelto a ver a Maggie desde que habíamos hecho el amor en mi habitación, cuando me había soltado la bomba de que estaba casada. Después había desaparecido durante días sin decirme nada más. No había sabido nada de ella, ni una palabra ni una explicación.

«No te mereces ninguna explicación», me dijo una voz en mi interior, pero la ignoré. En ese instante acababa de ser poseído por mi peor versión. Era una parte de mí que no conocía, pero acababa de salir de lo más profundo de mi ser para manifestarse y arrasar con todo.

No podía ser real lo que veían mis ojos. Nadé hasta que pude colocarme al lado de Maggie.

—¿Qué coño haces aquí, Malcolm? —pregunté.

Los dos se sobresaltaron. Maggie se giró hacia mí y vi cómo la preocupación y el miedo aparecían en su expresión. Malcolm me observó unos instantes, como si no terminara de creer que era yo quien estaba allí en el agua, a unos escasos metros de distancia.

—Nate… —dijo incrédulo y sus ojos volaron de Maggie hasta mí.

—¿Te sorprende verme aquí? Creo que podría decir lo mismo. ¿Qué me habías dicho la última vez que hablamos? Ah, sí, que estabas en Egipto.

Margot miró a Malcolm extrañada y luego a mí otra vez.

—Nate, tranquilízate —me pidió con una voz forzadamente calmada.

—¿Que me tranquilice? —pregunté. Solté una carcajada y desvié la mirada de ella al hijo de puta de Malcolm—. ¡¿Te has casado con ella?!

—Nate… —empezó a decir Maggie.

—Deja que me responda él —dije sin apartar los ojos de mi supuesto amigo.

Malcolm cuadró los hombros antes de hacerlo.

—No preguntes si ya sabes la respuesta —dijo con una calma fingida.

Miré a Maggie atónita.

—¿En qué puto momento decides empezar a salir con quien sabías que era como un hermano para mí? —le pregunté.

Dejé de lado un segundo el cabreo y el odio para dar paso a la incredulidad. Maggie titubeó.

—Me dejaste… y él estaba ahí —respondió—. Me ayudó… Conectamos…

—¿Qué conectasteis? —repetí sus palabras incrédulo y solté una risa amarga. Volví a fijar la vista en aquel hijo de la gran puta—. ¿Le has contado que me alentaste a dejarla diciéndome que jamás podríamos ser felices? ¿Sabe la de veces que intentaste hacerme ver que ella jamás se adaptaría a una vida en la ciudad? —escupí con ácido en la voz.

Maggie miró a Malcolm y percibí cómo contenía la respiración.

—¡¿Le has contado a tu esposa que hace un año que desapareciste diciendo que estabas viajando por el mundo?!

Malcolm ni siquiera pestañeó cuando me miró fijamente para darme una respuesta.

—Lo que le cuente o no a Maggie no es asunto tuyo. Dejó de serlo en el instante en el que decidiste volver a abandonarla.

Mis manos se apretaron en puños y volví a hacer un gran esfuerzo por controlarme. Necesitaba saber más antes de partirle la cara.

—¿Cuánto tiempo más creías que ibas a poder mantener la mentira? —le pregunté expresamente a él—. Me has mentido a mí, a Alex…

Cuando mencioné a mi amigo me giré para buscarlo con la mirada. Estaba justo a unos metros por detrás de mí, sentado en su tabla, tenso. Miraba a nuestro amigo sin dar crédito a la gran mentira que nos habíamos tragado durante un año.

—Hace ya mucho tiempo que decidí que lo que hiciese con mi vida era asunto mío y de quien quisiera formar parte de ella —dijo Malcolm con falsa calma.

«Menudo cabrón».

—¿Y nosotros no formamos parte de tu vida? —interfirió Alex en la conversación.

Solté una carcajada llena de veneno.

—No pierdas el tiempo, Alex. Este cabrón lo único que ha querido toda la vida era conseguir lo que no era suyo.

Entonces fue Malcolm quien se rio y preguntó mirándome solo a mí:

—¿Con algo tuyo te refieres a Maggie?

La aludida estaba callada, con la vista clavada en mí.

—Si tuvieses algo de decencia en tu mierda de cabeza, no te referirías a ella como si fuese algo material, imbécil —contesté entre dientes.

—Si tú tuvieses algo en tu cabeza, nunca la habrías dejado escapar. ¿A qué has venido? ¿A buscarla para dejarla tirada otra vez? Lo siento mucho, amigo mío, pero Maggie es ahora mi mujer.

La corriente nos había ido llevando hacia la orilla sin que nos diésemos cuenta. Sabía dónde me metía cuando solté lo que dije a continuación, pero ya nada me importaba. Me sentía traicionado, no solo por mi mejor amigo, sino también por Margot. ¿Cómo había sido capaz de casarse con quien ella sabía que era amigo mío de toda la vida?

—Pues pregúntale entonces a tu mujer qué hacía hace una semana temblando debajo de mí cuando me la follé hasta quedarme sin fuerzas.

—¡Nate! —gritó Maggie, llevándose la mano a la boca.

Sentí una punzada de culpabilidad, pero la ignoré para dejar pasar a la rabia. Me bajé de la tabla al mismo tiempo que Malcolm.

—Te voy a matar, hijo de puta —dijo viniendo hacia mí.

—No si yo lo hago primero.

Un consejo: no iniciéis una pelea en medio del mar. No es nada fácil dar y recibir puñetazos sin tener los pies sobre suelo firme.

El primer golpe llegó por su parte, pero lo esquivé. Malcolm nunca había sido bueno peleando; en cambio, yo me había metido en altercados desde que tenía uso de razón. Levanté el puño y le rompí la nariz. Nos enzarzamos en una pelea que podría haber acabado mal para cualquiera de los dos, pero no tuvimos tiempo de probar quién era más fuerte ni quién guardaba más rabia.

Sentí que Alex me cogía por detrás. A nuestro alrededor se congregaba más gente de la que fui consciente en ese momento. Con la ayuda de varias personas, nos consiguieron separar. Solo había podido atizarle un par de veces, pero fueron suficientes para desfogar mi rabia. De paso, le hice daño y lo vi sangrar.

—¡Para ahora mismo! —me gritó Alex.

Yo seguí intentando zafarme para poder alcanzarlo de nuevo. Entonces me fijé en él, vi que tenía un golpe en el labio y sangraba. ¿Había sido yo?

Cuando conseguí calmarme y recuperar el aliento, me fijé en que varios locales me miraban con desdén. No hablaban inglés, por lo que solo oía cómo gesticulaban y maldecían en su idioma. A Malcolm lo habían cogido y se lo habían llevado lejos de mí.

Me dejé caer sobre la arena, el corazón me latía acelerado. Todavía me rondaba por la cabeza el disgusto de lo que acababa de descubrir. No podía creerlo.

Entonces apareció Margot. Estaba furiosa, incluso intentó pegarme, pero Alex la apartó.

—¡¿Por qué lo has hecho?! ¡¿Por qué has tenido que decírselo?! —me gritó.

Me puse de pie temblando de ira.

—¡Te casaste con mi mejor amigo!

—¡Y tú me abandonaste después de pedirme matrimonio!

No hice caso a esto último. Me daba igual todo. La culpabilidad que sentía por haber confesado era mucho menor que el sentimiento de traición que profesaba hacia ambos.

—¿Cómo pudiste plantearte estar con él? ¡¿Cómo?!

—No te incumbe, ¡ya no es asunto tuyo! ¡Cuento los días para que te vayas de aquí! ¡Quiero que desaparezcas, no quiero que vuelvas nunca más!

Me dolieron sus palabras, pero mi rabia era aún mayor.

—¡¿Crees que pienso volver aquí?! ¿Te piensas que voy a seguir malgastando mi tiempo contigo? ¡Ojalá te pudras en esta isla de mierda!

—¡Nate! —me increpó Alex, pero me dio igual.

Ya nada me importaba. Margot se quedó callada un instante, mirándome fijamente. Cuando habló, lo hizo con calma. Estaba serena y fría como un témpano de hielo.

—A veces me sorprendo preguntándome qué demonios vi en ti para haberme pasado los últimos cuatro años de mi vida llorando y esperando tu regreso. Hoy me encantaría borrarlo todo con tal de no volver a pasar por el infierno que me has hecho pasar, pero ¿sabes una cosa? Doy gracias a Dios por haberme puesto delante exactamente a la clase de hombre del que tengo que huir el resto de mi vida. Eres un ser despreciable y siempre lo serás.

Se sacudió para que Alex la soltara, nos dio la espalda y se marchó. Antes de que dejara de ver su cara, vi cómo las lágrimas acudían a sus ojos. No me importó. En ese instante quise hacerle daño, no os voy a mentir. Quise verla sufrir porque me dolía tanto el corazón que era incapaz de sobrellevarlo solo yo.

Me fijé en ella. Su pelo rojizo mojado se balanceaba con el viento mientras su curvilínea figura se alejaba de mí una vez más. Cuando fui capaz de apartar la vista de ella y fijarla en otra cosa, Alex me miraba con cautela.

—Tienes que calmarte. Ahora mismo —me aconsejó.

Intentó hacer que recuperara algo de sentido común. Lo miré lleno de rabia e ira.

—No me digas lo que tengo que hacer.

Le di la espalda y me alejé de mi amigo y de todos los demás. A la mierda el actuar como si nada e intentar recuperarla. A la mierda todo. Me largaba de allí.

28

ALEX

Todo lo que acababa de pasar era inaudito e inaceptable. Malcolm siempre había sido nuestro amigo. Era hijo del mejor amigo del padre de Nate, habían crecido juntos y me habían admitido a mí en su pequeña pandilla de dos. Los tres habíamos hecho barbaridades por el mundo, pero hacía cuatro años que yo había tenido que dejar mi lado más salvaje a un lado y hacerme cargo de otras responsabilidades. Ellos habían seguido viajando y recorriendo mundo para hacer alpinismo, saltar en paracaídas, recorrer países enteros en moto y viajar en catamarán. Siempre les había tenido una envidia sana, pues yo ya no disponía de tiempo para seguir haciendo lo mismo ni me atrevía tampoco a arriesgar mi vida como llegué hacerlo en años pasados.

Hacia un año más o menos que Malcolm nos había dicho que se iba a viajar por el mundo solo porque necesitaba distanciarse de todo. Aún tenía en mi teléfono las fotos que nos había enviado de los lugares que iba recorriendo. Jamás imaginé que lo encontraríamos en esta isla de Bali casado con la mujer que al parecer había vuelto majareta a mi mejor amigo.

Eso no se hace. Las novias o exnovias de los amigos no se tocan. Fin. No hay discusión en eso.

Me quedé mirando a Nate. Se marchaba cabizbajo y enfadado. Comprendí que su historia con Maggie no iba a terminar como él había deseado. Ella también lo había traicionado. ¿Estaba justificado teniendo en cuenta que mi amigo la había abandonado? Puede que sí…, pero eso no borraba la puñalada por la espalda.

Sabía que lo último que querría Nate en ese momento sería hablar con alguien, por lo que decidí darle su espacio. Volví a la villa, me miré el golpe que me había dado el muy cabrón sin querer. Empezaba a ponérseme morado y cogí hielo del frigorífico para aplicármelo en la herida.

Como no tenía mucho que hacer, decidí ponerme al día con algunos asuntos del trabajo. Tenía un sinfín de correos de la empresa y un solo correo personal. Abrí este último, que decía lo siguiente:

Querido señor Lenox:

Le escribo en relación con su solicitud sobre la habitación de la señorita Lilia. A pesar de que no es lo reglamentario, hemos reconsiderado nuestra inicial negativa tras tanta insistencia por su parte, apoyada por tan generosa donación. Pasamos a informarle de que finalmente este asunto no será problema ni para usted ni para nosotros y Lilia tendrá una habitación para ella sola.

Espero que entienda que este trato de favor solo lo hacemos porque de verdad hemos comprendido que las necesidades de la señorita estaban por encima de las reglas del centro y comprendemos los motivos de su insistencia.

Los esperamos con entusiasmo el próximo 6 de septiembre y contamos con su participación en el día de bienvenida.

Un cordial saludo.

Ashley Simmons

Al menos algo salía bien. Me había reunido tres veces con ellos sin obtener resultado alguno. Pero, en cuanto había donado cien mil dólares al establecimiento, recibía este correo. No iba a detenerme en lo moralmente incorrecto que era intentar conseguir algo a través del soborno y que ellos lo aceptaran. Hacía ya mucho tiempo que había comprendido cómo funcionaba el mundo, tenía claro que no pensaba dejar que nadie me pasara por encima.

«El día de bienvenida», leí otra vez. Menuda gilipollez.

Seguí repasando los correos. Los demás podían esperar. Escribí una escueta respuesta a la directora dándole las gracias y cerré el ordenador.

Nikki vino después de trabajar directamente a mi habitación.

—¡¿Qué te ha pasado?! —me preguntó alarmada cuando vio el golpe de mi mandíbula.

Le expliqué lo que había sucedido en la playa.

—¡Oh, Dios mío! —exclamó sin dar crédito.

—Fue muy desagradable enterarnos así de lo de Malcolm…

—No sabía que era tan amigo vuestro —dijo Nikki, también alucinando—. Maggie debe de estar destrozada, tendría que ir a verla… —añadió preocupada.

Me apresuré a retenerla por la cintura.

—No te vayas… No te he visto en todo el día —le pedí.

—Le enviaré un mensaje a ver si quiere que vaya a verla. No puedo dejarla sola en este momento —me explicó.

Asentí soltando un suspiro, pero entendía su postura.

Maggie le dijo que no podía hablar, que estaba con Malcolm. No quería imaginar la pelea que aquellos dos estaban teniendo después de enterarse él de que ella le había puesto los cuernos.

Por suerte para mí, Nikki quedó disponible y aprovechamos hasta el último minuto que pudimos para estar juntos. Cenamos, vimos una película y nos quedamos dormidos en el sofá.

Me desvelé a las tres de la madrugada y la levanté con cuidado para llevarla a mi cama. Me quedé observándola mientras dormía, preguntándome qué pensaría ella si conociera todos mis secretos. ¿Seguiría gustándole?

Me dormí con aquella incógnita ocupando cada uno de mis pensamientos.

Cuando me levanté al día siguiente, Nikki no estaba, pero me había dejado una pequeña nota en la almohada:

No he querido despertarte. Dormido eres muy adorable. Nos vemos esta tarde en el sunset. ;)

Puse los ojos en blanco ante la palabra «adorable». Ignoraba el pinchazo molesto que empezaba a sentir por solo poder disfrutar de ella unas pocas horas al día.

Nikki se pasó ejerciendo de veterinaria todo el día y ni siquiera pudimos tomar un café a media mañana. Yo aproveché para leer un rato en la playa y hacer un poco de deporte. No supe nada de ella hasta bien entrada la tarde, al igual que tampoco tuve respuesta por parte de Nate cuando llamé a su puerta por la tarde. Le daría un poco más de tiempo y espacio.

Me fui a la playa con la tabla y estuve haciendo surf hasta que apenas quedaba luz natural. Cuando salí del agua, eran pasadas las siete y media. Regresé a mi habitación, me duché y me vestí con intención de ir a recoger a Nikki, pero entonces llamaron a mi puerta.

Cuando abrí, me encontré con tres hombres. Uno de ellos había estado con el tío de Nikki en la puerta de su casa unos días antes.

—¿Alexander Lenox? —preguntó el más alto.

—Soy yo —contesté.

—Nos gustaría que nos acompañara, señor.

Fruncí el ceño sin moverme de allí.

—¿Acompañaros a dónde? —pregunté.

—Nos gustaría hacerle unas preguntas, señor.

—Si tiene algo que preguntar, puede hacerlo aquí mismo —dije, tenía un mal presentimiento.

Los tres se miraron impacientes.

—¿Ha estado usted involucrado en una pelea con el señor Nathaniel Olivieri y Malcolm Cooper? —preguntó uno de ellos.

—Yo no me he involucrado en nada —dije sosegado, pero por dentro maldecía—. Intenté separarlos, es todo...

—Por tanto, sí ha estado usted involucrado —afirmó el tipo sin cambiar el tono.

—Si a involucrarme se refiere a intentar que no se mataran, entonces sí, lo estuve.

—Debe usted acompañarnos, señor.

—¿Acompañarlos a dónde? —pregunté en tono gélido.

—En esta isla tenemos tolerancia cero a cualquier tipo de violencia, señor.

—Yo no me he peleado con nadie —contesté.

—Su mandíbula dice lo contrario —contestó el de atrás, el que ya conocía de la vez anterior.

No moví ni un solo músculo.

—Recibí el golpe al intentar separarlos, yo no tuve nada que ver.

—Eso no lo decide usted, señor.

—¿Y quién lo decide, entonces?

—Acompáñenos, señor.

—Yo no… —empecé a decir otra vez, pero entonces vi a Maggie aparecer por detrás de aquellos hombres.

—Acompáñalos, Alex —me pidió mirándome con apuro.

No daba crédito. Tampoco sabía qué cojones hacían aquí cuando alguien incumplía la ley, las normas o lo que fuera que rigiera el orden en la isla.

Al final los seguí a un coche y tuve que subirme detrás. No tenía ni puta idea de a dónde me llevaban ni cuáles eran mis derechos en ese país. No sabía nada más aparte de que la mejor amiga de la chica por la que había empezado a sentir algo me pedía que lo hiciera.

Por mi mente empezaron a pasarse muchísimas posibilidades, casi ninguna era buena. No obstante, sentí algo de calma al ver que el coche se detenía en un edificio que parecía más o menos oficial.

Al entrar, me encontré con una estancia bastante austera. Podría pasar como una comisaría perfectamente, solo que estaba en peor estado de lo que estaría una europea. Primero vi a Nate y a Malcolm. Estaban los dos sentados en sillas, cada uno a un lado de la sala. Se fulminaban con la mirada y se giraron hacia mí cuando me vieron entrar. De frente y junto a una ventana, estaba el tío de Nicole y a su lado el imbécil de Jeremy, el ex de Nikki.

—Volvemos a encontrarnos, señor Lenox —dijo Kadek, a modo de saludo.

El idiota de Jeremy sonrió.

—Espero que la visita sea corta, señor —contesté con seriedad.

Kadek sonrió ligeramente. Me fijé en que Nate hacía el amago de levantarse, pero el hombre que tenía de pie a su lado lo empujó y se quedó donde estaba. Aquello no pintaba nada bien.

—Creo recordar que dejé muy claro lo que ocurriría si infringía las normas de la isla —dijo Kadek.

—No he infringido ninguna norma. No he hecho nada —contesté impertérrito.

—Mis compañeros dicen lo contrario.

—Me da igual lo que digan sus compañeros —afirmé.

Kadek barrió el lugar con la mirada y volvió a centrarse en mí.

—¿Es mentira que estuvo usted ayer en la playa a las doce de la mañana?

—No —contesté.

—¿Es mentira que se vio involucrado, directa o indirectamente, en una pelea con estos dos hombres de aquí?

—Ayudé a separarlos.

—Por tanto, se vio involucrado —afirmó.

Parecía estar disfrutando de todo aquello.

—Oiga, ¿qué demonios quiere? —pregunté dando un paso hacia delante. Había perdido la poca paciencia que me quedaba—. No sé qué potestad tiene usted, pero no creo que nada de esto sea legal. Créame —amenacé dando otro paso—, no desea buscarse problemas conmigo, señor. En un abrir y cerrar de ojos, puedo contar con representación del bufete de abogados con más prestigio de mi país.

—De su país, usted lo ha dicho —dijo, no lo había intimidado ni lo más mínimo—. Es más, ha llegado a mis oídos que hace dos días increpó usted a este chico de aquí, ¿me equivoco?

Miré a Jeremy con ganas de borrarle la sonrisa de un puñetazo.

—Molestaba a su sobrina, señor —dije sereno.

Kadek pareció ponerse mucho más serio en el momento que su sobrina salió a relucir en la conversación.

—Hay cuatro testigos que aseguran haber visto que usted amenazaba al amigo de mi sobrina sin ninguna razón, en uno de los establecimientos con más renombre de la isla.

Solté una carcajada.

—¿Le contaron también quién fue el que intentó dar un puñetazo?

Kadek miró a Jeremy.

—¿Le pegaste, Jeremy?

El aludido negó con la cabeza.

—Lo evité empujándolo, su técnica dista mucho de ser la correcta —dije sin quitarle los ojos de encima a ese imbécil. Me sentía como si estuviese en el patio del colegio.

—Empujándolo… —repitió el tío de Nicole—. Hubiese esperado mejores modales de un empresario inglés como usted, señor Lenox.

Empezó a caminar con las manos a su espalda.

—Las reglas son claras. Nada de violencia ni altercados en esta isla. —Se detuvo frente a Malcolm—. Usted, al poseer tierras y ser copropietario de un establecimiento, deberá pagar la correspondiente multa que mis compañeros tendrán el placer de transmitirle en unos minutos —dijo mirándolo serio, después se giró hacia nosotros—. Ustedes dos, deberán abandonar la isla de inmediato. Les proporcionaremos un barco que los llevará hasta Sanur.

—Usted ha perdido la cabeza —dije sin mover ni un solo músculo.

Kadek dio un paso hacia mí. Era mucho más bajo que yo, pero no pareció intimidarse ni un ápice.

—No me busque, señor Lenox. Estoy siendo todo lo condescendiente que puedo teniendo en cuenta la relación que tiene usted con mi sobrina.

—¿Sabe Nicole que nos está echando a patadas?

—Mi sobrina no tiene ni voz ni voto en este asunto.

—No pienso irme a ninguna parte —afirmé sin alterarme, aunque tenía ganas de darle razones de verdad para echarme.

El tío de Nicole me miró a los ojos fijamente.

—Entonces, deberé dejar la amabilidad a un lado.

Dicho esto, señaló a los hombres que había detrás de mí. Me puse en guardia cuando hicieron el amago de detenerme por la fuerza. Antes de que pudiese empezar a arrear golpes, la puerta se abrió. Era Nikki. Detrás de ella apareció Margot. Ambas barrieron la estancia con la mirada. Abrió los ojos como platos al verme allí en medio con los puños apretados.

—¿Qué demonios crees que estás haciendo? —preguntó dirigiéndose directamente a su tío.

—Mantener el orden de la isla, como he hecho siempre —contestó este sosegado.

—¡Alex no ha hecho nada! —le gritó.

—¡Tú no eres quién para decir si ha hecho algo o no! —le contestó su tío imitando el mismo tono que había empleado su sobrina.

Nikki sorteó a los hombres que había en la puerta y se colocó a mi lado.

—¿Vas a echarlo por haber intentado frenar una pelea?

—Eso es lo que él dice —contestó.

—¡¿Cuántos borrachos se han peleado en este lugar, tío?! ¿Cuántos turistas la han liado parda y tú has tenido que hacer la vista gorda? ¡Esta isla se sostiene por el turismo! Si tuvieses que echar a todos los que se saltan tus estúpidas normas, ¡no vendría nadie!

—¡¿Estúpidas normas, has dicho?! —contestó el tío dando un paso hacia ella.

Me coloqué de forma instintiva delante de Nikki. No pensaba permitir que ese capullo se acercara ni medio metro más. Kadek me lanzó una mirada envenenada.

—¿Estás protegiéndola de mí? —preguntó con sorna.

—La protegeré de usted y de cualquiera que ose acercarse demasiado.

El interpelado soltó una risa amarga.

—Llevo toda mi vida protegiéndola de gentuza como tú. Me he pasado toda mi vida velando por ella y su bienestar.

—Me alegra oír eso, pero, si vuelve usted a levantarle el tono, tendrá razones de verdad para echarme de la isla.

—Alex… —dijo Nikki. Me colocó la mano en la espalda y dio un paso hacia el lado para enfrentarse a su tío—. Está bien, mi tío no me hará nada.

—Explícale que las cosas aquí no se hacen como en su país —insistió el otro.

Nikki dio un paso hacia delante. Tuve que controlar mi instinto más primitivo para no levantar la mano y tirarle de la camiseta hacia atrás hasta colocarla junto a mí.

—Siempre has sido justo, tío. Has velado por la seguridad de todos, te importa la isla y te importan las personas que vienen aquí a disfrutar de ella. Lo que estás haciendo esta noche no tiene justificación ninguna. Estás abusando de tu poder solo porque no te apetece que esté cerca de él.

—Que deje de rondarte es simplemente un beneficio añadido.

—Alex no se irá a ninguna parte si no quiere hacerlo.

Kadek se colocó las manos detrás de la espalda y observó a su sobrina con cautela.

—Tú no dictas las normas, Nicole —dijo impertérrito—. Jamás me he retractado cuando he tenido que tomar decisiones como esta ni me he equivocado al juzgar a las personas. Este de aquí ya hizo suficiente en los años pasados —dijo señalando a Nate, luego miró a Maggie, que estaba junto a la puerta, callada—. No pienso consentir que ahora su amigo venga aquí a arruinarte la vida como se la arruinaron a tu mejor amiga. ¡No pienso permitirlo!

Nicole aceptó el grito con los hombros cuadrados. Se hizo un momento de silencio y después decidió hablar:

—Si él se va, entonces yo también.

No solo su tío se sorprendió al oírla decir eso. Estaba claro que no se lo había esperado, pero yo tampoco. Tras escucharla mi corazón se saltó varios latidos.

Me había gustado demasiado esa idea. De repente, se me antojó que era lo más natural del mundo que ella viniera conmigo.

¿Me asustaron esos pensamientos? Para nada. Pero sí me aterró saber que, aunque ella quisiese venir conmigo, solo llegaría allí donde el mar pudiera llevarla.

—¿Has perdido la cabeza? —le espetó Kadek furioso.

—He perdido las ganas de acatar todas tus normas, tío —le contestó cruzando los brazos.

—¡Mis normas son las que te mantienen con vida! —le volvió a gritar.

Nikki dio un paso hacia atrás.

—Esto se te está yendo de las manos. Una cosa es que quieras protegerme y otra muy distinta que pretendas meterme en una jaula de cristal. Las vacaciones de Alex aún no han terminado y yo pienso estar con él hasta que lleguen a su fin. Tú decides si las vamos a pasar aquí o si nos tenemos que buscar un lugar en Bali.

Por extraño que parezca, su enfado disminuyó cuando su sobrina dijo las últimas palabras. Me miró a mí, luego a ella y después recorrió con los ojos al resto de la gente que estaba allí.

—Muy bien —aceptó—. Si eso es lo que quieres. Recoge tus cosas y márchate con él.

Todos nos quedamos sorprendidos. Kadek rodeó a su sobrina para abrirse paso y salió por la puerta.

29

NIKKI

No di crédito cuando Maggie vino a buscarme a la clínica veterinaria para contarme todo lo que había ocurrido. Sabía que el tema Malcolm-Nate iba a dar mucho que hablar y que terminaría siendo un problema. Era consciente de que eso los enfrentaría de una manera o de otra, pero nunca imaginé que terminarían pegándose. Tampoco que el *banjar* se involucraría ni muchísimo menos que Alex se vería perjudicado.

Mi tío había perdido la cabeza. Era cierto que se tomaba las reglas muy en serio, pero siempre hacía la vista gorda sobre determinados asuntos. En vacaciones, la gente se relajaba y cometía estupideces, sobre todo cuando había alcohol de por medio y él lo sabía. Esta actitud suya para echar a Nate y a Alex había sido completamente desmedida. Su única motivación era querer alejarme de él. No pensaba permitírselo y por eso amenacé con marcharme.

No podía irme para siempre, este era mi hogar, pero me ausentaría para estar con Alex hasta que él tuviese que irse.

Cuando lo dije, me sentí bien y completamente segura de mi decisión, pero, cuando mi tío se marchó y pude relajarme, me di cuenta de la realidad. Acababa de sumarme a unas vacaciones que no eran mías, sino de Alex y Nate. Acababa de decir sin consultárselo primero que me marcharía a donde él fuera a pasar el resto de sus días libres.

Cuando me giré hacia él, vi que seguía tenso por la situación, pero estiró el brazo, me atrajo hacia él y me abrazó.

—¿Estás bien? —me preguntó bajito, solo para que yo pudiese oírlo.

Asentí con la cabeza y me separé de él para centrarme en Nate, Maggie y Malcolm.

Mi amiga estaba destrozada, aún seguía junto a la puerta. Cuando su marido se levantó dispuesto a marcharse, ella dio un paso hacia él. Intentó hablarle, pero este la miró con desprecio.

—Aléjate de mí, Maggie —dijo y se marchó por la puerta.

Nate no le quitó los ojos de encima a ninguno de los dos en ningún momento. Cuando su examigo se marchó, él se levantó dispuesto a hacer lo mismo.

Las miradas de Maggie y Nate se cruzaron por un segundo. Pude ver con claridad el dolor, el odio, el rencor y a la vez el amor con el que Nate la miró antes de salir él también por la puerta, alejándose de todos.

Jeremy me observaba desde la otra punta de la habitación con una mezcla de entre rabia y celos. Negó con la cabeza varias veces antes de hablar.

—Has perdido completamente la cabeza —dijo.

Se marchó detrás de Nate, supongo que porque era consciente de que no podía pasarse ni un pelo estando allí los compañeros de mi tío. Uno de ellos se dirigió a mí antes de que nosotros también nos fuéramos.

—Mañana deberéis coger el primer barco que salga hacia la ciudad.

No dije nada. Alex, Maggie y yo salimos. Nos dirigimos en silencio hacia el aparcamiento de motos.

—Entonces, ¿vas a marcharte, Nikki? —Maggie rompió el silencio.

Por un instante, no supe qué contestar. Miré a Alex y dudé si mis intenciones habían sido acertadas.

—¿De verdad crees que no voy a querer que vengas conmigo?

Eso fue suficiente. Le sonreí y él a mí.

—Debería irme a casa —dijo Maggie.

Me sentí mal por ella. Sabía que me necesitaría. Me sentí dividida entre mi mejor amiga y el hombre que ocupaba todos mis pensamientos.

—No te preocupes por mí, Nikki —dijo como si me leyera la mente—. Estaré bien. Necesito tiempo para reflexionar sobre lo que ha pasado y para estar con Malcolm e intentar explicarle…

Me dolía en el alma ver a mi amiga así. Sufría por amor cuando se merecía que la quisieran y la amaran por encima de todas las cosas. Me acerqué a ella y la abracé.

—Pídeme que vuelva y lo haré —le dije mirándola a los ojos directamente—. Llevaré el teléfono, llámame y... Todo saldrá bien, Mags. Se arreglará, aunque no lo parezca ahora mismo.

Mi amiga asintió y forzó una sonrisa.

—Divertíos en Bali —dijo y luego se giró hacia a Alex—. Cuídala, Lenox. Si no, no habrá lugar en este mundo donde puedas ocultarte.

Alex sonrió y asintió con la cabeza.

—Lo haré.

Mi amiga se subió a su moto y se marchó. No deseé estar en su lugar, pero sabía y creía que sería capaz de solucionarlo.

Alex y yo fuimos directos a mi casa primero. Yo en mi moto y él en la suya. Me vio empaquetar lo que necesitaría para casi dos semanas con él en Bali. Metí un poco de todo, pues no sabía muy bien qué llevarme. Aparte de los días que había cogido para irme con Maggie, Gus y Eko, hacía años que no tomaba vacaciones. No sabía ya muy bien lo que era eso y, por tanto, no tuve que preocuparme por el trabajo. Lo entenderían, no podían decirme que no.

Me dio cosa tener que cerrar la clínica veterinaria, pero llamé a Gus y le expliqué la situación. Me dijo que él podía estar pendiente si ocurría algo y que haría mis rondas con los animalitos que necesitaran ayuda inmediata.

Lo difícil fue hablar con mi abuela. Tuve que llamarla, sobre todo para pedirle que cuidara de Batú en mi ausencia. Al principio intentó convencerme de que no me fuera porque no era buena idea. A ella tampoco le hacía gracia lo mío con Alex, pero fui firme al decirle que pensaba hacer lo que me diera la gana, que para eso era ya mayorcita.

Aceptó reticente a cuidar de Batú y yo me quedé mucho más tranquila. ¡Solo serían dos semanas!

Una vez que tuve la maleta preparada y todo solucionado, cerré la puerta y me subí a la moto de Alex. Dejé la mía aparcada frente a mi casa y nos marchamos juntos a su villa. Cuando entramos, sentí una sensación extraña. No era tan fácil ir en contra de mi familia. Además, habían puesto tanto empeño en evitar aquella situación que por un segundo me pregunté si estaba haciendo lo correcto.

—¿Estás seguro de que quieres que vaya contigo? No te sientas obligado…

—Estoy cien por cien seguro, Nikki —dijo.

Me quitó la maleta de la mano y la depositó en el suelo. Colocó ambas manos en mi cintura y me atrajo hacia él.

—¿Recuerdas lo que me dijiste hace unos días? —me preguntó mirándome a los ojos.

Lo miré frunciendo el ceño sin saber muy bien a qué se refería.

—Me dijiste que a una parte de ti le encantaría vivir Bali como lo viven los turistas.

Cierto. Había dicho eso.

—Déjame regalarte esa vivencia, Nikki. Nada me haría más feliz que verte de vacaciones —dijo sonriendo divertido.

Sonreí de lado y me besó.

Aquella noche volvimos a enredarnos el uno en el otro. Fue diferente, sin miedos y con más confianza, como si nos conociéramos de toda la vida. Eso sentía con Alex, como si supiera quién era desde siempre, como si supiese exactamente lo que yo necesitaba.

Nos quedamos dormidos en los brazos del otro. En mi mente, justo antes de dejarme llevar por el sueño, solo pude pensar en lo feliz que era.

Dejamos la isla temprano. Ayudé a Alex a preparar la maleta y, a las ocho de la mañana, estábamos en el puerto. Nate también estaba allí y nos comunicó que se volvía a Inglaterra. Me sentí mal por él y por Maggie.

Sabía que aquella historia se había quedado inconclusa. Se separaban dejando heridas abiertas y eso no era bueno. Nunca lo es una situación así, sobre todo si queremos seguir adelante con nuestra vida, pero a veces las cosas no salen como queremos.

Nos subimos al barco y la isla se fue volviendo más y más chiquita. Nate se puso los cascos y nos ignoró de la manera más educada posible. Tampoco lo culpaba. Si yo hubiese sido él, tampoco habría querido hablar con nadie.

Mi tío no acudió al puerto. La posibilidad se me había pasado por la cabeza y agradecí que no lo hubiera hecho. No me apetecía verlo en estas circunstancias, estaba muy cabreada con él. Cuando volviese, debería tener una conversación muy seria si quería seguir manteniendo una buena relación conmigo.

Cuando llegamos a Sanur, nos recibió el caos general en este tipo de puertos. Había turistas por todos lados, las mercancías de los barcos y las maletas ocupaban la playa y muchos locales ofrecían taxis.

Me sorprendió ver que nos esperaba un señor con un cartel que rezaba «Lenox» con letra pulcra y cuidada. Lo seguimos y me volví a sorprender al ver un cochazo que nos aguardaba para llevarnos a nuestro próximo destino.

Me sentí un tanto extraña. Las veces que había viajado a Sanur me había tenido que mojar los pies para arrastrar la maleta por la arena y hacer cola en el autobús de línea para que me llevase a la universidad. Aquello era muy distinto. El coche olía a nuevo, la tapicería era de cuero y el aire acondicionado estaba a tope. Cuando por fin nos subimos, el conductor se alejó del puerto.

—Mi vuelo sale esta noche, podéis dejarme en el aeropuerto —nos pidió Nate y así se lo trasladamos al conductor.

Le dije adiós con un abrazo y aguardé en el coche mientras Alex hablaba con él y se despedían. No sé muy bien qué le dijo, pero se tomó su tiempo antes de dejarlo marchar. Nate parecía hecho polvo. Se abrazaron y luego Alex volvió a subir al coche.

—¿Todo bien? —pregunté.

Alex suspiró sonoramente.

—Ha sido un golpe duro y muy feo por parte de Malcolm.

—Nunca imaginé que Nate no supiese que él estaba aquí. No entiendo cómo ha podido mentir durante un año entero.

—Yo tampoco —contestó.

Después de eso, nos marchamos hacia Ubud. La noche anterior habíamos hecho un poco de recopilación sobre los lugares que queríamos visitar. Le había dado a Alex algunas indicaciones, sobre todo de lugares bonitos y bastante económicos que ya conocía de haber viajado por la isla con anterioridad. Luego él se encargó de hacer las llamadas y las reservas. Por eso, cuando llegamos a nuestro destino unas dos horas más tarde, me quedé sorprendida al no reconocer el lugar.

—Creo que el conductor se ha equivocado…

Alex a mi lado sonrió divertido.

—Créeme. No lo ha hecho.

Bajamos del coche y tuvimos que caminar unos cinco minutos por el medio de la selva. Ubud es un pueblo precioso, se caracteriza por su increíble vegetación, es idónea para cultivar arroz y estas terrazas son su mayor atractivo, sobre todo para los turistas que vienen buscando un paisaje hermoso. Es de mis lugares preferidos porque es como entrar en un cuento. Casi siempre está nublado y llueve, pero eso le da su toque misterioso. Sus intensos colores de diferentes tonos de verde y sus palmeras gigantes son algo que sin duda le quita el aliento a cualquiera.

Me quedé de piedra cuando nos detuvimos en un claro. Suspendida por cuatro pilares, se levantaba una cabaña en lo alto de un árbol. La selva y los arrozales quedaban a sus pies.

—¿Qué hacemos aquí? —pregunté sin dar crédito.

—Es nuestra cabaña para los próximos días —dijo Alex exultante—. ¿De verdad creías que te llevaría a un lugar de mala muerte? Te prometí unas vacaciones de ensueño y pienso cumplir mi palabra.

Sonreí como una idiota y no dejé de mirar hacia arriba. El conductor se encargó de subir nuestras maletas y le dijo a Alex que lo llamara si necesitaba cualquier cosa. Subimos las escaleras empinadas que nos llevaron hasta la puerta de la cabaña. Cuando entré, no pude más que quedarme alucinada, no tenía palabras.

Aquel lugar era demasiado bonito. Nunca había visto algo tan espectacular ni tan alejado de mis posibilidades. Era cierto que me hacía una idea de lo que ofrecían las islas a los turistas, pero la realidad para los que nos habíamos criado en el archipiélago era totalmente distinta. Éramos un pueblo trabajador, la mayoría de los balineses se ganaban la vida recogiendo arroz o algas en el mar. Estábamos acostumbrados a despertarnos antes del alba y a trabajar duro por cada rupia que ganábamos. Estar en un lugar como aquel, con alguien como Alex, era un cóctel de emociones que me costaba desentrañar.

—Es demasiado —dije.

Me adentré en un salón cuyo ventanal ocupaba del suelo al techo y te permitía ver toda la vegetación que se extendía a sus pies.

—No lo es —dijo Alex detrás de mí.

Juntos seguimos recorriendo la casa. No era ni muy grande ni muy pequeña, era perfecta. Tenía una cocina americana a la izquierda, un sofá verde musgo en el centro y, a la derecha, con unas vistas igual de impresionantes que el salón, estaba el dormitorio. La cama era gigante, me pregunté cuántas personas podrían dormir allí plácidamente y sin rozarse. Tenía dosel y una mosquitera blanca la rodeaba entera. Sin embargo, la guinda del pastel era la terraza. Allí, suspendida a diez metros de altura, había una especie de malla para que te tumbaras con todo aquel paisaje bajo tus pies. Había visto fotos de lugares como aquel, siempre me habían parecido irreales aunque fueran preciosas. Pero nada podía compararse a verlo con mis propios ojos.

—¿Te gusta? —me preguntó mi acompañante.

Me giré hacia él, me había quedado sin palabras.

—¿Cómo no iba a gustarme?

Nos besamos. Después de volver a recorrer la que sería nuestra casa los próximos días, decidimos darnos un baño. Había un jacuzzi al aire libre y además hacía calor, aunque no era tan asfixiante como el de mi isla.

Alex no tardó en llenar esa especie de bañera de agua caliente. Nos desnudamos y nos metimos dentro. Fue muy bonito y especial bañarnos juntos disfrutando de esas vistas. La puesta de sol era impresionante, pero no pude verla por completo. En cuanto el cielo se tiñó de cinco tonos de púrpura diferentes, Alex comenzó a besarme, a tocarme y a hacerme cerrar los ojos de puro éxtasis.

Hicimos el amor allí, era otro lugar nuevo para mí. Alex parecía saber exactamente dónde tocar para conseguir un gemido mío y yo no podía más que dejarle hacer lo que deseara con mi cuerpo. No sabía en qué momento me había convertido en esa persona, capaz de tener sexo con un hombre que jamás en mis fantasías podría haber creído que se fijaría en mí.

Me pidió que lo mirara cuando, con la cabeza hacia atrás, intentaba contener un gemido que amenazaba con convertirse en un grito. Estaba sentada a horcajadas encima de él, moviéndome para buscar mi placer.

Hice lo que me pidió. Abrí los ojos y nos vimos de verdad por vez primera en ese lugar perdido en mitad de la selva. Me sujetó por la nuca y atrajo mi frente a la suya.

—No quiero que esto termine —me dijo clavándose en mí, mientras me sujetaba para que me quedase quieta—. Te siento mía, Nicole… Me duele pensar que no vayas a serlo.

Me estremecí ante sus palabras, yo sentía lo mismo. Era un sentimiento agridulce, creía haber encontrado a mi media naranja, pero sabía que jamás sería mía.

—A mí también, Alex —dije junto a su boca, respirando su aliento, que me llenaba de oxígeno más que cualquier aire puro.

—Contigo soy lo que nunca creí poder ser con nadie —dijo.

Bajó las manos hasta aferrarme por la cintura. Sentí sus dedos firmes en mi piel, como quien sujeta un globo para que no se escape volando.

—Me da miedo que algún día descubras cómo soy en realidad y te arrepientas de lo que somos ahora —susurró.

En ese instante no fui consciente de lo que quiso decirme, tan solo registré sus palabras con el tiempo.

Volvió a moverse, esta vez despacio.

La palabra estaba en la punta de mi lengua, el sentimiento crecía en mi interior, nos lo decían nuestros gestos, pero no nos atrevíamos a verbalizarlo. Apenas nos conocíamos, no podíamos estar enamorados tan rápido, ¿verdad?

Aquella noche nos fundimos en uno solo, tanto física como mentalmente. Nos dijimos todo con miradas, gestos y caricias. Hicimos el amor con las estrellas observando. Cuando acabamos, apenas quedaba agua y esta estaba ya bastante fría. Nos pasamos a la ducha en la oscuridad de la noche, con la luna mirándonos intrusivamente.

Alex me abrazó por detrás. El agua caliente nos caía sobre la cabeza y la brisa fría de la noche nos ponía la piel de gallina.

—Creo que es ahora cuando de verdad han empezado mis vacaciones —me dijo al oído.

Estábamos abrazados desnudos en aquel lugar impresionante, bajo las estrellas de la noche, el agua nos empapaba… Las palabras que no habíamos dicho flotaban en el aire…

Sentí miedo por primera vez al pensar que mis días con él eran limitados. Pronto aquella aventura llegaría a su fin.

Comprendí entre sus brazos que aquello no era simple atracción, sino que iba convirtiéndose en algo que jamás había experimentado. Apenas empezaba a comprender lo que significaría.

Con la piel arrugada por el agua y los dientes castañeteándome, Alex me envolvió en un albornoz grande, suave y que olía a jazmín. Entramos en la casa, él también ataviado con un albornoz como el mío.

—He pedido que llenaran la nevera y, si me lo permites, voy a hacerte los mejores espaguetis que has probado en tu vida.

Me reí, pero lo dejé hacer. Me senté en un taburete y lo observé manipular los ingredientes con bastante soltura. Cortó algo de queso y abrió una botella de vino blanco para que picáramos algo mientras cocinaba y charlamos de todo.

Me contó que de pequeño era muy travieso. Durante un tiempo, su pasatiempo preferido fue colocar globos de agua llenos de harina encima de las puertas y ver que quien la abría se ensuciaba entero de blanco. A los once años, sus padres lo metieron en un internado. Lo miré bastante asombrada y mi primera pregunta fue si de verdad había sido tan malo como para que sus padres tomasen aquella decisión.

—Era malo, pero aquello no tuvo nada que ver con mi comportamiento. En Inglaterra, es muy común estudiar en un internado. Recibí muy buena educación y, créeme, me lo pasé mucho mejor que en mi casa. Hice buenos amigos y forjé amistades importantes.

Creo que ahí empecé a ser consciente del mundo tan distinto del que venía Alex. Sabía que tenía dinero, solo había que ver cómo vestía, pero su fortuna y su posición eran mucho más importantes de lo que había imaginado en un principio.

Sirvió los espaguetis en dos platos hondos, esparció parmesano por encima y me invitó a que lo probara.

—Dios mío, esto está increíble —aluciné.

Alex pareció muy pagado de sí mismo. Asintió con la cabeza y murmuró un «te lo dije».

Siguió contándome cosas sobre su colegio y las travesuras que hacía con sus amigos. Esa conversación derivó después sobre su decisión de ser piloto, la cual sus padres no se habían tomado nada bien.

—¿Por qué no? —pregunté.

—Verás… —titubeó un instante—. ¿Recuerdas cuando te conté que trabajaba para una empresa de jets privados?

Asentí, aunque no sabía muy bien a dónde quería llegar.

—Mi familia…, bueno, es la dueña y fundadora de la empresa.

Abrí los ojos atónita. Vaya…, no sabía nada sobre empresas de aviones privados, pero sonaba a importante.

—Mis padres deseaban que me involucrara en la dirección de la empresa, mientras que yo decidí pilotar sus aviones. Hoy en día, sigue siendo una pelea eterna.

—¿No quieres dirigir la compañía? —pregunté.

Alex se llevó la copa de vino a los labios y dio un trago antes de hablar.

—Acepté estudiar Economía en Oxford e hice un máster de Negocios en Harvard para contentar a mi padre, pero nunca dejé de volar. Esa es mi pasión, no dirigir a un montón de empleados.

De repente me sentí muy pero que muy pequeñita al escuchar las universidades en las que se había formado.

—No has perdido el tiempo, eh… —dije alucinada.

Me llevé la copa de vino a los labios, como para tragar aquella información. Sonrió y me cogió la mano con la suya.

—Suena más importante de lo que es en realidad —le quitó hierro al asunto.

No dije nada, seguía asimilando lo que me contaba.

—¿Puedo hacerte una pregunta? —dijo tras una pausa.

Asentí en silencio.

—¿Crees que tu tío iba en serio con eso de no volver a dejarme pisar la isla? —preguntó muy preocupado.

Sonreí, aunque oculté mi verdadera duda.

—Hablaré con él.

—No me gustaría pensar que no puedo regresar a visitarte…

—¿Visitarme? —pregunté con una sonrisa cándida.

Alex se hizo eco de la mía.

—Así es, señorita… No crea usted que se va a librar de mí tan rápido.

Fue bonito y sincero cuando lo dijo, pero ambos sabíamos cuál sería la realidad de todo aquello. ¿Cuántos amores de verano terminaban siendo solo eso?

Sentí angustia al pensar que podía no volverlo a ver, pero disimulé todo lo que pude. Forcé una sonrisa que sabía que no me había llegado a los ojos.

Juntos recogimos la mesa y nos fuimos a la cama. Bajo las sábanas, volvimos a buscarnos. Era como si nunca tuviésemos suficiente, nuestros cuerpos no podían estar tan cerca sin iniciar aquel juego que empezaba a gustarnos tanto.

Me quedé frita entre sus brazos. Aunque estaba más a gusto y feliz que en toda mi vida, aquella noche tuve pesadillas.

30

ALEX

Estuvimos cuatro días en Ubud. Los recordaría toda la vida por lo feliz que fui y lo verdaderamente en paz que me sentí. No podía compararlo con nada que hubiera vivido hasta ese momento. Estar con Nikki significaba sentirme en sintonía conmigo mismo y en contacto con elementos que jamás creí necesitar. Me ayudaba a estar en paz y a olvidarme de los problemas que me esperaban en casa. Sobre todo, contribuía a que yo fuera una versión mucho mejor de mí mismo.

No recordaba ningún momento de mi vida en que hubiese sido verdaderamente feliz, como lo estaba siendo en aquel viaje. La plenitud era dormir con ella entre mis brazos cada noche, caminar en medio de los arrozales, improvisar cenas en los mejores restaurantes que pude encontrar.

Verla reír era mi pasatiempo preferido y la convencí para hacer todo lo que nos ofrecía aquel lugar. Nos tiramos en tirolina en medio de la selva, nos mecimos en columpios imposiblemente altos cuyas vistas quitaban el aliento, nos dormimos bajo las estrellas y bailamos bajo la lluvia con la música de mi teléfono de fondo.

Dejamos Ubud con nostalgia y pena. Durante cuatro días, habíamos creado en aquella cabaña una complicidad y una confianza únicas. Era como si nos conociésemos de toda la vida.

Los siguientes días los dedicamos a la parte más cultural de Bali. Recorrimos y visitamos templos impresionantes, nos purificamos en el manantial sagrado del templo Tirta Empul, recorrimos las playas de Seminyak y madrugamos para ver el amanecer desde el templo de Uluwatu.

Cuanto más visitaba aquella isla, más me enamoraba de Bali. Nikki disfrutaba contándome las leyendas de cada lugar y explicándome los nombres y las tradiciones.

Era como si llevásemos años saliendo juntos. Caminábamos de la mano por las calles, nos hacíamos fotos juntos y se las hacía a ella porque era hermosa. Salía bien incluso cuando no posaba y nos buscábamos cada segundo para besarnos.

La deseaba como nunca había deseado a otra mujer en mi vida. Me encargué de hacérselo saber cada noche y cada mañana que pude.

Fuimos dejando el sexo básico a medida que la empujaba un poco más hacia mis gustos. Disfruté complacido cuando pareció gustarle todo lo que hacíamos y le enseñaba.

Nunca voy a olvidar la inocencia con la que me preguntó si podía devolverme el favor cuando conseguí hacerla llegar al orgasmo usando solo mi lengua. Compartir sexo oral con

Nikki fue mi perdición. En cuanto ella se soltó, perdió la vergüenza y se dejó llevar… Estaba en el paraíso y aún no me había dado cuenta.

Aquella noche que pasamos en la islita de Gili Trawangan, me levanté de madrugada sediento. Fui hasta la neverita de la habitación. Habíamos ido buscando un poco de paz. Como Nikki no había estado allí nunca, no dudé en reservar en un buen hotel.

Era un lugar muy pintoresco, solo se podía recorrer la isla en bicicleta y eso habíamos hecho el primer día que llegamos. Los otros dos, nos limitamos a no hacer nada, a tumbarnos en la arena y a leer un buen libro. El único ejercicio que hicimos, aparte del obvio de follar, fue nadar con tortugas marinas mientras hacíamos el mejor esnórquel que había hecho en mi vida.

Mientras bebía agua, observé a Nikki enredada entre las sábanas. Su pelo castaño resaltaba sobre el color de las almohadas. El tono bronceado color caramelo de su piel me daba ganas de besarla por todas partes.

Pensé en la conversación que habíamos tenido antes de dormirnos. Creo que no nos había gustado a ninguno de los dos.

—Vente conmigo —susurré cuando se había acurrucado sobre mi pecho con los ojos cerrados.

Levantó la cabeza para mirarme directamente.

—¿Qué? —preguntó.

No sonreí, me mantuve serio cuando lo repetí.

—Sé que no tengo ningún derecho a pedírtelo. No ha pasado ni un mes desde que nos conocimos, pero solo sé que soy más feliz a tu lado… Ven conmigo a Londres, Nikki.

Escuchó mis palabras y tomó aire para llenarse los pulmones. Se incorporó y se sentó a mi lado antes de hablar.

—No puedo —dijo con pesar.

—Intentémoslo —le pedí, aunque sabía que era una locura.

Nuestras vidas eran completamente distintas. No solo nos separaban diez mil millas de distancia, sino toda una cultura y un conjunto de creencias y obligaciones.

—No funcionaría… Y lo sabes —susurró.

Le coloqué las manos en las mejillas y me acerqué a ella.

—Conseguiremos hacer que funcione. Podemos hacer lo que queramos. Tenemos la suerte de que no te faltará de nada, Nikki. Te ayudaré a encontrar trabajo allí de veterinaria o de lo que quieras…

—¿Y qué hay de mi vida aquí? —dijo con pesar.

Me quedé callado sin saber qué decir. Estaba siendo egoísta pidiéndole que viniese conmigo, pero de los dos era ella quien podía hacerlo. Yo no podía abandonar la empresa ni parar de volar ni dejar a…

—Soy piloto… Soy el dueño de la mejor empresa de aviones privados del mundo. Podrás volver cuando quieras, Nikki.

Eso era cierto, pero ella negó con la cabeza.

—No subiré a un avión, Alex.

Lo dijo tan tajante que su respuesta consiguió cabrearme. Ese tema me molestaba sobremanera porque no había forma de hacerla entrar en razón. Me levanté de la cama y fui hasta la ventana.

—Tienes que superar tus miedos, Nicole —le dije mirando hacia fuera.

—¿Por qué? —preguntó después de un largo silencio—. No todos los miedos han de superarse. No todos somos superhéroes o superheroínas, yo al menos no lo soy. Tengo una fobia, y ¿qué? Tú seguro que también tienes alguna.

—Pero ¡yo no dejo que gobierne mi vida! —le grité sin poder controlarme.

Nikki me miró impasible. Respiré hondo para intentar calmarme.

—Al menos deberías intentarlo —dije al final.

—No se puede intentar subir a un avión, Alex. O te subes o no.

—Entonces, ¿estás diciéndome que no saldrás nunca de este archipiélago? ¿No tienes curiosidad por lo que hay ahí fuera? ¡El mundo es enorme, Nicole! ¡Deberías estar deseando conocerlo!

—¡Me muero por hacerlo! —me gritó entonces—. ¡¿Crees que me gusta sentirme así?! ¿Crees que no desearía conocer la ciudad donde nació mi padre, descubrir mis raíces o visitar todos esos lugares de los que me has hablado?!

Caminé hacia la cama y enredé mis dedos en su pelo.

—Entonces, ¡ven conmigo! ¡Yo puedo enseñarte todo lo que quieras!

Vi cómo las lágrimas acudían a sus ojos y me dolió su pena tanto como si me hubiesen hecho daño a mí.

—Dices todo esto porque te estás dejando llevar por esta burbuja en la que llevamos viviendo estas últimas semanas. No me conoces todavía y yo a ti tampoco. Un mes no basta, Alex. No es suficiente.

—Claro que sí —la interrumpí, mirándola a los ojos—. Ni treinta días, Nikki, ni treinta atardeceres he necesitado para enamorarme perdidamente de ti.

Se quedó prendada de mi mirada y mis palabras, pero negó con la cabeza.

—No lo dices en serio…

—¿Vas a decirme que tú no sientes lo mismo? —le pregunté.

Vi miedo en sus ojos, el mismo que yo sentía. Me paralizaba pensar que dentro de dos días debía marcharme y dejarla atrás.

No dejé que contestara porque vi que la aterraba reconocerlo. La besé y nos fundimos el uno en el otro. A veces no hace falta nada más para decirlo todo. Los acuerdos tácitos y las palabras que no se pronuncian son en ocasiones las que mejor se entienden. Eso nos ocurrió aquella noche. Nos lo dijimos todo con caricias. Al acabar ella se quedó dormida y yo ya no pude conciliar el sueño.

Con un vaso de agua en la mano y los ojos fijos en ella, solo pude sentir pena. No podía evitar pensar en el momento en que debería decirle adiós.

Y justo entonces, en ese instante, me llamaron por teléfono.

Era Carter. Su tono de voz cuando atendí el teléfono se me antojó un mal presagio.

—¿Puedes hablar? —me preguntó.

—Un momento —dije en voz baja. Salí de la habitación y fui hasta el jardín privado con vistas al mar—. ¿Qué ocurre?

—Tengo novedades y no te van a gustar.

—¿Has encontrado el accidente? —pregunté tenso.

—No solo lo he encontrado, sino que tú sabes perfectamente qué accidente fue.

Me quedé un instante callado, no lo entendía.

—¿A qué te refieres con que sé qué accidente fue?

—Me has hecho buscar accidentes con destino Inglaterra desde 2002 a 2004. ¿No te dicen nada esas fechas?

Mi cuerpo se tensó. Llegué a la misma conclusión que Carter, pero fue como si mi cuerpo fuese capaz de comprenderlo antes incluso que mi cabeza.

—Tú debías de tener unos diez años, ¿no?

Tardé unos segundos en asimilar lo que intentaba decirme, pero aun así no terminaba de encajar las piezas. Negué con la cabeza. No podía ser.

—Te equivocas —dije con la voz contenida.

—No —aseguró Carter—. He repasado todos los registros y todos los aviones comerciales. No hay ningún accidente, solo el… —siguió explicándose, pero lo interrumpí.

—¿Estás diciéndome que el único accidente registrado con destino a Inglaterra del año 2003 fue el Gulfstream V? —pregunté.

La cabeza me empezó a dar vueltas a mil por hora. Me puse a juntar datos, comparar fechas y barajar miles de posibilidades. Aquello no cuadraba de ningún modo con la chica que había conocido en la otra punta del mundo.

—Eso es exactamente lo que te estoy diciendo —contestó escueto.

Respiré hondo.

—No es posible. Sigue buscando.

Fui a colgar, pero escuché a Carter hablar y volví a llevarme el teléfono al oído.

—No sé en qué andas metido ni qué deseas encontrar, pero sabes perfectamente que no te conviene remover este asunto. La muerte de Jacob Leighton ya fue lo bastante sonada en su época. Tú eres la persona menos indicada para meter las narices en ello. ¿Quieres ponerte a la inteligencia británica en tu contra? Tu familia ya sufrió suficiente con este asunto…

—Mi familia no tuvo la culpa de ese accidente, Carter.

—Bueno, no vamos a entrar en ese debate. La versión oficial es que el avión no estaba en las condiciones óptimas para volar y por eso se estrelló.

—¿La versión oficial? —Solté una risotada amarga—. El avión lo tiraron y lo sabes. ¡Todo el mundo lo sabe!

—La cuestión es que tus preguntas nos han llevado aquí. Lo que fuera que intentabas averiguar, ya lo tienes. El único accidente registrado en esos años fue el Gulfstream V de Lenox Executive Aviation, avión que transportaba a Jacob Leighton, hijo primogénito de una de las familias más adineradas de Inglaterra y su hijo de siete años.

—Sé perfectamente quién iba en ese avión, Carter —masculé.

Intentaba comprender e hilar todos los acontecimientos.

—¿Qué es lo que esperabas encontrar, Alex? —me preguntó entonces.

Tardé unos segundos de más en contestar.

—Lo que sea menos esto —dije y colgué.

Necesitaba pensar. Veinte años atrás, mi familia se había visto envuelta en un asunto muy mediático. Uno de nuestros mejores aviones se había estrellado en el mar del Norte cuando realizaba una ruta de Ámsterdam a Londres. Llevaba a Jacob Leighton y a su hijo pequeño Adam.

No hace falta aclarar lo que suponía para la empresa cualquier accidente como aquel. Sobre todo, cuando el mundo entero descubrió que el heredero del imperio Leighton había muerto con su único hijo vivo. Los Leighton tenían farmacéuticas por todo el mundo, eran el competidor número uno de Johnson & Johnson. Destacaba su importante labor de beneficencia en el extranjero, era una de las principales proveedoras de vacunas en zonas de extrema pobreza en el África subsahariana y el sur de Asia.

Tras su muerte, se inició una investigación que casi hunde nuestra compañía. La gente y los medios de comunicación deseaban un culpable, daba igual quien fuera. Nos libramos por falta de pruebas, pero mi padre siguió indagando por su cuenta qué había ocurrido. Encontraron la caja negra y escucharon las conversaciones de los pilotos, parecía que algo extraño había ocurrido. Los peritos privados llegaron a la conclusión de que alguien había manipulado el avión para provocar el accidente.

Hubo un juicio, pero los jueces no aceptaron las pruebas que presentó mi padre. Ni las había conseguido por una vía oficial ni podía demostrar su versión. Muchos nos culparon y otros inventaron teorías de todo tipo, incluso se llegó a creer que había sido un ataque terrorista. A día de hoy, la empresa la regía el hermano menor de Jacob Leighton, Devon Leighton, único heredero vivo del imperio Leighton.

Respiré hondo y miré hacia el horizonte. Me puse a pensar en cómo encajaba Nikki en todo este asunto.

Llamé a Carter otra vez y le hice una pregunta, aunque en el fondo creía saber la respuesta.

—¿Puedes confirmarme quiénes iban en el avión, Carter?

Este asintió y me pidió que esperara un momento.

—Se registraron tres pasajeros aparte de la tripulación. Jacob Leighton, Adam Leighton y una mujer asiática, al parecer era la niñera del hijo de Leighton.

Contuve el aliento cuando hice la siguiente pregunta.

—¿Cómo se llamaba?

—Puf… Espera… —Aguardé unos segundos—. ¡Qué nombre tan raro! Aquí sale una tal Ni Luh Annisa.

Me quité el teléfono del oído. Esa mujer no podía ser la madre de Nicole…, ¿verdad? Pero los datos encajaban. El padre de Nikki se llamaba Jacob, aunque ella había dicho que el apellido era Brown.

—¿Cuál era el nombre de soltera de la madre de Jacob? —pregunté.

—¿Cómo? —preguntó Carter.

Maldije entre dientes.

—El apellido de la madre de Leighton, Carter, céntrate.

—No tengo ni idea, tío. ¿Por qué quieres saberlo?

—Tengo que colgar.

Nada más hacerlo me metí en Google. Salieron todo tipo de entradas cuando tecleé el apellido del magnate farmacéutico, incluidas las necrológicas de Jacob Leighton. Seguí buscando hasta que encontré un artículo que hablaba del árbol genealógico de la familia. Los padres de Jacob Leighton eran Edward Leighton y…, efectivamente, Charlotte Brown.

Dios mío, todo encajaba.

Aquella chica que estaba dormida entre las sábanas, la que había conocido en la otra punta del mundo, era la persona menos materialista del mundo, también la más dulce, sencilla y cariñosa… Y era la única hija viva del difunto Jacob

Leighton. Era la legítima heredera del imperio farmacéutico más grande del país... y no tenía ni idea.

Pero eso no era lo peor. Si todas mis suposiciones terminaban siendo verdad, mi empresa habría sido la principal causante de ese accidente de avión donde Nicole había perdido no a uno, sino a sus dos padres.

31

NIKKI

Cuando abrí los ojos aquella mañana, sabía que aquel sería un día complicado. Al día siguiente, Alex se marcharía. Quién sabía cuándo nos volveríamos a encontrar…, si lo hacíamos. Existía la posibilidad de no volver a vernos jamás. Ese pensamiento me causó tanto dolor que sentí angustia en el pecho y unas ganas repentinas de echarme a llorar. Estaba enamorada hasta las trancas de Alex Lenox…

Me había pedido muy en serio que me fuera con él, lo vi en sus ojos, pero no era capaz de abandonarlo todo por él. No era solo por mi fobia a volar, sino… ¿cómo iba a dejar toda mi vida atrás?

«Por amor se hacen muchas locuras…», me dijo mi subconsciente. En el fondo, yo sabía que eso era verdad. ¿Qué mejor razón que el amor por otra persona para arriesgarlo todo?

Me levanté de la cama y no me sorprendió no verlo a mi lado. Esas dos semanas había disfrutado de no tener horario y había dormido todo lo que mi cuerpo había querido sin interrupciones. No me había dado cuenta de lo maravilloso que era abrir los ojos cuando el sol ya estaba en lo alto del horizonte. Era una persona madrugadora, pero por obligación, y aquellos días había sido maravilloso dormir hasta que mi cuerpo había decidido. Alex me había dejado que descansara todo lo que necesitaba y, muchas veces, cuando abría los ojos me lo encontraba fuera tomando un café o haciendo ejercicio.

Todavía no podía creer que semejante hombre se hubiese fijado en alguien como yo. Tampoco entendía cómo habíamos conectado de aquella manera tan íntima y cercana, por increíble que resultara. Con él me sentía como en casa.

Cuando salí al jardincito privado que tenía la habitación, me lo encontré sentado en una silla, mirando el mar. Iba sin camiseta, solo llevaba un pantalón gris de chándal. Tenía el pelo despeinado, como siempre, echado hacia atrás. Me fijé en sus músculos, en su espalda torneada, en lo increíblemente sexy que era...

Cuando me escuchó llegar se giró. Vi la preocupación en su rostro, aunque intentó disimularla deprisa, y yo misma también la sentí. Se pasó la mano por el pelo y se lo despeinó aún más. Era un gesto que empezaba a reconocer, lo hacía cuando estaba nervioso.

—¿Qué ocurre? —pregunté sentándome a su lado.

Alex forzó una sonrisa.

—Nada. Todo va bien —dijo. Creo que fue la primera vez que sentí que me mentía—. ¿Cómo has dormido?

—Como un bebé —contesté y no pude evitar fruncir el ceño—. Algo te pasa… Puedes contármelo.

Alex desvió la mirada hacia el océano. Por instinto, levanté la mano y le acaricié el pelo. Se inclinó hacia mi palma apoyando la mejilla en ella y la besó y la apretó con la suya.

—Hay algo que tengo que decirte —confesó y me asustó su tono. Me puse en guardia de inmediato.

—¿Qué ha pasado? —pregunté.

—He descubierto algo… Es tan inaudito y tan poco probable que te juro que he estado toda la noche intentando buscar otra explicación, pero no la hay —dijo con cautela—. Necesito hacerte una pregunta y quiero que seas sincera.

Asentí en silencio, a la vez que en mi mente se encendía una señal de alarma. Todo mi cuerpo reaccionó poniéndose tenso.

—¿Tu madre se llamaba Ni Luh Annisa? —preguntó.

Me quedé sin respiración por un instante, ya que no había esperado eso por nada del mundo.

—¿Cómo lo sabes? —contesté, sorprendida y desconfiada.

Alex cerró los ojos un instante.

—Esperaba estar equivocado… —murmuró como para sí mismo.

—¿Qué sucede, Alex? Me estás asustando —dije perdiendo la paciencia.

Alex se giró más hacia mí y me cogió las manos.

—Antes que nada, necesito que sepas que lo que te voy a contar seguramente cambie tu vida para siempre —dijo.

—¿Qué demonios quieres decir con eso? —Liberé mis manos de entre las suyas.

Alex pareció dolido por mi rechazo, pero empezó a hablar.

—Sentía curiosidad por el accidente aéreo donde habían muerto tus padres. Como soy piloto, tengo contactos en un departamento que registra esos sucesos. Te juro que empecé a investigar solo para poder entenderte mejor y ayudarte a superar tu fobia a volar...

Me puse de pie. No daba crédito a lo que estaba diciendo.

—¿Quién te dio permiso para buscar nada sobre mi vida? —le espeté enfadada.

—Llevas razón... Solo esperaba averiguar cómo había sido el accidente. Creí que si te explicaba las razones por las que el avión había caído, tal vez ...

—¿Qué? —pregunté atónita—. ¿Me subiría a uno?

—Solo quería ayudarte. —Me miró apenado.

—No necesito tu ayuda —dije.

Pretendía marcharme, pero Alex estiró el brazo y me cogió la mano.

—Por favor, no te vayas. Siéntate, necesito contarte lo que he descubierto.

Las alarmas resonaron en mi cabeza una y otra vez. Siempre había sospechado algo, solo que había apagado las señales. No les hacía caso por culpa de mis miedos y mi poco deseo por descubrir cómo habían muerto mis padres.

—¿No te has parado a pensar que tal vez no quiero saberlo? —le contesté, intentando que las lágrimas no acudieran a mis ojos—. No tenías derecho a inmiscuirte en mi vida de esta forma…

—Tienes razón… —asintió, sin quitarme los ojos de encima—. Pero necesitas saber lo que tengo que contarte.

Tenía ganas de gritarle que se fuera o de irme yo corriendo de allí, pero algo me hizo quedarme y me empujó a escucharlo. Alex se tomó mi silencio como un permiso para hablar y así lo hizo.

—Al principio, di por hecho que el accidente sería fácil de encontrar. Cuando sucede con un vuelo comercial, lo normal es que sea noticia mundial. Sin embargo, no encontré ningún incidente de este tipo que coincidiera con el destino ni la fecha que me dijiste.

Mi corazón iba a mil por hora… En mi mente se reproducían imágenes de un avión cayendo y mis padres gritando… No podía ni sospechar lo que habían sufrido.

—No encontré nada en internet y recurrí a un colega mío que trabaja para la Oficina de Registro de Colisiones Aéreas —dijo tranquilo—. Tampoco encontró ningún accidente de un vuelo comercial registrado con esos datos. Entonces, empezamos a discutir la posibilidad de que el avión hubiese sido privado.

Negué con la cabeza.

—Eso es imposible —dije.

—Eso mismo pensé yo, Nikki —estuvo de acuerdo—. Pero las cosas no cuadraban, así que le dije a mi colega que siguiera buscando… —Hizo una pausa para tomar aire y llenarse los pulmones—. Nikki, encontró el accidente.

Aguardé a que continuara con el alma en vilo.

—No fue un accidente cualquiera… Lo reconocí en cuanto supe el nombre del avión.

—¿Qué significa que reconociste el accidente?

—Hace veinte años, un avión privado Gulfstream V cayó cuando sobrevolaba el mar del Norte con destino Londres desde Ámsterdam. No hubo supervivientes, pero sus pasajeros eran gente importante.

Aguardé a que continuara sin decir nada. Mi mente solo escuchaba y apuntaba todo lo que él estaba diciendo.

—En ese avión, viajaban Jacob Leighton, su hijo Adam de siete años y la supuesta niñera del niño… —Hizo una pausa antes de continuar—. Una tal Ni Luh Annisa.

Al principio me quedé callada y luego negué con la cabeza.

—Mi madre no era esa mujer… ¿Por eso estás tan agobiado? Mi madre no era niñera…

—Nicole…, todo encaja, cariño.

—¿Qué es exactamente lo que encaja? —pregunté cabreada. No entendía nada…

—Me dijiste que tu padre se llamaba Jacob.

—Jacob Brown, no Leighton.

Alex asintió con paciencia.

—La madre de Jacob Leighton se llama Charlotte Brown, Nicole.

Sentí una alarma en mi cabeza, pero la ignoré.

—¿Y? ¿Cuántos Brown existirán en Inglaterra? ¿O en el mundo? —inquirí. No quería ver lo que él pretendía que viera.

—Creo que tu tío está al tanto de todo esto. Sabe quién era tu padre y, para protegerte, te dijo que Brown era tu apellido.

—¿De qué iba a tener que protegerme mi tío? —pregunté.

Alex aguardó un segundo antes de hablar.

—Los Leighton no son una familia corriente… Son los dueños de una de las empresas farmacéuticas más importantes del mundo.

Me levanté y me alejé de él. Miré hacia el océano.

—Esto es una locura. Estás divagando, ves cosas donde no las hay, pretendes confundirme…

Alex se levantó también y vino hacia mí.

—Solo quiero ayudarte —dijo.

—¡Yo no te pedí ayuda, Alex! —le grité.

Y él aguantó mi grito con estoicidad.

—Explícame cómo puede ser que en el único avión que sufrió un accidente mortal en 2003 viajaran precisamente un tal Jacob lo que sea Brown y una mujer que se llama igual

417

que tu madre. Y, perdona que te diga, pero creo que Ni Luh Annisa no es el nombre más común del mundo. ¿Es que no lo ves?

Negué con la cabeza mientras me alejaba de él, pero me siguió.

—Es una simple coincidencia —dije. Todavía no quería ni aceptarlo ni verlo.

—No lo es, Nicole, y eso no es todo —dijo entonces. Su tono de voz se volvió tan apenado que tuve que girarme para encararlo—. Hoy en día, nadie ha conseguido explicar qué le ocurrió al avión, pero yo sospecho que el accidente pudo haber sido provocado.

—¿Qué estás diciendo? —inquirí sin aliento.

Alex no se acercó a mí esta vez y lo agradecí, pero me asustó la mirada que me devolvió.

—Muchos han barajado esa posibilidad, en realidad… Tu padre era un hombre muy importante.

—¡No sabes si era mi padre!

—Nicole, lo era. Y el niño que también iba en el avión, Adam, era tu hermano mayor. Y la mujer que iba con ellos era tu madre, tienes que aceptarlo.

—¡Te equivocas! ¡En todo! ¡Ni eran mis padres ni provocaron el accidente!

—No es cien por cien seguro que lo fuera, pero el avión estaba en perfectas condiciones para volar, me jugaría el cuello por ello, Nikki. Si algo ocurrió, no tuvo nada que ver con su funcionamiento.

—¿Por qué estás tan seguro de eso? ¿De dónde sacas esa información?

Alex me miró un instante antes de hablar.

—Pertenecía a una compañía aérea que se llama Lenox Executive Aviation, Nikki. Es la empresa de mi familia.

32

ALEX

Su expresión al principio fue de incredulidad. Creería que me estaba quedando con ella. Al ver que lo decía en serio, me miró como si yo hubiese sido el mismísimo asesino de su familia. Desearía que su preciosa cara nunca hubiera dibujado aquel mohín. Hice el amago de acercarme a ella, pero dio un paso hacia atrás.

—No te me acerques, Alex —dijo con la voz temblorosa.

—Nikki, te juro que yo no tenía ni idea…

—Esto que estás haciendo… Todas estas mentiras —dijo negando con la cabeza.

Me puse firme con ella en cuanto insistió en que mentía.

—Es la verdad, Nicole… Todo es cierto, está registrado, está docum…

—¡No me importa! —me gritó.

—¡La realidad no va a desaparecer solo porque no quieras verla! ¡Tienes que escucharme!

Siguió negando con la cabeza.

—Si lo que dices es cierto, tú…, tu familia, tus aviones…

—Mi padre conocía al tuyo, Nikki, era uno de sus principales clientes. Viajaba con nuestra compañía desde hacía años…

—Hasta que su avión lo mató, a él y a mi madre.

Me detuve un instante antes de volver a hablar.

—Creo que no estamos ante un simple accidente de avión, Nicole. Estoy convencido de que hay muchísimo más y que nadie sabía que existías… Tu padre se divorció de su mujer cuando su hijo tenía tres años, podría haber estado con tu madre. Tal vez no quiso hacerlo público para protegeros a las dos… Tu padre era un hombre muy poderoso.

Nikki me contemplaba como si fuese un extraño. Todo lo que habíamos creado en las últimas semanas parecía haberse evaporado de su mirada. Ya no había ni confianza ni cariño ni complicidad.

—Si lo que dices es cierto… Si de verdad esos pasajeros eran mi familia… Qué oportuno para ti decir ahora que fue un accidente provocado, ¿no? ¡Qué oportuno viniendo del dueño de esa empresa! ¡El mismo que me aseguró que había una posibilidad entre un millón de tener un accidente!

—Por favor —dije, me acerqué a ella y la cogí de las manos—. No pienses así, Nikki. No intento engañarte ni justificar nada, solo me preocupo por ti. Hay algo muy raro en todo este asunto. Tu tío Kadek me dijo delante de ti que dejase de buscar porque no me gustaría encontrar la respuesta. ¡Sabía lo que intentaba averiguar, Nicole!

—¡Mi tío solo quiere que esté a salvo!

—¿A salvo de quién, Nikki? —Al final lo había comprendido todo—. No conozco lugar más seguro para ti que esa islita donde vives. ¿No te sorprende lo obstinado que es tu tío en lo referente a tu seguridad? ¿Nunca te has preguntado por qué insiste tanto en que no te relaciones con ningún extranjero?

—Evita que me pase lo mismo que a mi madre.

—¡Exacto! —asentí, en eso estaba de acuerdo—. ¿Por qué ibas a morir por salir con un extranjero? A no ser que pusieses tu vida en riesgo por algo que no sepamos o no podamos comprender aún.

—¿Qué quieres decir? —me preguntó insegura.

—No puedo poner la mano en el fuego, pero supongo que tu tío teme por tu vida. Intuirá o sabrá que el accidente fue provocado. Al igual que muchos británicos, debe de ser consciente de que alguien quería librarse de tu padre y su heredero. Puede que ese alguien sea la persona que dirige ahora la farmacéutica.

Al poner mis pensamientos en palabras, comprendí que no podía estar muy lejos de la verdad. Las cosas encajaban.

—¿Quién dirige la empresa? —preguntó Nikki.

—El hermano de tu padre, Devon. Al no haber herederos directos, el imperio recayó en sus manos. Nikki… —dije buscando su mirada con la mía—, ¿entiendes lo que digo?

Se quedó muy quieta antes de que yo volviera a hablar.

—Si lo que he descubierto es cierto y apostaría cualquier cosa a que lo es… Nicole, tú serías la legítima heredera del imperio Leighton, ¿lo entiendes? Todo sería tuyo.

—Yo no necesito ningún imperio, Alex —dijo.

Vi perfectamente el miedo en sus ojos al comprender la magnitud de lo acababa de contarle.

—Pero ¡es tuyo, Nikki!

—¡No lo quiero! —me gritó enfadada conmigo, aunque eso no tuviera sentido ni lógica alguna.

—Estás dejando que el miedo hable por ti.

—Te equivocas.

La miré, lo que estaba escuchando me había dejado estupefacto.

—Tienes miedo, lo has tenido siempre. Dejas que te anule y te bloquee.

—¡No todos tenemos que ser tan valientes como tú!

Me acerqué a ella y la cogí por los hombros.

—No puedes ignorar esto, Nicole. Es algo muy grave. Si aparecieras como legítima heredera de los Leighton, se abriría una investigación, ¿no lo entiendes? Podríamos intentar demostrar lo del accidente y hacer justicia por tus padres.

Negaba con la cabeza, una y otra vez.

—¡No! —gritó soltándose de mí—. No quiero seguir escuchándote.

Di un paso hacia atrás. Estaba decepcionado.

—No me mires así, Alexander, tú no sabes… Tú nunca vas a saber lo que es perder a alguien. No tienes ni idea de lo que es perder a tu familia y que te arrebaten la posibilidad de tener la vida que merecías…

Imágenes de lo que ocurrió hace dos años comenzaron a aparecer delante de mis ojos, como si fuese una película.

—Tú no eres la única que sufre, Nicole. Eres tú quien no tiene ni idea, no eres la única a la que le arrebataron a un ser querido…

Lo que dije captó su atención, pero no pensaba seguir por ahí. No iba a sacar ese tema, no importaba ya. Lo suyo, en cambio, podía tener otro final.

Por un instante, dejé de sentirme como el hombre que había sido en aquella isla. Permití que el verdadero Alexander Lenox regresara de donde fuera que lo había mandado aquellas últimas semanas.

—Ahora tienes dos posibilidades —dije, mirándola muy serio—. Ser valiente, subirte a un avión, encontrar las respuestas que llevan rondando tu cabeza desde que tienes uso de razón y reclamar lo que legítimamente te pertenece… O ser una cobarde, regresar a tu isla y seguir viviendo con una venda sobre tus preciosos ojos verdes.

Ambos nos quedamos callados, mirándonos sin atrevernos a decir nada. Yo aguardaba la respuesta que deseaba oír con todas mis fuerzas. Ella se debatía con todos sus miedos y quería averiguar si era lo bastante fuerte para saber elegir la opción correcta. Tras unos minutos de silencio, por fin habló.

—Elijo ser una cobarde.

Me rodeó, se alejó y entró en la habitación sin decir ni una palabra más.

33

NIKKI

Su gesto de desilusión todavía me perseguía por las noches. Las siguientes horas fueron duras. Pasamos de estar enamorados a mirarnos como completos extraños. Yo desconfiaba de él porque no quería ver la realidad. Por su lado, él estaba dolido, no se creía la decisión que había tomado y, al mismo tiempo, le decepcionaba.

Echando la vista atrás, comprendo ambas partes. Estábamos enamorados, pero aún no nos conocíamos lo suficiente, seguíamos siendo unos extraños. No sabíamos quiénes éramos fuera de esa burbuja en la que nos habíamos sumido desde el mismísimo instante en el que nos habíamos conocido.

No sabía quién era Alexander Lenox. No sabía nada de su vida ni de su familia ni de su pasado. Ignoraba cuáles eran sus miedos, sus dudas, sus gustos o sus peores pesadillas. Aunque había descubierto todo aquello sobre mis padres, también él solo había visto a la Nikki alegre, divertida, cariñosa y risueña. Le había enseñado algún miedo e inseguridad, pero solo hacía treinta días que nos habíamos encontrado.

Hay quien dice que podemos enamorarnos de otra persona con solo mirarla. Otros creen en las medias naranjas, en las almas gemelas o en un hilo rojo que une a dos personas y las lleva a encontrarse… No tenía ni idea de si Alex era el amor de mi vida. Por aquel entonces solo sabía que me había enamorado y en mi momento más vulnerable me habían soltado aquel jarro de agua helada. Aún intentaba asimilar lo que acababa de descubrir gracias a él.

Fui egoísta al enfadarme de aquel modo. Actué erróneamente rechazándolo de esa manera y haciéndolo responsable de cómo me sentía. Lo culpaba por haberme arrancado la venda de los ojos, pues esta me había proporcionado seguridad y una infancia pacífica, lejos de todo aquello que pudiera haberme hecho daño. Aunque hubiera crecido toda la vida llena de dudas, miedos e inseguridades…

Recogimos las cosas, hicimos las maletas y le pedimos al chófer que me llevara al puerto de Sanur. Ninguno de los dos dijo nada. Yo estaba enfadada y dolida y a medida que nos íbamos acercando a nuestro destino empecé a notar como las ganas de llorar aumentaban.

Antes de llegar, tuve que limpiarme unas cuantas lágrimas con la mano, en un intento por calmarme. No dejé de repetirme que debía respirar y que pronto volvería a estar en casa.

Cuando el coche se detuvo en el edificio que había junto a la playa donde debía comprar mi billete, pensé que Alex no se bajaría del vehículo, pero lo hizo. Me ayudó a coger la maleta, le pidió al chófer que aguardara allí y me acompañó hasta el puerto. Me pagó el billete, a pesar de que insistí en que no lo hiciera. Cuando llegamos al punto donde él ya no podía pasar, tuvimos que enfrentarnos a la realidad. Tocaba decir adiós.

Era el momento de poner fin a un mes lleno de bonitos y apasionantes momentos. Debía decirle adiós a una persona por la que mi corazón ya había empezado a sangrar a pesar de que aún no nos habíamos separado.

—No me gusta esto, Nikki —admitió en voz baja.

Me levantó la barbilla para obligarme a mirarlo a los ojos.

—Los dos sabíamos que este momento llegaría —dije encogiéndome de hombros. Intentaba aparentar que no me importaba y estaba bien.

En los ojos de Alex, vi un dolor profundo que no se molestó en disimular.

—Ojalá no tuviera que irme y pudiera quedarme un poco más para aclarar las cosas y ayudarte a entender...

—No necesito tu ayuda, Alex —dije muy zen—. Estoy bien.

Pero el labio inferior me tembló sin que pudiera hacer nada por evitarlo. Alex ignoró lo fría que había estado las últimas horas, tiró de mí y me envolvió entre sus brazos.

—Siempre puedes cambiar de opinión, Nikki —me susurró al oído—. Si lo haces, búscame en Londres. Estaré esperándote, dispuesto a ayudarte en todo lo que necesites. Si al final es lo que deseas, te echaré una mano para descubrir qué les pasó en realidad a tus padres y te ayudaré a demostrar que eres hija legítima de Jacob Leighton.

Di un paso hacia atrás.

—Hay asuntos que es mejor dejarlos enterrados, Alex. No pretendo demostrar ni reclamar nada… —Tragué saliva—. Ahora solo quiero volver a casa.

La decepción volvió a asomar a sus ojos, aunque esta vez creí verla mezclarse con la compasión y la lástima. Me cogió las mejillas con sus manos y me miró a los ojos.

—Voy a echarte de menos.

Intenté mantenerme firme, pero flaqueé cuando sus labios buscaron los míos. Cerré los ojos y me obligué a hacer una captura mental de ese momento. Cuando se separó de mí, pude ver lo afectado que estaba.

Antes de girarme y alejarme de él, volvió a acercarse y me cogió el brazo con suavidad.

—Habla de todo esto con tu tío, Nikki —me dijo, vi la desesperación en sus ojos castaños—. Pregúntale si sabe quién es Jacob Leighton y presta mucha atención a su reacción. Exígele respuestas. Necesitas saber de dónde vienes y quién era tu padre.

Sopesé lo que me pedía y asentí.

—Lo haré —dije—. Hablaré con él.

Alex pareció quedarse más tranquilo.

—Y no olvides que siempre estaré a un mensaje de distancia, ¿de acuerdo?

Asentí, mordiéndome el labio. Sonrió de lado sin que su alegría llegara a sus ojos.

—Gracias por estos treinta días, Nikki —dijo, todavía incapaz de dejarme marchar—. Sin saberlo, me has ayudado de la manera más bonita posible. Gracias a ti he recordado que a veces las pequeñas cosas son infinitamente más hermosas y valiosas, sobre todo cuando te acompaña alguien puro como tú.

Se inclinó, rozó mi frente con sus labios y se giró sin mirar atrás. Me fijé en que se subía al coche y que este desaparecía calle abajo.

Mi corazón sangraba y el cuerpo me dolía al verlo marchar. Dejé que las lágrimas cayeran por mis mejillas, libres por fin de hacer su recorrido. Estaban cansadas ya de ser retenidas contra su voluntad.

Me subí al barco que me llevaría de vuelta a casa. No dejé de preguntarme si de verdad lo era cuando al parecer había crecido rodeada de mentiras. También tenía curiosidad por si volvería a ver a Alex y la respuesta que me dio mi subconsciente solo consiguió que derramara unas cuantas lágrimas más.

¿Sería capaz de retomar mi vida como si no hubiese pasado nada? ¿Cumpliría mi palabra y le preguntaría a mi tío sobre Jacob Leighton? ¿Y si descubría que todo lo que Alex me había dicho era cierto…? ¿Tendría el valor de superar mis peores miedos y enfrentarme a lo desconocido?

Llegué a mi isla con todas esas preguntas rondándome la cabeza. Volver allí se me antojó extraño, ahora cada rincón me recordaba a Alex.

Cuando llegué a casa vi que había tres motos aparcadas en mi puerta.

Extrañada subí las escaleras y al entrar me encontré con Maggie, Eko y Gus. Me recibieron con las caras blancas, Maggie estaba bañada en lágrimas. Mi corazón se paralizó nada más ver a mi amiga en ese estado.

—¿Qué ha pasado? —pregunté sin aliento.

—Nikki… —empezó diciendo Maggie, pero se detuvo unos segundos para tomar aire antes de hablar—. Cariño…, tu tío Kadek ha muerto.

Mi mundo se apagó. Tardé en asimilar y entender lo que me decía. Me desplomé en el suelo de rodillas.

Mis amigos seguían hablando. Entre los tres consiguieron levantarme y llevarme dentro. Siguieron intentando hacerme reaccionar, pero yo era incapaz de escucharlos. Mi cabeza solo le prestaba atención a los latidos de mi corazón. Palpitaba una y otra vez contra mi oído. Sonaba fuerte, como si quisiera recordarme que yo sí que estaba viva.

EPÍLOGO

ALEX

No tuve mucho tiempo para descansar ni para intentar despejarme la cabeza. No estaba preparado para lo que sabía que debía afrontar ya con buena cara y actitud.

Me había marchado treinta días para huir de los problemas. Me había enamorado como jamás lo había hecho en mis treinta años, pero había llegado el momento de hacerme cargo de mis errores y de mis propios problemas. No voy a mentir diciendo que Nikki no seguía ocupando prácticamente todos mis pensamientos, pero tuve que obligarme a meterla en un pequeño cajón dorado para centrarme en lo que era importante en ese instante. En lo que llevaba meses intentando no pensar.

Dejé mi casa de Primrose Hill la tarde siguiente de haber vuelto de Bali, subido a mi Tesla color azul marino, y me dirigí al aeropuerto. Había rechazado la invitación de mis padres para comer con ellos y también su insistencia en querer acompañarme. También decliné las ofertas de mis colegas para salir a almorzar.

Había perdido la cuenta de las veces que había hecho ese trayecto en coche. Heathrow estaba a una hora de camino, menos si no había tráfico, aunque pocas veces había tenido esa suerte. Dejé el coche en el aparcamiento y me bajé. Por dentro me iba motivando a dar un paso y después otro.

«¡Sé valiente!», me dije a mí mismo. No podía entrar en pánico ni dejar que la situación me sobrepasara. Fui directo a la zona de llegadas y miré el panel que colgaba en el centro de la estancia. El vuelo de Boston había aterrizado sin retraso.

Las puertas se abrieron y tras ellas fueron saliendo los pasajeros recién llegados. Unos corrían a abrazar a sus familiares, otros salían con prisas, algunos con el teléfono en la mano preocupados por sus problemas laborales… También había despistados, turistas lo más seguro, intentando discernir dónde debían ir a continuación.

Contuve el aliento cuando la vi. Iba acompañada de una azafata, tal y como había ordenado que hicieran. Me señaló para indicarle a la azafata dónde estaba, pues me había visto nada más salir. Tampoco era difícil, pues estaba en el centro esperándola, pero aun así se me hizo hasta extraño que me reconociera tan deprisa. Al fin y al cabo, solo nos habíamos visto una vez. No había cambiado mucho desde entonces, aunque creía recordarla más alta.

La azafata me sonrió también y ambas se acercaron a mí.

—¿Señor Lenox? —preguntó la joven.

Asentí en silencio.

—Ha sido una pasajera ejemplar, señor. Su comportamiento ha sido de diez.

Miré a mi hija de once años y no fui capaz ni de forzar una sonrisa.

—Hola, Lilia —le dije intentando que mi tono de voz fuera todo lo jovial que pude.

—Hola —respondió escueta.

Sus ojos azules estaban tristes. Me pregunté si no era ya lo bastante mayor como para llevar un peluche agarrado con fuerza bajo el brazo, pero tampoco tuve tiempo ni ganas de expresarlo en voz alta. La azafata empujaba una gran maleta que había tenido épocas mejores y Lilia cargaba con una mochila a su espalda. Era casi tan grande como ella y temí que se cayera hacia atrás por el peso.

Iba vestida con unos *leggins* morados, una sudadera que le llegaba a las rodillas y unas zapatillas blancas. Muy a mi pesar, se parecía muchísimo a mí. Lo único que tenía de su madre eran los ojos. Tenía los mismos labios y pómulos… Era completamente pelirroja, igual que lo habíamos sido mi hermano y yo de pequeños. Cualquiera que nos viese, no dudaría ni un segundo en afirmar que era su padre. Aun así yo la hice someterse a tres pruebas de paternidad distintas.

—Despídete de la azafata —le dije.

Lilia se giró hacia la mujer y esta se agachó para abrazarla.

—Me lo he pasado muy bien jugando contigo al ahorcado —le dijo—. La próxima a ver si me dejas ganar, ¡aunque sea una vez!

Lilia sonrió con timidez, le devolvió el abrazo y la azafata le ofreció también una sonrisa antes de seguir su camino.

—¿Tienes todas tus cosas? —le pregunté un tanto incómodo.

Se suponía que Nate iba a acompañarme. Él era el simpático, el risueño, el que hacía reír a la gente, pero el muy cabrón me había dejado tirado.

—Todas las que he podido meter en la maleta —contestó la niña.

—Puedo hacer que envíen el resto por correo, si quieres —me ofrecí.

Lilia negó con la cabeza.

—Llevo todo lo importante.

—Muy bien, entonces podemos irnos —dije.

Le cogí la maleta y le pedí también la mochila, que me tendió sin rechistar. Fuimos caminando el uno al lado del otro hasta donde estaba mi coche. Se le abrieron los ojos como platos cuando lo vio.

—¿Es un Tesla? —preguntó.

Me sorprendió que lo reconociera.

—Es un modelo S, sí —contesté—. ¿Entiendes algo de coches?

La niña levantó los ojos hacia mí y negó con la cabeza.

—No. Nada —dijo.

No pude evitar sentirme decepcionado. No tenía ni la menor idea de qué decirle a una niña de once años… Hablar de coches podría habernos aligerado la hora de camino de vuelta a casa.

Cerré el maletero y nos subimos al coche. Pasaba la mirada por todas partes, analizándolo todo. Arranqué y salimos a la autopista.

—En unos días empezarás el colegio —le informé tras varios minutos de silencio incómodo—. ¿Te informó tu abuelo sobre lo que estuve hablando con él? —le pregunté.

Lilia no apartó los ojos de la ventanilla cuando me contestó.

—¿Conseguiste la habitación individual? —me preguntó en voz baja.

—Sí —respondí—. Tuve que hacer un donativo bastante importante, pero al final terminaron por aceptar.

Se volvió hacia mí.

—¿Por eso mi madre se enamoró de ti? ¿Porque tenías mucho dinero? —Su pregunta me dejó de piedra.

—Lilia… Tu madre y yo éramos muy jóvenes cuando nos conocimos…

—Mi abuelo dice que ella te quería mucho, pero que tú la dejaste.

—Como te he dicho antes, éramos muy jóvenes. Yo estaba en la universidad, tu madre era una mujer muy buena, pero solo salimos unas cuantas veces.

—¿Y dejas embarazada a una mujer con la que solo has salido unas cuantas veces?

Mantuve la mirada fija en la carretera antes de responder.

—Fue un accidente.

—¿Yo fui un accidente? —preguntó.

—No he querido decir eso, a veces nacen niños que no se

esperan. Nosotros no te buscamos porque… Bueno, éramos jóvenes y aún no sabíamos muy bien lo que hacíamos.

—¿Por qué mi madre nunca me habló de ti?

No tenía ni la menor idea.

—Supongo… que pensó que yo no estaría a la altura. Lo entiendo, pero se equivocó. Debería habérmelo dicho.

—¿Te hubieses casado con ella si lo hubieses sabido? —preguntó.

«Santo Dios. Esto no estaría pasando si Nate estuviese sentado en el asiento de al lado».

—Me hubiese hecho cargo de ti, Lilia —dije mirándola un instante.

Parecía muy concentrada en mis palabras.

—Mi madre, bueno, todo el mundo me llama Lili —dijo.

—¿Prefieres que te llame Lili?

No tardó ni un segundo en contestar.

—No —dijo mirando hacia delante—. Tú llámame Lilia.

La rotundidad con que lo afirmó me dejó claro que yo no formaba parte de su círculo más cercano. No me lo tomé a mal, al fin y al cabo, no nos conocíamos.

Cuando casi estábamos llegando a Primrose Hill, volvió a hablar. Su voz tembló al pronunciar cada palabra.

—¿Si lo hubieses sabido…? —preguntó. Justo en ese momento me detuve en un semáforo en rojo y me volví hacia ella, vi que el labio inferior le temblaba un poco—. Si hubieses sabido que estaba enferma..., ¿la habrías ayudado a curarse? ¿Habrías pagado su tratamiento?

Sentí como mi corazón se rompía al oír su dolor.

—Habría vendido todo lo que poseo para salvarla.

Lilia se limpió las lágrimas con la mano derecha y asintió en silencio.

Seguí conduciendo hasta llegar a mi casa. Detuve el coche en la entrada y señalé hacia fuera.

—Vivo aquí —le dije.

Se agachó para poder abarcar con su mirada la casa. Nos bajamos, cogí su equipaje y juntos cruzamos la verja. Subimos los escalones y abrí la puerta para dejarla pasar.

Mi mayor miedo acababa de hacerse realidad. Yo, el insensible, yo, el serio, el que odiaba a los niños porque no era capaz de entenderlos, el mismo que amaba la soledad y el silencio en casa, el mismo que se había jurado a sí mismo que jamás sería padre...

Me fijé en cómo Lilia se adentraba en la casa y fijaba su mirada en todo lo que la rodeaba.

—No pasas mucho tiempo aquí, ¿verdad? —preguntó girándose hacia mí.

Dudé antes de responder.

—Viajo mucho por trabajo.

Lilia asintió en silencio.

—Cuando tú viajes..., ¿yo dormiré en el colegio? —quiso saber.

Me fijé en que se estremecía y me apresuré en acercarme

al termostato que había junto a la puerta. Encendí la calefacción, a pesar de ser septiembre, en Londres ya empezaba a refrescar.

—Estarás interna todo el curso y vendrás a casa en vacaciones.

Otra vez asintió en silencio, pensativa.

—Entonces, será mejor que no deshaga las maletas. El curso empieza en unos días, ¿verdad?

Asentí y una parte pequeña de mí se sintió culpable por enviarla tan pronto al colegio. Ni siquiera iba a dejarle pasar tiempo conmigo antes ni a darle unos días para que se adaptara al cambio. Pero justo eso era lo que más fobia me daba: pasar tiempo con ella.

No le faltaría de nada. Me lo había jurado desde el instante en que descubrí su existencia, pero yo no era un padre.

—Le diré a Hannah que te lleve a tu habitación. Cuidará de ti y te hará de comer lo que le pidas —le expliqué, justo cuando la sirvienta apareció limpiándose las manos en el delantal.

—¡Señor Lenox! ¡Señorita Lenox! —dijo Hannah con una gran sonrisa.

Ella era la que poseía toda la alegría de aquel lugar. Me había criado de niño y, cuando le pedí que viniese conmigo a Primrose Hill, ni lo dudó.

Lilia se giró hacia ella y se le escapó una pequeña sonrisa. La entendía. Hannah tenía ese efecto en las personas. Era como un dibujo animado: con algunos kilos de más, ojos pequeños y sonrisa risueña. Ya tenía más de cincuenta años, pero eso no la limitaba a la hora de hacer su trabajo a la perfección.

—Hola —dijo Lilia.

—¿Le apetece comer algo, señor Lenox?

Vi que la niña levantó la mirada como pidiéndome permiso.

—Seguro que Lilia tiene hambre. Llévala a la cocina y prepárale lo que ella quiera. Yo comeré algo en el despacho.

Hannah sonrió, aunque me miró de una manera extraña.

Me despedí de ambas y me fui al despacho. Me senté en mi gran sillón de cuero detrás de la enorme mesa de madera de teca y encendí el ordenador.

En el centro de la pantalla apareció una notificación, cosa que me sorprendió. Cada letra tenía una tipología y un fondo, imitaban los recortes de revistas. Solo había una frase:

Estás muerto, Lenox.

AGRADECIMIENTOS

Creo que estos son los agradecimientos más difíciles que voy a escribir. No es porque no tenga mucho que agradecer a mucha gente, sino porque me emociono al pensar que llegué a creer que no volvería a ser capaz de alcanzar la última página de otro libro mío.

Supongo que todos habréis oído hablar del famoso «bloqueo del escritor». En los últimos años, creo que he dicho esas palabras un sinfín de veces, pero nunca llegué a entenderlas tan bien como justo antes de empezar esta novela. Creí tocar fondo y que ya no iba a ser capaz de forjar una historia que os pudiese gustar o que pudierais amar. Si yo no sentía al escribir, ¿cómo iba a conseguir que lo hicierais vosotros?

Estos últimos meses he pensado mucho sobre lo que es importante y lo que no. Me he dado cuenta de que la mente puede ser muy peligrosa, sobre todo cuando se pone en contra de nosotros mismos. He descubierto que pedir ayuda cuando no estamos bien es de valientes y que saber decir que no, a veces, es el camino para poder decir que sí a muchas cosas más adelante.

Tengo mucho que aprender, pero al menos sé que no estaré sola. Quienes me leéis con entusiasmo sois la razón por la que decidí continuar haciendo lo que más amo hacer. Siempre que haya un lector ahí fuera buscando un libro mío, todo lo demás habrá merecido la pena. Sobre todo cuando me decís entre lágrimas que mis libros os han ayudado o incluso que os han salvado la vida. Entiendo el poder que tienen las palabras y una historia para ayudarnos a abstraernos de nuestra propia realidad.

No sé cuánto tiempo durará este sueño ni cuánto tiempo podré seguir escribiendo, pero por ahora he vencido. He derrotado a un gigante que se interpuso en mi camino y he salido más fuerte para poder enfrentarme a otros en el futuro, pero no habría sido capaz de ello sin la ayuda y el apoyo de las siguientes personas:

Gracias a mis editoras, Rosa y Ada. Gracias por entenderme cuando tuve que dar marcha atrás, por sostenerme creyendo en mí y en mi talento.

Gracias a Conxita, a Jose y a Natalia por luchar y conseguirle lo mejor a mis libros. Habéis sido un apoyo incondicional durante estos meses y os habéis convertido en amigos de verdad.

Al equipo de Penguin en general, hacéis un trabajo maravilloso. Sigo flipando con todo lo que hacéis y cómo trabajáis en equipo para conseguir lo mejor de cada libro y autor.

Gracias a Joaquín. No debe de ser fácil convivir con una géminis como yo que encima escribe historias tan alocadas como mi personalidad. Te quiero y gracias por estar ahí cuando más te necesitaba.

Gracias a mi familia, que son mis fans número uno. Es genial ver el entusiasmo que mostráis con cada uno de mis logros como si fuesen vuestros, pues en parte también lo son.

Gracias a mis lectoras cero, mi hermana Belén, mi prima Bar, Sandra y mi bloguera preferida, Belén. Lo habéis leído con muchísima ilusión y me habéis ayudado a que el libro tenga su mejor forma. ¡Gracias!

Gracias a mi familia de Bali: Neri, Germán, Romy, Belén y, por supuesto, nuestro perrito adoptado, Batú. Habéis inspirado esta historia y la habéis hecho realidad. Vuestra esencia está en cada una de estas páginas.

Y gracias a ti, lector. A ti te debo mi más sincero agradecimiento. Gracias por seguir aquí, por ilusionarte con cada página, por hacer colas, por recomendar los libros, por llorar de ilusión y por sentir cada palabra como si fueras el protagonista de la historia. No lo dudes, ¡lo eres!